EL TROMPETISTA DEL UTOPÍA

Obras de Fernando Aramburu
en Maxi

FERNANDO ARAMBURU
EL TROMPETISTA DEL UTOPÍA

© Fernando Aramburu, 2003

MAXI
TUSQUETS
EDITORES

1.ª edición en colección Andanzas: febrero de 2003
1.ª edición en Fábula: septiembre de 2010
1.ª edición en colección Maxi: mayo de 2018
2.ª edición en colección Maxi: septiembre de 2018
3.ª edición en colección Maxi: febrero de 2021

© Fernando Aramburu, 2003

Adaptación de la cubierta: Maxi Tusquets / Área Editorial Grupo Planeta

Ilustración de la cubierta: *The Composer* (2000), de Gérard DuBois, acrílico sobre papel, 25,3 × 25,3 cm. © Gérard DuBois, 2000

Fotografía del autor: © C.P.

Diseño de la colección: Guillemot-Navares

Reservados todos los derechos de esta edición para
Tusquets Editores, S. A. - Av. Diagonal, 662-664. 08034 Barcelona
www.maxitusquets.com

ISBN: 978-84-9066-535-0
Depósito legal: B. 7.005-2018
Impresión y encuadernación: QP Print
Printed in Spain - Impreso en España

Índice

Para ti, Isabel, que me das un cachito de felicidad
cada vez que te encoges de hombros

VOSOTROS SOIS LO QUE
NOSOTROS FUIMOS

NOSOTROS SOMOS LO QUE
VOSOTROS SERÉIS*

* Inscripción a los lados de la entrada principal del cementerio de Estella.

Benito Lacunza llevaba cinco meses viviendo en el piso de Paulina de la Riva, la mujer que por entonces lo soportaba.

Estaban los dos un martes en la cocina, ella con uno de los trajes pantalón que usaba para atender a los clientes de la agencia de viajes en la que hacía jornada partida; él, descalzo, sin afeitar, vestido a la manera de un pordiosero doméstico, con unos calzoncillos raídos y una camiseta de rayas que parecía suplicar, por la media docena de rotos que tenía, un rápido zurcido y una no menos urgente visita a la lavadora.

Lacunza era un tipo ya metido en los treinta, flaco, ojeroso y de aspecto macilento, esto último a causa seguramente de sus hábitos insanos. Cosa de diez años atrás se había instalado en Madrid con el pretexto de estudiar medicina. Aborrecía las labores del campo. Su padre, que poseía olivos, una viña, un huerto y tierras paniegas en las proximidades de Estella, lo sacó en cierta ocasión de la cama para decirle que no quería zánganos bajo su techo. O emprendía estudios, no importaba cuáles, o se dedicaba como él a la azada y el tractor.

Lacunza se valió de argucias al rellenar los impresos de matriculación para que no lo admitieran en la Universidad de Pamplona, pues deseaba a toda costa residir lo más lejos posible de la casa familiar. Un golpe de fortuna le permitió inscribirse en la Complutense. Con ayuda de una nota escrita a mano que fijó en un tablero de anuncios, a la entrada de la facultad, encontró alojamiento en el barrio de Bellas Vistas, en un piso modesto que compartía con varios estudiantes.

Desde el principio llevó una vida monótona de calavera. Ni acudía a las clases ni hincaba los codos en su habitación de alquiler. Pasaba las noches de juerga, consagrado de lleno a vicios propios de una juventud descerebrada; se acostaba con el alba y dormía por lo general a pierna suelta hasta las tres o las cuatro de la tarde, a veces más.

Sin que se diera apenas cuenta transcurrieron tres años. Un amigo lo convenció una noche, mientras hacían los dos aguas menores contra las ruedas de un camión aparcado, para que se matriculara en farmacia, con el argumento de que en aquella facultad había mejor ambiente y un montón de chicas guapas y bien dispuestas.

Por ese tiempo su madre enfermó de gravedad y no tardó en morir. La noticia sorprendió a Lacunza en un momento particularmente inoportuno, mientras disfrutaba de los favores eróticos de una tal Juliette, becaria parisina de carnes abundantes y fogosas, la cual, en vísperas de regresar a su país, había decidido, como quien dice, desmelenarse. Entretenido con la francesa, Lacunza emperezó hasta cuatro veces ponerse en camino. La consecuencia fue que llegó tarde al entierro de su madre. A fin de no indisponerse con la familia, se colocó a su llegada a Estella un collarín que le prestaron y justificó el retraso alegando que una lesión de cervicales le había impedido viajar el día anterior.

En el trayecto de vuelta a Madrid se lastimó un tobillo al bajar del autobús en una parada de descanso. Al pronto no le dio importancia, aunque le dolía. «Ya se me pasará», pensó. Tres días después, el pie se le hinchó y amorató de mala manera. Lacunza quedó postrado en cama con fiebre alta y temblores. Sus compañeros de piso convinieron en llevarlo al hospital, donde el médico certificó que Lacunza tenía el tobillo roto. Una monja enfermera le dijo que de haber tomado a tiempo las medidas necesarias se lo habrían podido curar sin dificultades. No fue así y desde entonces a Lacunza le quedó un punto de dolor en el pie, más intenso unos días que otros, del cual le resultó una leve cojera para toda la vida.

En cierta ocasión, no se sabe cómo, a su padre le llegaron nuevas de que su hijo descuidaba los estudios. Supo asimismo el hombre que hacía más de un año que el zascandil había cambiado de carrera. Sin contemplaciones le acortó la asignación mensual, lo que puso a Lacunza en el brete de tener que dar el callo para costearse los caprichos.

Empezó descargando sacos con magrebíes sin papeles en un mercado de abastos. Ganaba una miseria. Se metió después a portero nocturno de un edificio de oficinas en Cuatro Caminos. Era una ocupación fácil y descansada, con el único inconveniente de que lo aburría a morir. Lacunza pasaba el tiempo leyendo novelas de Vázquez Montalbán a la luz de una lámpara de mesa, dentro de una garita acristalada. Tomó la costumbre de abandonar el puesto a horas avanzadas de la noche, persuadido de que nadie se percataría de su ausencia. Dejaba la luz encendida, cerraba el portal con llave y se iba de copas hasta la hora del cierre de los bares. Lo pillaron al cabo de un tiempo y perdió el trabajo.

Por espacio de unos cuantos años anduvo sustentándose a base de chapucillas. En ese lapso mantuvo la esperanza de triunfar algún día tocando la trompeta, actividad para la que no carecía de dotes, si bien la falta de ambición y la desidia habían limitado desde antiguo sus progresos.

Últimamente trabajaba por las noches en un bar de jóvenes llamado Utopía, en el barrio de Almenara, no lejos del piso de Paulina de la Riva. El dueño del negocio le permitía sentarse en un taburete colocado sobre una tarima que hacía las veces de escenario, al fondo del establecimiento, y amenizar a la parroquia durante media hora o tres cuartos con la trompeta. No le pagaba las actuaciones, pero lo recompensaba dispensándole de las tareas matutinas de limpieza.

Lacunza adoptó para sus conciertos en el bar el seudónimo artístico de Benny Lacun. No de otro modo le gustaba anunciarse mediante carteles que confeccionaba él mismo a mano. Luego de fotocopiarlos, se iba a fijarlos con cinta adhesiva por los bares y tiendas de la zona. Lo malo era que, como todo el mundo lo conocía, a nadie se le ocurría llamarlo sino con el nombre que sus padres le pusieron en la pila bautismal.

Eso sí, había quien, por picarlo un poquillo, lo apodaba el Cojete.

Una prueba de amor

Aquel martes, Lacunza se hallaba sentado a la mesa de la cocina con la cabeza apoyada en las manos. Cinco minutos antes se había levantado de la cama. Y mientras esperaba a que Paulina de la Riva le sirviera la comida, miraba con aire soñoliento un paisaje con playa caribeña en el calendario de la pared.

Eran las dos y cuarto de la tarde. Entre los codos de Lacunza había un plato liso. La mujer se acercó con una pequeña sartén renegrida. Sin la menor delicadeza arrojó sobre el plato la tortilla francesa que acababa de cocinar para Lacunza y espetó a éste en tono socarrón:

—Es de dos huevos, amor mío. Justo los que a ti te faltan.

Lacunza encajó la pulla sin pestañear. Tenía un gesto de resignación y fatiga cuando, acto seguido, dijo:

—Te juro, Pauli, que estoy al borde de mis fuerzas. Desde que vine a Madrid llevo un cenizo de espanto. Me llaman a un sitio, como hace un mes el Gómez Molinos ese que me trató peor que a un felpudo. Voy. A ver, toque lo que usted quiera. Vale, tío. Entonces le largo al capullo de turno, suave, en plan Chet Baker, unos compases de *Stella by Starlight*. Con alma y arte, tú ya me conoces. Porque no me negarás, Pauli, que en este país, a arrancarle mariposas a una trompeta, no me gana ni dios. Supongo que estarás de acuerdo conmigo, ¿no?

—Hombre, Benito. ¡Faltaría más!

—Total, que la historia, por hache o por be, siempre se

tuerce. Cada vez que me brindan una ocasión, gusto. Tendrías que verlo, Pauli. Me felicitan, me preguntan: Muchacho, ¿dónde has estado escondido hasta ahora? Al final me tienden un contrato para salir de gira con una banda por los pueblos, para tocar en un local de postín o para lo que sea. De puta madre, pienso. Con el primer sueldo le compraré a mi Pauli un anillo con una esmeralda más grande que un puño y luego me la voy a llevar a un restaurante a que se empapuce de langostinos hasta que se le salte la goma de la faja. Eso me gustaría. Hacer feliz a la hembra de uno, hostia, que tampoco es pedir tanto. Pues créeme, ya estoy a punto de poner la firma y ¿qué pasa? Pues que llaman a la puerta. Pom, pom. Aparece el típico holandés que anda de paso por tierras cálidas, o un negro de Casacristo de la Frontera que dice haber grabado una cosita en Blue Note o que le ató un día los cordones de los zapatos a Wynton Marsalis. En fin, qué más da. Al primate le mola el puesto que ya era mío y cogen los cabrones y se lo dan porque tiene la piel negra y los morros como longanizas, porque no habla ni jota de español o porque a los gilipollas como Gómez Molinos se les ha metido en la mollera que todo lo que viene del extranjero vale más. Me estoy haciendo experto en putadas de ese estilo. Otras veces me creo que el chollo lo tengo seguro y a lo mejor me llaman por teléfono para decirme que la pasma ha clausurado el local, que el mánayer se ha largado con la guita o qué sé yo qué. ¿Entiendes por qué a veces me entra el coraje de agarrar una piedra y aplastármela contra la frente? ¡Si es que, joé, ya está bien de mala folla!

Lacunza hablaba por un costado de la boca y con el otro masticaba desganadamente.

—Ayer casi me pierde el amor propio. Estuve en un tris de malvender la trompeta. Por la rabia y el asco que a veces me corta la respiración, ¿entiendes? Un gachó me ofreció diez mil pelas por el cacharro. No me eché a reír de milagro. Se conoce que un sobrino suyo anda con el pensamiento de aprender música. Este imbécil, pensé, ¿pretende darme pena o qué? Ciento cincuenta mil, le dije, la mitad de lo que me costó en su día, y porque eres conocido. Tres pistones, lacada y con estuche. Pero no picó.

—Es de suponer que el regateo se fue alargando y por eso llegaste a casa tan tarde.

—No debí despertarte, lo reconozco. De veras que lo siento. Pauli, maja, perdóname. Soy una calamidad. ¡Estaba tan contento! Pensé que te interesaría saber una cosa que me había ocurrido.

Paulina de la Riva encendió un cigarrillo y tomó asiento a la mesa, frente a Lacunza.

—Te he dicho cientos de veces —replicó con acritud— que durante la semana necesito descansar mis horas para rendir después en la agencia como esperan de mí los que me pagan.

—Pues aun así debiste escucharme.

—¿Por qué? ¿Te dolía la tripita?

—Me entró ilusión de ofrecerte una prueba del cariño que te tengo.

—Desvarías.

—En serio, Pauli. Si me hubieras dejado rajar habrías dormido después con una sonrisa en esos labios tan chachis que te ha regalado la naturaleza.

Lacunza pidió a Paulina el salero, que estaba sobre una balda, cerca de la ventana con vistas a los tendederos de un patio interior, y mientras ponía sal en lo poco que le quedaba de la tortilla, empezó a contar de este modo:

—El Ciri mandó cerrar la barraca a las dos y media. Habíamos hecho una miseria de cajón. Iba para una hora que no entraba un fulano. Dentro, ¿a quién teníamos? Pues a los de siempre, tres o cuatro lapas que se vienen escapando del frío de la calle y no consumen. Los lunes, ya sabes, casi no hay movida en la zona. ¿Para qué gastar corriente en balde? Yo, con la idea de ir adelantando, me puse a recoger vajilla y a pasar el trapo tranquilo y a mi ritmo. Subí a la entreplanta. Había una chica dormida con la cabeza encima de la mesa. La melena le tapaba la cara. A mí no me sonaba haberla visto llegar. Claro que muchas veces el Ciri me pide que atienda detrás de la barra y, como allí siempre tienes algo que hacer, no me suelo fijar en el ganado. Pues nada, me fui para la tía convencido de que estaba durmiendo la mona. Enseguida vi en el cenicero unas cuantas colillas de canuto. Al Ciri le revienta que la basca fume porquerías dentro de su bar. Se entiende que no quiera líos con los maderos. Abajo somos rigurosos. Tío que amaga con saltarse las normas, tío que sale a la calle por las buenas o con el hocico inflado. En cambio, en la entreplanta, según como vengan dadas, a lo mejor hacemos la vista gorda, porque tampoco es cuestión de ponerse a malas con todo quisque. Pues a lo que iba. Le clavé un dedo en el hombro a la chavala. Se despierta y me mira. Joé, pero si es la Maripocha. ¡Y qué guapa!

Paulina de la Riva sintió una punzada de celos, que trató de mitigar exhalando una enérgica bocanada de humo hacia la lámpara del techo. Después dijo:

–Una amiga, supongo. Te la cepillaste en un solar y luego viniste a toda pastilla a sacarme de mis sueños y contarme lo bien que te lo habías montado.

–¡Pauli, rediez! ¿Por quién me tomas? ¿No te he dicho que entré en tu habitación para que te dieras cuenta de lo mucho que te quiero?

–¿Tú me quieres a mí? Benito, tú no sabes lo que es querer. Apuesto un riñón a que te largaste del Utopía con la chica.

–Eso no te lo voy a negar, Pauli. Pero, ojo, que la historia aún no ha terminado. Anda, hazme un café y te la cuento. Seguro que al final te me tiras encima a besarme.

–Muy romántico estás tú –ironizó Paulina, mientras se levantaba para dirigirse al rincón de la cafetera.

–¿No te dicho alguna vez que de chavea...?

–¿De qué?

–En mi tierra decimos chavea, o sea, chico, muchacho. Pauli, leñe, que no todos venimos de ciudad. Bueno, pues yo, de chavea, a ver si me entiendes, de mozalbete, de medio hombre, escribía poesías.

–Tú capaz.

–¡Y tanto! Como que tirando de estrofas y rimas me traía a las chavalas de calle. Porque tú dirás lo que quieras. Mucho feminismo y que si patatín y patatán, pero a una hembra le llenas las orejas de piropos y tarde o temprano, aunque sea un armario de persona, te los paga. ¿O no?

–Y la de ayer, como no tenía suelto, te dio al momento todo lo que llevaba encima.

–No seas malpensada. La Maripocha y yo nos conocimos hace diez años en la facultad de medicina, un día en que me dio la venada de aparecer por allá. Congeniamos a la primera. Todas las tardes nos íbamos andando hasta el Manzanares. Ella me metía unos rollos espantosos sobre sus problemas, sus depres y su familia, y yo, para no aburrirme, me dedicaba a manosearle la figura, que, dicho sea de paso, no estaba nada mal, mejorando lo presente. Buena chica la Maripocha. Tuvo la desgracia de que yo me cruzara en su camino. Me da que le pegué el gafe. No fui desalmado, ¡ojo! Entiéndeme bien. Un día decidimos mandar la carrera a la porra. El plan era largarnos a Grecia, a no sé qué isla enfrente de Turquía, vivir en cueros y ser libres. La idea le vino a la Maripocha después de entusiasmarse con el poeta Cavafis. Nuestro paraíso en la Tierra, decía ella. Al final no pudo ser.

–¿Os enfadasteis?

–No, qué va. A ella se le infló la barriga. Un fallo le ocurre a cualquiera. Resultó, para más inri, que su viejo era brigada del ejército. No te rías, Pauli. El tipo y yo tuvimos algunas diferencias en voz alta. Reconozco que me fui de la lengua. Entonces el grandísimo hijo de su santa madre me partió sin más ni más la ceja. Mira, aquí tienes la cicatriz.

Conque adiós muy buenas. Sencillamente desaparecí. ¿Qué otra cosa podía hacer? ¿Pasarme la vida recibiendo hostias de aquel energúmeno con galones? Me dolió por la Maripocha, que era una tía legal, aunque bastante coñazo. Anoche, después de tanto tiempo, casi devuelvo el corazón al verla. Me meten en ese momento en una jaula con veinte tigres y me parece a mí que no me asusto ni la mitad.

–Sería la culpa, que te volvió cagueta.

–¿La culpa? ¿Qué culpa? En aquellos tiempos, un psicólogo le sacaba las perras a la Maripocha. Dos veces por semana le llenaba la cabeza de cháchara, que luego ella repetía como un loro delante de mí. Lo cojonudo del caso era que el doctor le mandaba tener una vida sexual sana y rica.

–Y tú, que eres un as de la inmolación y del sacrificio, fuiste por así decir la medicina de la pobre chica.

–Yo, Pauli, para que te enteres de una puta vez, jamás hice nada contra la voluntad de la Maripocha. Me conoces. Tengo mis defectos, puede que unos cuantos más que el resto de la gente. Pero no soy un tío violento ni uno que anda al acecho de amargar la vida al prójimo. Una tarde sí y otra también la Maripocha aparecía de golpe en mi piso. A veces venía de noche. Sin terminar de saludarme, empezaba a soltarse la blusa. Por lo visto obedecía las instrucciones del psicólogo.

Paulina de la Riva sirvió a Lacunza una taza de café. Le acercó de paso el azucarero y un cacillo con leche.

–Si tú no eras más que una parte de su terapia –dijo–, me cuesta comprender que anoche, en el bar del Ciri, te diese un vuelco el corazón.

–Es que... verás. Pensé que la Maripocha me guardaría rencor. Discutí con su padre, la dejé preñada, me largué sin despedirme. Una historia un poco chunga, ¿no crees?

–Un poco, sí.

–Imagínate la reacción del Ciri si de pronto una mujer, cliente para más señas, me saca los trapos sucios y me grita dentro del bar. Por menos ha puesto de patas en la calle a otros empleados. Hubo suerte. El asunto tomó un rumbo guay desde el principio. La Maripocha me sonrió al reconocerme y charlamos con la misma naturalidad que si nos hubiéramos estado viendo a menudo. ¿Y a que no sabes qué? Resulta que tengo un hijo de nueve años interno en un colegio de agustinos de El Escorial. Como lo oyes. La Maripocha no quiso entrar en más detalles y lo comprendí. Le di mi palabra de que no intentaré buscar al chaval. Ella agradeció el gesto. Luego se me puso un nudo en la garganta cuando dijo que el niño tenía un aire a mí. Me tentó pedirle una foto; pero, quiá, preferí morderme la lengua. Habría sido mal rollo. Mejor dejar las cosas como están. Le tuve que ayudar a levantarse. ¡Parecía un esqueleto! Abajo le hice una seña al Ciri, que se ofreció muy amable a pedir un taxi por teléfono. Vino uno enseguida. Yo tenía pensado despedirme de la Maripocha en la calle. Pero entonces ella me rogó que la acompañara. Se le figuraba que no iba a poder subir sola las escaleras de su casa. Y eso hice, Pauli. En el portal me la eché al hombro como si fuera un saco, la subí hasta su piso y la acosté. Me rogó que me sentara en la sala durante media hora y que si en ese tiempo no pasaba nada me marchase. La Maripocha se quedó roque en un amén. A mí se me hizo tarde porque había boxeo en la tele, una pelea entre dos negros. ¡Dios, cómo se zurraban! ¿Qué me dices ahora, Pauli? Imagínate la situación. Yo solo, a las tantas de la noche, en el piso de una tía que no se podía defender. Nadie nos había visto llegar. A cualquiera se le hubiera ocurrido aprovecharse. Yo, en cambio, le puse el pijama a la Maripocha como se lo habría puesto a un paciente del hospital si yo currase de enfermero. Ni siquiera me apeteció mirarle entre las piernas. Y eso, ¿por qué? Pues porque yo pertenezco a mi Pauli, yo soy de mi Pauli y yo no quiero nada de ninguna mujer que no sea mi Pauli. Dime ahora que Benito Lacunza es un hombre sin carácter y te juro que me tiro por esa ventana.

—Chico, tú tienes algo, yo no sé. Algo misterioso que

atrae a las mujeres. Me lo llevo preguntando desde la primera vez que te vi tocar la trompeta en el Utopía. Se te escaparon media docena de gallos y a lo mejor me quedo corta. Bueno, pues me quedé enganchada. ¿De tus ojos en blanco? ¿De tus mofletes hinchados? Quizá de tu música. Y eso que a mí el jazz me la suda. De alguna manera te las ingenias para excitarnos a las mujeres la vena maternal. A mí, aquella noche, creo que me dabas pena. Te vi en el rincón con tu coleta, tus gafas negras y tu rosa tatuada. Me pareciste un hombre solitario. Todo el mundo pasaba de ti. ¿No te percataste? La gente no te hacía ni puto caso. Y en medio del barullo tú soplabas en tu trompeta con un convencimiento que partía el alma. Yo no te quitaba ojo. En un momento determinado abriste las piernas. Estuve dudando entre llorar y troncharme de risa. Tenías la muslera del pantalón descosida. Vamos, que se te veía un buen pedazo de carne por la raja. Aquélla fue la gota que colmó el vaso. Me entró de pronto una especie de necesidad de protegerte, de traerte a mi casa. No lo puedo explicar con palabras.

—Es la mar de fácil, Pauli. Te chiflaste por el aquí, lo cual no es grave. Ya les ha pasado antes a otras, aunque ojalá seas tú la última. Te tengo por mi camposanto. Me quedo a descansar en ti para siempre.

Lacunza celebró su chascarrillo con una risita que le salió desangelada por un cabo de la boca.

—Y lo curioso es que cuando estás cerca –prosiguió ella–, y escucho las chorradas que sueltas sin parar, y advierto con qué pocos arrestos te bandeas en la vida, me digo: Paulina, hija, ¿se puede saber qué coño pinta este memo en tu casa? Sin embargo, estoy en la agencia agobiada de tarea y cada dos por tres me pregunto: ¿qué andará haciendo ahora mi Benito? Y no te me vas del pensamiento, chico. Salgo de trabajar y como una tonta me meto en el supermercado a comprarle un chuletón de vaca a mi Benito, a ver si a fuerza de alimentarlo lo pongo bravo y luchador. Ya ves, contigo mal, sin ti peor.

Un rato después, Lacunza canturreaba aires de su región bajo la ducha. Mientras desentonaba alegremente con un casquete de espuma sobre la cabeza, oyó que Paulina de la Riva lo llamaba en un tono de voz un tanto agudo.

–Ven para acá, que no te entiendo –respondió él.

–Benito, tu padre.

Había un temblor de alarma en sus palabras.

–¿Qué le pasa al viejo?

–Te han enviado un aviso desde Estella. Será mejor que lo leas tú mismo.

Lacunza salió rezongando de la ducha. Agarró una toalla que pendía del colgador e hizo ademán de secarse.

–Yo en tu lugar –dijo ella– me daría prisa.

Sin calzarse ni vestirse, con la toalla ceñida a la cintura, Lacunza se llegó a la sala de estar, dejando un reguero de gotas por el camino. En la pantalla del ordenador lo esperaba el siguiente mensaje de su hermano:

«Querido Benito:

»Un tal Ciriaco, del bar donde trabajas, me ha dicho por teléfono que puedo localizarte en esta dirección. Espero que así sea.

»El padre se encuentra grave. Por deseo suyo lo hemos traído de vuelta a casa, ya te figurarás con qué fin. Según el doctor que lo ha atendido últimamente en el hospital de

Pamplona, no hay esperanza. Si quieres verlo con vida deberías venir cuanto antes».

Lacunza chascó la lengua en señal de disgusto. Se volvió después hacia Paulina de la Riva y le dijo:

–Mi negra estrella una vez más. ¡Vaya unas fechas que ha escogido el viejo para diñarla! Un tal Garcés me tiene apalabrada su presencia mañana en el Utopía. Organiza movidas musicales en una discoteca de Hortaleza. Si le gusto me meterá en su espectáculo. Dos noches, a seis mil duros la sesión, pagados a tocateja. ¿Qué le digo ahora yo al tipo? ¿Que no puedo actuar porque tengo a mi padre pocho? Así no hay dios que salga adelante. ¡Hala, camarero pringado para siempre!

–Oye, a ti la agonía de tu padre te importa un pimiento, ¿verdad?

–Pauli, joé, no me hundas, que bastante hundido estoy sin ayuda de nadie. Piensa que mi viejo cumplió en noviembre setenta y tantos años. Setenta y ocho o setenta y nueve, ya no me acuerdo. A esa edad, ¿qué puede esperar un tío sino quedarse como un pajarito sin dolor ni mandangas? Yo no he inventado el paso del tiempo, guapa, ni la vejez ni la muerte. Algún día nos tocará a nosotros. Conque haz el favor de no acribillarme a miradas. Cuando palme mi padre lo mismo puedo llorarle en Madrid, mientras curro honradamente por labrarme un futuro profesional, que amuermado junto a la caja en Estella. Y total, al muerto qué más le da. Si me apuras puede que hasta apruebe en ultratumba mi conducta. ¡En vida fue un fanático del trabajo!

–¿Has pensado en la herencia, amiguito?

–Imagino que me toca la mitad de lo que haya. A eso habrá que restar un fondo para pagarle a mi hermana su estancia en el internado de mongolitos.

–¿Tan sólo imaginas? ¿Sabes lo que yo imagino? Para

26

empezar, que eres más iluso que un recién nacido. Tú andarás arrancando mariposas a la trompeta en una discoteca de Hortaleza y entre tanto, allá en el pueblo, tu hermano se lo pasará pipa vaciando la casa de tu padre.

–No lo creo. Lalo es buena gente. Además existe un testamento.

–Más te valdría espabilar antes que sea tarde. En el testamento constará, tú ignoras en qué condiciones, el reparto de las tierras, del caudal acumulado, de la casa y de otros bienes inmuebles si los hay. ¿Qué me dices, por ejemplo, de los objetos de valor? Joyas de tu difunta madre, pongo por caso. Vajilla, mobiliario y tal. ¿Quién te asegura a ti que tu hermano, ahora que nadie lo vigila, no andará arrebañando a placer? ¿Y si le da por vender enseres a tus espaldas? Piénsalo bien, Benito. Piensa que la distancia te coloca en una posición de debilidad. A tu hermano Lalo, ¿qué le costará sacarse de la manga un testamento a su favor, por muy buena persona que sea o que haya sido? ¡Como si fuera la primera vez que a un moribundo lo engañan para que firme cualquier cosa! Y quien dice tu hermano, dice la tía no sé qué o el tío no sé cuántos. O deudores que se cuelan por la ventana y rompen documentos que les comprometen. O vecinos con instinto de buitre, sin escrúpulo de tirar la puerta abajo y meterse a saquear.

–Muy venenosa te veo, Pauli.

–Y yo te veo a ti muy verde para vivir en este mundo.

Paulina de la Riva salió con pasos enojados de la sala de estar y se dirigió a su dormitorio, donde, tras quedarse en paños menores, se acostó en la cama, cubriéndose tan sólo con la colcha. Al poco rato, como sintiese venir a Lacunza por el pasillo, giró rápidamente el rostro hasta aplastar la mejilla contra la almohada. En esa postura simuló que dormía su siesta de cada tarde.

Traía Lacunza por el pasillo plática a solas. Se rascaba la

coronilla con intención de paliar el picor de las dudas. Tomó asiento en el borde de la cama y dijo como hablando para sí, encogido y mustio:

–¿Duermes? Se me había olvidado contarte que le adeudo un par de duros a Caco Báez. ¡Suerte charra, que dice la gente de mi tierra! Me traicionaron los dados el jueves pasado. Explícame cómo quieres que viaje a Estella si estoy sin blanca.

Calló por espacio de breves segundos, en espera de una respuesta que no se produjo.

–Si te parece –continuó–, llevo la trompeta a la casa de empeños. Una vez empezadas las desgracias, ya qué más da.

A este punto, Paulina de la Riva se volvió hacia él y le dijo:

–En la cómoda encontrarás mi tarjeta de crédito. Acércate al banco y saca del cajero el dinero que necesites. Mañana te presentas en Estella. Si es preciso viajas de noche. Allá vas derecho a casa de tu padre, que si aún vive se confortará cuando vea llegar al hijo pródigo. Esmérate en atenderlo y hazle compañía. Que no te venga nadie con el reproche de que te falta corazón. En cuanto seas huérfano, arreglas en buena avenencia con tu hermano el reparto de las propiedades. No dudes en llamarme si surge algún problema. Yo podría solicitar unos días libres en la agencia, aunque sea a costa de mis vacaciones.

Lacunza aceptó sin vacilar el plan que le propuso Paulina de la Riva. Se quejó, no obstante, de que no tenía ropa adecuada ni para viajar a Estella ni para acudir al entierro de su padre.

–Que cojas la tarjeta, tontaina –le reprendió con severidad fingida la mujer.

Lacunza se inclinó para susurrarle unas palabras de agradecimiento a la oreja. Complacida, ella alargó los brazos hasta rodearle el cuello. Juntando después sus labios con los de él, lo acomodó encima de su cuerpo, y al par que le quitaba la toalla, le dijo mirando de cerca a sus ojos, zalamera, seductora:

—Yo no sé qué, pero tú tienes algo.

—Lo que yo tengo —replicó Lacunza con tonillo malicioso— es una herencia guay del Paraguay.

4

Dudas y certezas de la tía Encarna

Al avistar por la ventanilla del autobús los primeros tejados de Estella, Benito Lacunza sacó de su bolsa de viaje unas gafas de sol y una gorra negra de cuero, y se las puso con la esperanza de que a su llegada, disfrazado de Benny Lacun, nadie lo reconociese por la calle.

Apenas se hubo apeado, le falló la treta. Sin terminar de cruzar la plaza de la estación, se le paró delante un compinche de juventud, que, con los brazos abiertos y la cara colorada y jovial, lo saludó efusivamente, diciéndole:

–¡San Dios, Benito, cuánto tiempo sin verte! ¡Y cómo relumbras con esa facha! Pareces un turista.

Lacunza apretó los dientes a punto de soltar una grosería. Tieso de irritación, tendió la mirada hacia las ventanas del edificio de enfrente. Cuando, tras varios segundos de silencio, tuvo por fin la sensación de que había conseguido más o menos serenarse, respondió con mal disimulada sequedad:

–He venido a enterrar a mi padre.

El otro se quedó de hielo.

–Ah, pues no sabía –balbució, y al punto se hizo a un lado para que Lacunza pudiera proseguir su camino.

Lacunza, mientras se alejaba por la calle adelante, saboreó el orgullo de haberle inferido una humillación al lugareño. El gustillo y la sonrisa le duraron poco. A la altura del ayuntamiento se le reprodujo de golpe la grima que le daba hallarse de vuelta en su tierra.

Al pasar después junto a una tienda de comestibles de la

calle Zapatería, atrajo su atención una caja rasa de picotas que había a un costado de la entrada. Movido de un impulso que no recordaba haber experimentado desde la niñez, entró de buen ánimo en el establecimiento.

Compró medio kilo de aquellos frutos rojos y brillantes que quizá, pensó, le apetecían no tanto por el apremio de matar el hambre como por demorarse en la delicia de reventarlos uno a uno con las muelas. El tendero se los sirvió en un cartucho de papel de estraza. Luego, por un callejón que había algo más arriba, Lacunza bajó a la orilla del río, donde, sentado en un rellano de piedra, se fue reconciliando con su ciudad conforme daba cuenta de las cerezas y arrojaba con empeño lúdico los huesos a la corriente.

Lo complacieron la vista de unos gatos en la hierba, los brincos esporádicos de los peces de panza plateada, una higuera que alargaba sus ramas por encima del muro de un huerto, como queriendo alcanzar el agua con las hojas, y al fondo el arco picudo del puente de la Cárcel. Sonaron por el aire azul de comienzos de verano, atravesado de gaviones, las campanadas procedentes de San Pedro de la Rúa. Y entonces Lacunza dijo para su coleto: «¿Aquí no pasan los años o qué?».

Por un instante, el flujo de sus pensamientos permaneció detenido en una especie de línea divisoria entre la resignación y la melancolía. Lo sacó de la incertidumbre la idea de ir una noche a echar los reteles Ega arriba, por la parte de Murieta, como en los viejos tiempos, a menos, pensó, que el estado de su padre lo impidiese.

Ante la puerta de la casa familiar dudó si tocar el timbre o sacudir un aldabazo. Tras despojarse de las gafas y la gorra, entendió que sería más respetuoso dar unos golpes suaves con los nudillos. Los repitió varias veces hasta que, encendido de impaciencia, se desquitó de su aprensión mediante una recia manotada.

Abrió, en bata y toquilla, la tía Encarna, quien le indicó

por señas que entrase. En la penumbra fresca del vestíbulo la tía estrechó al sobrino entre sus brazos. Luego le agarró con ímpetu patético la cara y le obligó a observar de cerca cómo la suya, pálida y cubierta de arrugas, se crispaba hasta conformar un violento gesto lloroso.

–Se nos va, Benito. Se nos va sin remedio –musitó la tía Encarna, estremecida por un repeluzno de congoja.

A Lacunza le urgía en aquel instante aligerar la vejiga.

–Estamos pagando a una enfermera para que lo atienda. No tendrás nada en contra, ¿verdad? Hace media hora le ha puesto una inyección para bajarle los dolores. Pobrecico. Le dan de comer por una aguja. No te asustes cuando lo veas. ¡Y pensar que hace dos meses subió al pueblo a fumigar él solo las tierras!

–Tía, discúlpame un momento. He tenido un viaje pesado y estoy que me meo.

La tía Encarna siguió tras los pasos de Lacunza hasta el umbral del retrete.

–El cura de San Miguel –dijo delante de la puerta cerrada– le administró anoche el viático. Por ese lado no hay nada que temer. Tu padre tiene un sitio seguro a la diestra del Señor. Ahora sólo nos queda rezar para que no sufra.

Lacunza, al otro lado de la puerta, estaba embebido en sus reflexiones. «Menuda gozada mear de pie, no como en el piso de la Pauli, que me obliga a sentarme porque, si no, salpico fuera. Salpico ni hostias. Ahí va un chorrete a la pared, que para algo voy a ser el dueño de esta casa.»

–Lo lavo, lo peino y lo mimo a diario. Es el último hermano de cinco que éramos. Los dos uña y carne desde chiquiticos, bien puedes creerme.

Sobre una repisa de mármol se veían los útiles de afeitar de su padre. Lacunza desenroscó el tapón del frasco de colonia, que estaba casi vacío, y no pudo resistirse al deseo de aspirar aquel olor añejo que con igual fuerza le repelía y agradaba.

Le entró de buenas a primeras antojo de expresarse con acento del lugar.

–Tía, ¿no tendrás por casualidad unas tajadicas de queso?

Reinaban la sombra y el silencio en el interior de la casa. Se percibía en el aire un tufo espeso a barniz, que indujo a Lacunza a preguntarse si no estaría el ataúd depositado en algún rincón de la planta baja. «Cuando yo estire la pata, no quiero que me encierren en un armatoste de ésos. ¿Que a la gente le gusta que la degraden a pimiento en conserva? Bueno, allá cada cual. Tampoco quiero que me incineren. Bastante me habré de torrar cuando baje al infierno. De momento, lo mejor será seguir vivo y al final que me lleve el camión de la basura o que hagan conmigo lo que se les ponga en los cojones.»

Los cuadros del vestíbulo estaban cubiertos con paños negros.

–Tía, ¿está la jamada?

Encima de la mesa de la cocina había un plato con queso, pan y un cuchillo. A Lacunza lo tentó de pronto sentarse en el sillón de mimbre de su padre. Le dio, sin embargo, corte y optó por acomodarse en su sitio de cuando mozo, a espaldas de la ventana, en una silla ordinaria con asiento y respaldo de formica.

–Me has puesto demasiado. Tanta gana no tengo.

–Come, que es queso de Urbasa. De esto seguro que no hay en Madrid. Y además, hijo, qué flaco estás. ¿No te habrá entrado la solitaria?

–A lo mejor es que trabajo mucho.

–Claro, los estudios.

–No me seas comediante, tía. Sabes de sobra que va para cinco años que colgué los libros. La culpa es de una obsesión que no me suelta. Se me ha metido entre ceja y ceja hacer carrera de trompetista. Más de un entendido asegura que valgo. Hoy mismo tenía una cita con un gerifalte del gremio. En cambio, aquí me tienes papeando mientras espero que se produzca lo inevitable.

En un hueco que quedaba bajo la alacena había una terracota que representaba a la Virgen del Puy y, apoyadas contra la peana, a la luz de una vela, dos postales en blanco y negro a cual más desvaída. Mostraba la una a san Francisco Javier en postura de rezante, flanqueado por una pareja de japoneses boquiabiertos; la otra, al crucificado risueño del castillo que lleva el nombre del santo.

La tía Encarna, sentada enfrente del sobrino, comenzó a hablar de esta manera:

–Yo, Benito, sintiéndolo por mi marido y por mis hijos, preferiría morirme antes que tu padre. Te juro que cuando le oigo gemir con la poca fuerza que le va quedando, se me parte el alma. Entonces me entran las dudas, me echo a temblar y me paso las noches despierta preguntándome cómo es posible que Dios permita tanto sufrimiento. ¿Que lo quiere llamar a su presencia? Bueno, pues que se lo lleve de una vez y no le haga pasar el calvario que está pasando. Que no me vengan con el cuento de que si le empezase a uno a arder la mano y no lo notara, se quemaría entero. A mí no me cuesta aceptar un dolor útil. A ver si nos entendemos. De chiquitica les tenía pavor a las vacunas. Cuando la señorita Digna nos llevaba a casa del médico a pincharnos, yo me ponía más pálida que la leche. Pero sabía que el dolor de la aguja era por mi bien. Conque al llegarme el turno cerraba los ojos, murmuraba entre mí el padrenuestro y de ese modo aguantaba la inyección mejor que muchas de las otras colegialas. Tenía razón la maestra. Aquel dolor pasajero era como un precio que pagábamos a cambio de algo bueno. La misma idea me ayudó a soportar el parto de mis hijos, sobre todo el primero, que fue de los que no se desea ni al demonio. Yo sabía en todo momento por qué y para qué sufría. Era simple cuestión de apretar los dientes en espera de recibir más tarde un beneficio, ¿me comprendes?

35

Lacunza encontraba el queso rancio y salado. A los pocos bocados le vino apetencia de beber. Temeroso de que la mezcla de líquido y cerezas le sentase mal en el estómago, determinó, a fin de no aumentar la sed, dar por terminada la merienda.

–He visto morir a mi padre –prosiguió la tía Encarna–, a mi madre, a tres hermanos mayores y ahora me toca ver cómo se le acaba la candela al que más quiero. Todos murieron de forma parecida. Todos en la cama, padeciendo unas agonías espantosas, como si Dios hubiera decidido ensañarse con nuestra familia. No será porque yo rece poco o porque haya dejado una sola vez en mi vida de cumplir con el precepto. ¿O es que me han inculcado la falsa religión?

–Nos acecha la negra, tía. Si lo sabré yo...

–A una amiga de Alloz que ahora vive en Cirauqui, se le mató el padre un domingo, por los tiempos en que aún mandaba Franco. Rondaba el hombre los sesenta. Era fuerte y chicarrón. Después de misa fue a echar una mano a un vecino y de pronto le cayeron encima las vigas del granero. Se quedó seco. Maja, le dije yo a mi amiga unos días después, en el fondo habéis tenido suerte. Y si no, mira a mi padre, que lleva dos meses en el hospital de Pamplona con unos dolores que para qué. Lo mejor es un accidente o que se pare de golpe el corazón. Pum y en un santiamén al otro lado. Tan sencillo como saltar una rayica.

–El difunto no se entera y los deudos se ahorran el incordio de la agonía. Las cosas como son.

–Mi amiga, al principio, se resistía a creerlo. Pero cuando le expliqué el suplicio que estaba aguantando mi padre en el hospital y de qué manera le alargaban la vida para nada, porque estaba más claro que el agua que a casa no iba a volver más que metido en una caja, se paró a pensar. Y aunque callaba, sus ojos no paraban de decirme que yo tenía la razón.

A este tono siguieron conversando la tía y el sobrino

hasta que, luego de una mirada fortuita al reloj de pared, Lacunza cayó en la cuenta de que aún podía aprovechar la tarde para darse un garbeo por la localidad. Con rapidez se levantó de la silla y subió a dejar la bolsa de viaje en su habitación, situada en el segundo de los tres pisos de que constaba la vivienda.

Mientras colocaba en el armario las escasas prendas que había traído de Madrid, lo desazonó la idea de pernoctar en la misma casa que su padre. «Habrá que retirarle el vómito a las tantas de la noche», se dijo. «Y si palma estando yo con él, ¡menudo engorro! No tengo ni gorda de experiencia en el manejo de cadáveres.» A fin de ayudarse a tomar una decisión, se esforzó en imaginar el rostro de Paulina de la Riva. «¿Qué hago, Pauli?» Como el fantasma de su amiga se negase a responder, no se le ocurrió a Lacunza otra idea que ir a preguntar a su hermano, cosa que, por asemejarse a una determinación, lo complació bastante.

–A Lalo –le comunicó la tía Encarna en la penumbra del vestíbulo– le tenían que sacar esta tarde una muelica. No sé yo si andará con humor de recibirte.

Lacunza agarró el picaporte de la puerta, dispuesto a salir a la calle. A su espalda, la tía le preguntó en un tono de sosegado y dulce reproche si antes de marcharse no le parecía bien entrar a ver a su padre.

5

En la caverna del agonizante

Reinaba tal oscuridad al fondo del corredor que Benito Lacunza consideró prudente caminar con los brazos extendidos hacia delante. Avanzaba cuidando de no hacer ruido sobre el suelo irregular de baldosas. Antes de llegar a la habitación donde se extinguía la vida de su padre, pensó: «Joé, si aquí no se juna ni patata, dentro estará más negro que en una caverna».

El presagio no se cumplió. Apenas hubo abierto un poco la puerta, a Lacunza le golpeó en la cara un raudal de luz. Al instante atrajo su atención el pie descalzo de una chica. La imagen, por inesperada, lo dejó paralizado. Aún fue mayor su asombro cuando, acto seguido, comprobó que sus ojos no lo engañaban.

La enfermera se hallaba sentada en una silla, junto a la cama del moribundo. Tenía un pie apoyado por la parte del talón en el borde del asiento. Era un pie esbelto, pálido, de curvas suaves y empeine proporcionado. Los dedos eran finos, de aspecto quebradizo. Destacaba el grande, que, separado de los demás, se alzaba dócilmente para que su dueña pudiese recortarle sin dificultad la uña con sus tijeras doradas de manicura. Vestía la enfermera unos tejanos azul claro, ceñidos y con los dobladillos de las perneras deshilachados según la moda juvenil de la época. Entre las patas de la silla se veía una zapatilla deportiva, y encima de ella, tirado a la ventura, un calcetín rojo.

Sorprendida en actividades para las que no había sido

contratada, a la enfermera se le cubrieron las mejillas de rubor. Tras levantarse de un salto, escondió con rapidez, en un bolsillo de sus pantalones, las uñas recortadas que sostenía en la palma de la mano.

—Le he puesto —sonrió azorada— un calmante hará cosa de treinta minutos y se ha dormido.

Lacunza aprovechó que la joven se había agachado a recoger el calcetín y la zapatilla para escrutarla a sus anchas. Con ojos ávidos recorrió las caderas y el talle, y estaba tan embebido en la contemplación que ni siquiera tuvo el reflejo de revirar un instante la vista hacia su padre.

La chica llevaba un arete de níquel atravesado en una ceja. Salió, descalza de un pie, al corredor, movida de la buena voluntad de dejar al visitante a solas con el enfermo. A su paso quedó flotando en el aire una estela sutil de perfume. Cerrada la puerta, Lacunza efectuó una cata olfativa, que remató con una mueca más bien tibia de aprobación. «Mecagüenlá, lo tienen todo a su favor», se dijo. «Ahora, yo creo que es más chachi el orgasmo de los tíos.»

Lentamente se acercó a la cama, que era espaciosa y antigua. La cabecera confinaba con una barandilla de gruesos balaustres adosados a la pared. Encontró a su padre inmóvil, vestido con un pijama gris de franela, el semblante demacrado y ceniciento, la boca entreabierta, los párpados cerrados, un pequeño crucifijo sobre el pecho y un rosario de cuentas negras prendido entre los dedos de una mano. En el dorso de la otra le había sido fijada con esparadrapo una aguja acoplada a una cánula. Un hilo de aliento, que de manera periódica parecía interrumpirse, constituía el único signo de vida del anciano.

Benito Lacunza se detuvo junto al costado de la cama. Miró un instante la nariz huesuda de su padre; llegó a la conclusión de que con los años se le había agrandado y se dijo: «Es la nariz de un muerto». Después miró su cuello consumido por la enfermedad y se dijo: «Es el cuello de un muerto». Miró las cejas blancas, las orejas pilosas, las venas violáceas que abultaban como una gusanera debajo de la piel arrugada, y todo se le antojó extraño y vivamente repulsivo y como cosa que ya perteneciera por legítimo derecho a la muerte.

–Padre, ¿me oye? He venido –dijo en voz baja. Y a continuación, para sus adentros: «Debería alegrarse de tenerme a su lado. Si abre los ojos y ve que el balarrasa ha vuelto, me juego lo que sea a que la espicha con buen temple».

Por espacio de dos o tres segundos, a Lacunza lo apretó el temor a que su padre le respondiese, bien de palabra, bien mediante una señal que elevase a un grado intolerable la sensación de ridículo que le embargaba. Consultó el reloj de pulsera. «Esperemos que el viejo se enrolle en plan colegui y no me alargue demasiado el drama.»

Le dio a continuación por examinar su cuero cabelludo, cuya parte monda, entre la frente y la coronilla, presentaba corros de pigmentación de tres colores. Los de tono claro eran los más grandes. Al acercar la mirada descubrió que en casi todos ellos podían percibirse escamas diminutas y blancas, como si hubieran sido espolvoreados con partículas de harina. Una franja erizada de canas cortas se extendía por la parte posterior de la cabeza formando una especie de arco invertido a lo largo del cogote.

No tenía Lacunza costumbre de ver a su padre sin boina. Recordaba tres: la de diario, gastada y con el forro mugriento; la limpia de los domingos (ambas negras, de las de Elósegui fabricadas en Tolosa) y la roja de sus afanes políticos de juventud, que se pudría en el armario desde hacía más de treinta años. Con ella puesta deseaba que lo bajasen a la tumba. Así se lo había pedido en secreto a la tía Encarna antes incluso de que se confirmara que su tumor era inoperable. Para Benito Lacunza, la cabeza descubierta de su padre representaba una anomalía aparatosa que bastaba por sí sola para demostrar la gravedad extrema de la situación.

41

A todo esto, juzgó oportuno poner por obra una comprobación de tipo más o menos médico que ratificase o desmintiera sus malos augurios. A dicho fin tocó la frente de su padre con la yema del dedo índice. Hacerlo con la mano entera le daba reparo. Percibió calor y, por tanto, vida, y entonces barbotó una palabrota entre dientes, convencido de que su padre no se iba a morir tan pronto como le habían asegurado. Y no es que quisiera que su padre se muriese, sino que «joé, si sé que va a durar, pongamos hasta el viernes o el sábado, habría podido quedarme hoy en Madrid, le hago una demostración a Garcés de mis habilidades con la trompeta y más tranquilo que el aceite vengo a Estella otro día para cargar con el ataúd y con lo que me echen, me cago en mi suerte charra».

No poca preocupación le causaba el perjuicio económico que por fuerza habría de acarrearle una agonía prolongada de su padre. Dedujo que ni restringiendo los gastos le sería posible mantenerse hasta el final de la semana con la cantidad que había recibido de Paulina de la Riva. Y eso sin contar con que aún debía costearse el billete de vuelta, si bien cabía esperar que para entonces una primera tajada de la herencia le ayudase a salir oportunamente de apuros.

Así pensando, se apartó hasta una lámpara de pie que estaba encendida junto a la silla ocupada un rato antes por la enfermera. Había decidido contar el dinero que llevaba encima y, según el resultado, establecer un plan de gastos para los próximos tres o cuatro días. Las monedas del bolsillo quedaron excluidas de sus cálculos, en parte porque suponían una suma de poca monta, en parte también por no hacer ruido con ellas. Una mirada al interior de la billetera lo descorazonó.

Se dedicó después a registrar los cajones de la cómoda, tan duros y pesados que no se dejaban abrir sino con mucha dificultad. Lacunza se impacientaba a cada paso y hubo de morderse la lengua en varias ocasiones para no desahogar a gritos las sucesivas rachas de furia que lo acometieron. Con el ánimo de serenarse, determinó tomar asiento en la silla.

Su padre dormía. La casa estaba en silencio. En algún taller de los alrededores sonaban golpes de martillo sobre chapa. «No merece la pena», se dijo Lacunza, «enredar en los cajones. Si había parné, ya se lo habrán embolsado la tía Encarna o la enfermera. ¡A qué engañarse! Morir no es más que dejar sitio a los otros, a los que se quedan agarrados como lapas a la vida. Y hacen bien, qué pichorras. ¿O es que tiene uno la obligación de amargarse desde joven? A la mierda los rollos fúnebres. Total, ¡para lo que sirven! En resumidas cuentas, yo no creo que haya en el mundo una cosa sin dueño. Hasta la basura que tiramos es del primer tío que llega y se la queda.»

Resuelto a marcharse, Lacunza se fijó por azar en la mesilla, al otro lado de la cama; vio el cajón ligeramente abierto y, conjeturando que tal vez en su interior se hallaran los objetos personales de su padre, le picó la curiosidad.

Dentro había una pila de pañuelos blancos de algodón, tan esmeradamente planchados y doblados que se dijera que estaban aún por estrenar. Había asimismo un manojo de llaves, estampas piadosas, un cortaúñas, la navaja cachicuerna, las gafas y, en fin, los cachivaches ordinarios que Lacunza solía encontrar de pequeño cuando entraba en la habitación a hurgar. A hurgar y a rapiñarle tabaco a su padre, movido de idéntico impulso al que mucho tiempo después guió de nuevo su mano hasta el tirador de la portezuela, en la parte baja de la mesilla.

Nada más abrirla percibió un tufo viejo, polvoriento y familiar, atrapado al parecer desde fecha lejana dentro del pequeño mueble. Encima de la balda seguía la caja de los puros. Lacunza tomó uno a tientas. De una rápida mirada se cercioró de que su padre no lo estaba observando. «Todavía me anda en el cuerpo», pensó, «el canijo que fui. Igual que la matriosca que le llevamos mi madre y yo una vez a Mari Puy de regalo. ¡Joé, la que monté con la matriosca! Íbamos a Pamplona en el autobús. Mi madre me la dejó sacar del envoltorio. ¿Qué tendría yo entonces? ¿Diez años? A lo mejor ni eso. ¿A que es bonita?, me decía mi vieja. Y yo, claro, en lugar de alegrarme me puse pelma a tope porque me remordía la pelusa cosa fina. Luego, pasando Puente la Reina, le acabé de hinchar bien hinchadas las narices a mi pobre madre cuando se me cayeron todos los muñecos al suelo. La vieja, que no era nada pegona por cierto, no como éste, no me arreó un sopapo de milagro. Eso sí, echaba llamas por los ojos. Y entonces coge y me suelta con mala leche aquello de que, si quieres regalos, pues te quedas a vivir con tu hermana en el internado de mongoles. Bueno, mongoles no creo que dijera. Deficientes o algo por el estilo.»

Al abrir los postigos de la ventana, dos lagartijas escaparon a toda velocidad por el antepecho de asperón. Asomado a la calle como en los tiempos de su infancia, Lacunza esperó a que un bichito traslúcido, del tamaño de un grano de azúcar, alcanzase la punta del puro. Allí, en el filo de una brizna de tabaco, el minúsculo animal se detuvo a pocos milímetros de otro de su misma especie. Lacunza —«estos tíos son capaces de echar un polvo en mi presencia»— envolvió a los dos juntos en la llama de su encendedor. El puro, reseco, prendió enseguida. Una voluta de humo de color blancuzco y olor acre se alzó perezosamente de la brasa. Lacunza dio con cautela una calada, después otra y por último una sin contemplaciones que le supo a rayos. El semblante se le crispó de asco. Tiró el puro a la acera y durante un rato, el torso colgado en el vacío, se entretuvo tratando de apagarlo a salivazos.

Dos décadas atrás, en la misma ventana, su padre lo había pillado una tarde fumando. «Cómo iba yo a saber, con lo enano que era, que le había cogido un habano de los caros. Y además ¡qué! Pero ¡si se los regalaban todos y él no encendía ni dos al año! Yo lo que digo es que a los críos no hay que pegarles. Y si se les pega, joé, con la mano abierta, ¿no? A ese hijo mío que está en el cole de El Escorial, ni aunque fuera más malo que arrancado, le sacudía yo los mangazos que me zumbaba a mí mi padre.»

De pronto, una mosca se le posó a Lacunza sobre la rosa tatuada de su antebrazo. Él la espantó de un soplo. Acto seguido vio otra que se estregaba los artejos parada en la pared. «Las muy cabritas habrán venteado el aroma del moribundo.» Y para evitar que se colasen en la habitación, se apresuró a cerrar la ventana.

6
Lalo y la solidez

En la calle Gebala, a la salida de Estella por la carretera de Allo, tenía alquilada Lalo Lacunza desde hacía poco más de dos años una vivienda de soltero, amueblada con todo lo necesario para habitar en ella confortablemente. El piso se comunicaba por medio de una escalera interior con un ático de techos inclinados, donde Lalo pasaba a menudo sus ratos libres entretenido en soldar esculturas de metal.

Las hacía con desechos que buscaba en las escombreras y en los contenedores de basura de los talleres mecánicos, o que le vendían a bulto por cuatro perras los chatarreros de la zona. De vez en cuando lo llamaban de alguna casa por si le interesaba aprovechar unos peroles viejos. Quien dice peroles, dice grifos, herrajes o cualesquiera objetos metálicos en desuso que al punto tomaban en la imaginación de Lalo la forma de unos pechos femeninos, de una nariz grotesca, de un rabo de caballo...

Tenía él costumbre de agradecer y aceptar cuanto le ofrecían, pues a todo sabía encontrarle tarde o temprano utilidad. Unas piezas las incorporaba de inmediato a la obra que a la sazón estuviese componiendo, mientras que arrumbaba las demás en los rincones del ático, en la confianza de poder emplearlas más adelante. ¡Quién no habrá visto alguna vez en Estella al menor de los Lacunza salir de un portal cargado con una brazada de trastos!

Lo cierto es que Lalo, aunque practicaba la escultura con tanta pasión como esmero artesanal, no abrigaba pre-

47

tensiones de alcanzar la gloria artística. Provisto de un talento mediano, se conformaba con ser un manitas a quien no guía otra ambición que la de crear objetos raros y curiosos. Sus nociones en materia estética eran, por lo demás, bastante precarias. Sin embargo, no le faltaba un ideal que, al mismo tiempo que lo resarcía de sus carencias, lo estimulaba de continuo en su afición.

Dicho ideal consistía en la solidez de las formas duraderas. Lalo podía consagrar varios meses a la realización de una sola figura, quitando aquí, añadiendo allá, sin un concepto claro del resultado final. Alimentaba su tenacidad la certidumbre de que en un momento dado del trabajo le sobrevendría un calambre de gozo que él no atinaba en modo alguno a describir, pero en el cual cifraba la meta de sus empeños. Percibido el trance, inclinaba cosa de cuarenta o cuarenta y cinco grados la escultura en la que había estado ocupado hasta entonces, de modo que si no se le desprendía a ésta ninguna pieza, él la daba por bien hecha y se sentía con la mente despejada para planear la siguiente composición.

Al principio de sus afanes probó fortuna en unas cuantas exposiciones colectivas patrocinadas por entidades bancarias u organismos culturales de la Comunidad Foral de Navarra. No lo alentaba la vanidad de conseguir triunfos, sino el deseo de trabar relación con otros escultores de su edad y aprender de ellos. Consciente de sus limitaciones, nunca lo desanimó la falta de éxito. La simple circunstancia de disponer de un lugar adecuado y de tiempo libre para dedicarse a su actividad predilecta lo colmaba de satisfacción. Cierta vez que le fue concedida una mención honorífica con motivo de un certamen reservado a «promesas del arte», ni siquiera acudió a la entrega de galardones. El suyo se lo mandaron por correo junto con una breve nota de felicitación firmada por el alcalde de Pamplona. Lalo utilizó la placa de bronce donde había sido grabado su nombre para tapar un hueco en la panza de un toro que estaba haciendo por aquellas fechas. Jamás volvió a presentarse a un concurso.

Lalo gustaba de regalar sus esculturas a los amigos. Con cierta frecuencia le daba la vena dadivosa, sobre todo cuando la acumulación de obras terminadas le impedía moverse a sus anchas por el ático. Bajaba entonces a la ciudad en busca de caras conocidas. Por bares y tiendas iba ofreciendo sus obsequios. No lo descorazonaban el rechazo ni las burlas.

–Lalo, san Dios, tengo en casa un armatoste que me endilgaste el mes pasado. Aparezco hoy con otro y mi mujer me lo estampa en la cabeza.

Inspirado por una noticia del periódico, relativa a la inauguración de una obra del escultor Chillida en la ladera de una colina frente al mar, Lalo dio en colocar a escondidas sus figuras por los campos y poblaciones de la comarca de Tierra Estella. Se estrenó un domingo en la pequeña localidad de Zurucuáin, donde al amparo de la noche y sin ayuda de nadie arrastró desde su furgoneta hasta un costado de la iglesia un Cristo semiabstracto de casi dos metros de altura y unos cien kilos de peso. Volvió al cabo de una semana a echarle un vistazo y ya no estaba. También desapareció un grupo de cinco cerdos que puso, formando una fila de mayor a menor, en el frontón de Oteiza de la Solana. Y un crismón hecho de tubos de escape que ató con cuerdas a una roca saliente, cerca de la cima de Montejurra, apareció otro día arrancado de su sitio y con aspecto de haber sido golpeado salvajemente.

Lejos de desanimarse, Lalo continuó desperdigando de tiempo en tiempo sus esculturas por los lugares más insólitos, sin descartar algunos de mucho peligro, como el precipicio de la sierra de Urbasa en cuyo borde, con riesgo de despeñarse, colgó una cruz de chapa que seguramente ninguna persona en su sano juicio se habrá atrevido a retirar todavía.

En ocasiones realizaba obras que, debido a su peso o su tamaño, no podía sacar por las escaleras del edificio. Para remediar el problema se agenció una garrucha de albañil. La arrimaba a una ventana del ático cuya parte inferior lindaba con el suelo, la aseguraba mediante tuercas a una armazón de barras y, con ayuda de algún amigo que tirase de la soga desde abajo, descolgaba las voluminosas esculturas. No pocas veces las terminaba de montar en un descampado próximo a su casa, antes de cargarlas en la furgoneta y salir en busca de su emplazamiento definitivo.

Salvo un pisapapeles con forma de bola apoyada sobre un cubo, que le compró, por animarlo en su vocación, el cura de San Miguel, Lalo no había vendido jamás una sola de sus obras. Tampoco le importaba, pues era firme partidario de no mezclar el arte con las aspiraciones económicas. A Lalo le alcanzaba para vivir desahogadamente el sueldo más que aceptable que recibía en la fábrica Agni, a cuya plantilla se había incorporado a los diecinueve años de edad, gracias a la intercesión del marido de su tía Encarna, que fue el que le enseñó a soldar. Con el tiempo había ascendido a encargado de sección.

Caía la tarde cuando Benito Lacunza anunció su llegada por el interfono del portal. Calzaba unos zapatos de su padre, ya que los que se había comprado la víspera en Madrid con el dinero de Paulina de la Riva le calentaban demasiado los pies. El camino desde la casa familiar hasta la calle Gebala le resultó largo y penoso. Subió las escaleras mascullando quejas; pero nada más ver a su hermano parado en el umbral de la vivienda, alto, delgado, con su cara redonda, sus facciones bondadosas y su forzada sonrisa de dolor de muelas, se le alegró el semblante. Olvidando de golpe su fatiga, se llegó a él y, al tiempo que pronunciaba su nombre con una voz vibrante de euforia, lo envolvió en un abrazo impetuoso. Después le besó las mejillas y estuvo mirándolo de hito en hito mientras le crecía en el centro del pecho una llamarada de ternura fraternal que lo impelió de pronto a un segundo abrazo, aún más brusco y efusivo que el anterior.

–Muchacho –le espetó en tono de reproche jovial–, ¿se te baja el ánimo porque he venido o qué?

Por toda respuesta, Lalo hizo una mueca ostensiva de sufrimiento mientras se señalaba con un dedo la mandíbula.

Una vez dentro del piso, llegaron a oídos de Benito Lacunza sones de música sacra procedentes del ático. Se soltó entonces con un *ora pro nobis* preñado de socarronería. A fin de rematar la broma, dijo:

–¿No te habrá jalado la tía Encarna el tarro para que te metas a sacerdote? ¡Que no me entere yo!

Lalo conocía de sobra el talante burlón de su hermano. Contestó sin perder la serenidad.

–No, no. Es que, ¿sabes?, me he suscrito a una revista de música antigua que dirige un chico de por aquí y últimamente no escucho otra cosa cuando trabajo.

–O sea, que te inspiras en Dios. ¡Macho, con un enchufe así cualquiera triunfa!

Los dos hermanos tomaron asiento en la sala. Benito tendió la vista en derredor. Le apetecía alabar alguno de los objetos que adornaban el espacioso recinto. No acababa de decidirse por ninguno. Una rueda de carro, barnizada, colgaba en la pared entre una guadaña y un rastrillo. «Esto huele a pueblo que tumba», pensó. Se fijó después en un cuadro sin marco, cubierto con un vidrio. Estuvo tentado de afirmar que le «molaba»; pero luego se le ocurrió que quizá se trataba de un simple póster, conque prefirió callarse.

Al cabo de un minuto ponderó sin más ni más la comodidad y buen gusto del tresillo.

–La de tías que se te habrán esparrancado en este sofá, ¿eh, colegui?

Pasaron largo rato contándose pormenores de sus respectivas vidas. No sin dudas convinieron en que iba para tres años que se habían visto por última vez. Benito consideró que había que festejar a toda costa el reencuentro. A tal propósito pidió coñac. Lalo, que sólo probaba el alcohol en ocasiones excepcionales, no estaba seguro de poder complacer el deseo de su hermano. Por si acaso se dirigió a echar un vistazo en la cocina. En contra de lo que pensaba, halló sobre una balda de la alacena, oculta detrás de unas latas de aceite, una botella de lo que buscaba, cubierta de polvo y todavía sin abrir. No atinaba a recordar quién se la había regalado.

Andaba Lalo un tanto melancólico a causa de las molestias de la muela; pero aun así cedió a los ruegos apremiantes de su hermano y aceptó beber con él una copa. Lo que de ningún modo quiso aceptar fue un cigarrillo.

–Allá tú –le replicó Benito–. Cuando cumplas cien años acuérdate de echar una carrerica por el pueblo en mi honor. Para entonces yo ya estaré enterrado y seco por culpa de los vicios.

Y señalando una especie de cuenco de hierro sin pulir que había encima de la mesa, agregó con sorna:

–Este chisme, ¿es un cenicero o es arte y no se puede manchar?

Entre sorbo y sorbo, Benito Lacunza se explayó refiriendo sus proyectos musicales. Complacido de ver que su hermano lo escuchaba arrobado, alardeó de sus actuaciones diarias en el bar Utopía. Nadie se podía hacer idea –dijo, mientras llenaba de nuevo la copa– de la rapidez con que se estaba propagando por Madrid el nombre de Benny Lacun. A veces lo saludaban por la calle personas desconocidas. «Al principio volvía la mirada, ahora paso de todo dios.» Además, ¿a él qué le importaba la fama? Él lo que quería era ganarse holgadamente el pan con la trompeta, «currar en lo que a uno le gusta, joé, si es que yo no le pido más a la vida». Achinó los ojos, como si mirase con odio algo o a alguien más allá de la realidad inmediata, para mencionar al tipo de Hortaleza que organizaba actuaciones y asegurar, en un tono rotundo que causó impresión a Lalo, que había desperdiciado una oportunidad de éxito «por acompañar a la familia en estos momentos chungos». Lanzó después una bocanada lenta de humo en dirección al techo y dijo en conclusión:

–Como no lo remedie un milagro, tú y yo nos quedamos huérfanos.

–¿Te ha contado la tía Encarna que ya está todo dispuesto para el entierro?

–O sea, ¿que no tengo que preocuparme? Ah bueno, porque era una de las cosas que te quería comentar. Comprende que he llegado hoy por la tarde y no he podido hacerme aún cargo de nada.

–Celebraremos el funeral en San Miguel, a cuatro pasos de casa como quien dice. El párroco ha dado su conformidad para que yo lleve el aparato de música a la iglesia. Antes de empezar el oficio religioso pondré un cachico del *Officium Defunctorum* de Cristóbal de Morales. No llega a cuatro minutos. ¿Tú qué opinas?

A Benito no le sonaba el nombre de Morales.

–Por mí...

–Quizá los asistentes no lo sepan entender, pero para mí supone un gran consuelo rendir al padre un homenaje de despedida con una composición polifónica de Morales. Una composición, como te puedes figurar, para la liturgia de los muertos, de una belleza sin florituras, nada frívola, sino todo lo contrario, Benito, grave y contenida según creo yo que conviene a la personalidad de nuestro padre. Si me acompañas al ático podrás escucharla.

En el momento de levantarse del sofá, Benito Lacunza se percató de que tenía los labios despegados por el asombro. «Debería seguir el consejo de la Pauli y cuidar mi lenguaje. Este jodido Lalo me da cien vueltas sin haber pisado en toda su puta vida una universidad.» Agarró la botella y la copa, y se encaminó detrás de su hermano hacia la escalera de caracol. Cojeaba más de lo habitual, con unas oscilaciones exageradas que parecían remedo de un tentetieso. La causa era que no podía pisar bien con el pie bueno porque lo llevaba entumecido y lleno de hormigueo, y con el malo tampoco, ya que siempre que lo mantenía demasiado tiempo inmóvil le hacía sentir punzadas durante los diez o doce primeros pasos.

En el ático flotaba un aire estadizo de hierros quemados y grasa vieja. Benito exclamó para sus adentros: «¡Menuda herrería se ha montado éste aquí!». Lalo lo precedió hasta una mesa escritorio adosada al tabique, encima de la cual podían verse un ordenador con su impresora, un flexo y la cadena musical que había enmudecido hacía rato. Lalo sacó el cedé de música sacra y puso en su lugar el de Cristóbal de Morales. Lento, austero, el canto a cuatro voces ascendió hacia las vigas del techo. De allí se esparció poco a poco a todas partes y se demoraba en los rincones como con empeño de convertir en lugar santo hasta el último recoveco de aquella especie de museo del óxido. Las frases se sucedían unas a otras con acompasada solemnidad antes de extinguirse disueltas en los últimos resplandores de la tarde, sobre los que se perfilaba, rígida, imperturbable, hasta media docena de esculturas.

–¿Qué te parece esta música?

Benito ojeaba las páginas del cuadernillo, los renglones de letra apretada dispuestos en doble columna, sin saber a ciencia cierta lo que buscaba entre las explicaciones históricas, la lista de unos intérpretes que le resultaban por completo desconocidos y los textos en latín.

La pregunta de Lalo lo había sorprendido con la copa de coñac en los labios.

–¿La música? Cojonuda –barbotó interrumpiendo de golpe el trago–. Yo creo que al padre le gustará. Quiero decir que le gustaría si pudiera oírla. A lo mejor los difuntos no son tan sordos ni tan ciegos como los pintan.

–Hermano, me quitas un peso de encima, porque ¿quién, entre todos nuestros familiares, puede juzgar de música mejor que tú?

–Bueno, bueno. Tampoco te pases. Yo lo que veo es que esta música vale para un funeral. Y si no, pues también. Por mí como si haces sonar un chotis en el coro de la iglesia. ¡A ver si un hijo no ha de poder despedirse de su padre como le salga de las narices! Y si pillo a alguno criticándote te juro que le armo una bronca que se acuerda. Me da igual que no sea de la familia.

En prueba de que hablaba en serio, apuró de un rápido y corajudo trago la copa de coñac.

–Quiero enseñarte –dijo Lalo– una cosa que nadie ha visto todavía.

Encendió la luz y condujo a Benito a través del laberinto que formaban las figuras de metal. Abundaban a izquierda y derecha las puntas y barras que sobresalían como cuchillos en la sombra. «Estaré contento», pensó Benito, «si sólo pierdo un ojo.» Los dos hermanos se detuvieron en un extremo del ático, delante de una escultura a medio componer que consistía en un mástil de dos tubos coronado por una llanta de automóvil con desconchados y corros de óxido. En la parte superior de la llanta campeaba un ángel de latón con pinta de haber sido arrancado de algún adorno de iglesia.

–¿Qué opinas? –preguntó Lalo, haciendo un gesto de ansiosa expectación.

Benito Lacunza no lograba atribuirle significado ninguno al objeto que tenía delante. Respondió lo primero que le vino a la boca:

–Parece la raqueta de tenis de un gigante. ¿Qué es?

–Es la estela funeraria que colocaremos sobre la tumba del padre. De todos modos, piensa que está sin terminar. Aquí, debajo del ángel, irá una placa con el nombre del difunto, el año de su nacimiento y el de su muerte. Es probable que el círculo lo rodee con una pieza dentada que haga las veces de guirnalda, más que nada para que los pájaros... Tú ya me entiendes. Como el metal sufre mucho a la intemperie, le daré una mano de pintura por todo. Aún no sé si lo pintaré de negro o blanco. Avísame si se te ocurre a ti una buena idea. Por lo demás, tengo que soldar una cruz en algún sitio. Se lo he prometido al cura de San Miguel.

–¿Tú estás seguro de que te dejarán hincar este trasto en el cementerio?

A Lalo la franqueza de su hermano le hizo olvidar por un instante el dolor de muelas. Con una sonrisa desangelada, que no pasaba de un leve fruncimiento de la comisura de los labios, le respondió:

–¡Si supieras lo que hay allá! El otro día subí a tomar medidas. Vi una fila de tumbas con faroles negros, más de media docena de vírgenes de bronce y otros tantos ángeles, cada uno del tamaño de un chavea. Aquello parece un patio de colegio con niños quietos. Y no vamos a hablar de la estatua de señor con sombrero de un tal Jiménez Amador ni del mamotreto con leones de piedra del duque de Madrid. Conque pierde cuidado, Benito. Mi obra no desentonará. Tiempo atrás tuve una parecida colgada de un picacho, por arriba del pueblico de Eraul. A nadie le entraron escozores por eso. Duró dos años y si no duró más fue porque alguna ventolera debió de arrancarla de su sitio.

Su cara lozana, de rasgos suaves en los que se traslucía un aire candoroso, se demudó a consecuencia de una súbita acometida de entusiasmo.

–Por cierto –dijo–, ¿qué tal si interpretaras un solo de trompeta mientras depositan el ataúd en la fosa? Te juro que me emociono imaginando la escena. Aquí –señaló con el dedo– la gente callada, los parientes de Alloz, el párroco de San Miguel que acaba de oficiar el responso de rigor. Ahí el difunto con sus coronas de flores y, al lado, Benny Lacun expresando con toda la fuerza de su corazón el último adiós al padre. ¿Cabe imaginar un gesto más hermoso?

–¡No me jodas, Lalo! ¿Cómo voy yo a...? Y además en el cementerio. Tú no andas bien de la chola.

–Piensa que no hay equivocación posible cuando hacemos las cosas por amor.

Benito Lacunza bebió coñac a morro, y tras permanecer unos segundos en silencio, recapacitando sobre aquellas palabras de su hermano que le sonaban a prédica de iglesia, respondió:

–Equivocación puede que no haya, pero ridículo a manta. No estamos en Madrid. Allí, si vives en un edificio con mogollón de vecinos, la chismorrería llega lo más hasta el portal. La mala leche de la gente se para antes de salir a la calle. En este pueblucho eructas a las tres de la mañana y se enteran hasta los fetos en las barrigas de sus madres. Y no es que me avergüence de largarle al padre con toda mi alma, suavecico, a lo Chet Baker, unos cuantos compases de *Stella by Starlight*. Pero, joé, barrunto que al día siguiente me habrán colgado un mote de los que duelen más que si le serraran a uno la pierna en vivo. ¡Menuda es la gente de Estella!

—De mí también se ríen. ¿Crees que me ofendo? Todo lo contrario. Yo me alegro de que tengan a mi costa sus pequeños regocijos. Tomados de uno en uno son tipos majos. Me llaman el Hierros, me llaman Tuboloco, Cararroña. ¡Me llaman tantas cosas! Pero es que además, Benito, no te pienses que me las llaman con disimulo, cuando no estoy cerca para oírlos. Me dicen lo que sea a la cara, y al mismo tiempo me arrean una palmada en plan de amigos. Son tan sencillos que no podrían entender que me tome a mal un mote. Sería como hacerles un desaire.

—¡Hombre, si lo ves así!

—Ahora mismo no me viene a la memoria el nombre de un paisano que me haya negado un favor. A veces suena el teléfono. Cojo. «Tuboloco», me suelta una voz conocida, «¿te interesan unos calderos de cobre que eran de mi suegra?» Y a la media hora el hombre me los trae a casa y hace amago de zumbarme un puñetazo por preguntarle cuánto le debo.

—Bueno, vale. ¿Y qué tiene que ver todo eso conmigo? ¿Me va alguien a regalar algo si toco la trompeta en el cementerio o qué?

—Pues quién sabe. La gente no es tonta, y aunque alguno habrá que por timidez o por falta de cultura pague tu gesto con una cuchufleta, serán muchos los que apreciarán que despidas a tu padre con lo mejor de ti, con tu música,

Benito. Por supuesto que los muertos no oyen. Si es por eso, tampoco descansan en paz ni habría por qué ponerles mortaja o hacerles exequias. Pero se trata de otra cosa. Se trata de dejar al padre en la tumba acompañado para toda la eternidad de un gesto de amor, de un..., ¿cómo te diría yo?, de un agradecimiento simbólico por todo lo que hizo en la vida por sus hijos.

–No, si yo en realidad... ¡Joé, qué labia tienes!

–¿No hay una pieza musical que entrañe un valor especial para ti, una en la que esté, vamos a decir, la esencia, el nervio de Benny Lacun?

Benito Lacunza apartó con rapidez de sus labios el gollete de la botella.

–Pues –se apresuró a responder–, la que te he mentado antes, *Stella by Starlight*. Ahí estoy yo al máximo. Y la prueba es que en el Utopía, las noches en que me arranco con esa pieza, a más de uno y de una se les ponen los ojos como grifos. En serio. No lo digo por fardar.

–Entonces, ¿tocarás o no tocarás en el entierro del padre?

–Que sí, hombre, que sí. No seas plomo. Basta que me pidas una cosa para que yo la haga. ¿Me negarías tú algo a mí?

–¡Qué ideas tienes! ¿Cómo te iba a negar yo a ti nada?

–Pues no sabes cuánto lo celebro, porque es el caso, Tuboloco o como te llames, que con las prisas del viaje he venido muy justo de medios. ¡Con decirte que no he traído más muda que la que llevo puesta! Anda, majo, préstame unas peseticas con que me mantenga hasta que todo vuelva a la normalidad. Te las devolveré nada más recibir mi pellizco de la herencia.

De vuelta al piso de abajo, se enzarzaron los dos hermanos en una disputa afectuosa a causa de la cantidad de la que el menor insistía en desprenderse y de la negativa del mayor a aceptar un dispendio que juzgaba excesivo. Al fin triunfó la cabezonería del primero. Benito Lacunza se embolsó cerca de cincuenta mil pesetas haciendo muecas de resignación; pero se salió con la suya poco después al rechazar de plano el ofrecimiento de su hermano para que se quedase a cenar.

—Te dejo en cuanto me beba este chupito de coñac.

Y luego, en tono paternal, añadió:

—Dale un descanso a esa muela cabrona, que me está doliendo como si fuera mía.

Transcurrido un rato, Lalo acompañó a Benito hasta la puerta y allí se despidieron los dos hermanos. A Benito le dio de pronto la cariñada, estrechó a su hermano con fuerza entre los brazos y le cubrió de besos las mejillas.

—¡San Dios bendito —exclamó de sopetón, con ojos dilatados y brillantes—, cuánto te quiero!

Bajó soltando carcajadas el primer tramo de la escalera. Al llegar al descansillo, se volvió para guiñarle un ojo a Lalo y preguntarle:

—¿Tienes novia?

Lalo se acercó a la barandilla.

—Descuida, que ya te la presentaré —le respondió.

8

Un monólogo vespertino

Apenas hubo salido a la calle, a Benito Lacunza, con las primeras aspiraciones de aire fresco, le tomó de pronto tal flojedad en las piernas que, si no es porque se pudo apoyar a toda prisa en la pared del edificio, se habría caído al suelo igual que un pelele con pies de trapo. Se llegó tambaleante hasta un solar cercano, que era una especie de hoya encajonada entre las casas e invadida de vegetación silvestre. Allá dentro, al amparo de un arbusto, se alivió larga y placenteramente de orina. Después, como le perdurase la sensación de mareo, optó por hurgar con los dedos en el gañote y así achicó una buena parte del coñac que acababa de ingerir en casa de su hermano.

En esto, se percató de que lo estaba observando un grupo de cuatro o cinco niños, ninguno de los cuales sobrepasaría aún la edad de diez años. Le supo mal a Lacunza la curiosidad sonriente de aquella apretada chiquillería. Se despachó entonces con una andanada de palabras soeces que los pequeños no dudaron en tomar a chirigota. Uno de ellos, más espigado y desenvuelto que los otros, dio un paso adelante y, con las piernas separadas y muecas retadoras de matachín precoz, le mostró a Lacunza un dedo afrentoso. Lacunza, impulsado por una sacudida de coraje, se agachó a coger una piedra del suelo. Los niños adivinaron al instante su intención y echaron a correr todos a un tiempo por la cuesta arriba. Lento y aturdido, Lacunza tomó el camino de vuelta al centro de la villa. A punto de doblar la esquina, oyó a su espalda un coro de voces infantiles que desde lejos lo motejaban de «borracho patachula».

Lacunza recorrió las calles de Carlos VII y de Fray Diego sin despegar la vista del suelo ni caer en la cuenta de que llamaba la atención a izquierda y derecha con su monólogo refunfuñante. «¿Decirme a mí cojo esos enanos? ¡Lástima no haber agarrado a uno para despellejarlo! Cojeo porque soy un tío libre, ¿vale? Eso para empezar. También porque, mecagüenlá, si piso de lleno puede que me dé un pinchazo en el pinrel. Cosa de poco momento, pero que, joé, duele la hostia. Y a mí el dolor no me camela ni en pintura. En cuanto a lo de borracho, para ahí el carro. Yo soy un trompetista de jazz, ¿entendido? ¡Que si habéis entendido! Ah, bueno. En realidad debería beber más, en serio, drogarme a tope, meterme en mogollón de trifulcas y apalancar cada dos por tres la osamenta en el trullo. No lo digo por mí. Es que lo pide el oficio. Un fulano que aspira a dejar huella en el mundo del jazz tiene que vivir al límite. No hay más remedio. O bajas al infierno como hizo Chet, como hicieron Charlie Parker, la Holiday y tantos otros que ahora son el orgullo de la nación americana, o no eres nada. El infierno es la salvación, tronquis, si lo sabré yo. ¿O alguien se imagina a Benny Lacun sirviendo de camarero toda la vida? ¡Y un jamón! Como hay Dios, si es que lo hay, que yo un día me pasearé en una limusina del carajo por este puto pueblo. ¿Cuánto apostamos? ¿Cuánto apostamos a que por mi morro aparco en zona prohibida, delante mismo del ayuntamiento, y le suelto al guardia una propina que se le caen los pantalones del susto? Y además, antes que se me olvide, yo me he trincado la botella de coñac para celebrar mi reencuentro con Lalo, a ver si os queréis enterar de una puñetera vez, capullos. Conque ni siquiera he sido vicioso. ¿No ha dicho mi hermano que lo que se hace por amor no puede estar mal hecho o algo por el estilo? Y yo, ¿por qué he bebido? A ver, que alguien explique a la pandilla de mocosos por qué Benny Lacun se ha bebido una botella de coñac. Pues está más claro que el agua. ¡Por amor, hostia, por amor! Me ha llenado de amor la presencia de mi hermano, ¡qué pasa! ¿Os jode, no? En cuanto lo he visto parado delante de la puerta me ha parecido que se me desprendía de golpe todo el pellejo y me aparecía uno nuevo debajo, igual que cambian de camisa las culebras. No se puede estar al lado de Lalo sin transformarse. Ese muchacho es milagroso. Contagia bondad, generosidad, dulzura. ¡Y qué ideas tiene, mecagüenlá, y qué bien se expresa, y qué majo es! ¿Pues no me ha dado casi diez mil duros por las buenas? ¡Hala, toma, coge! Cada vez que pienso en el veneno que me metió el otro día la Pauli para encizañarme con el Lalo me vienen ganas de comerme un gato vivo. ¡San Dios, qué rabia! Mujer enredadora, por tu culpa, ¿no he subido yo al piso de Lalo con el pensamiento de jipar en los cajones, echarle a los pies las cosas robadas en casa del padre y armarle una bronca de mil pares a ese pedazo de pan? Pero, vamos a ver, ¿qué necesidad tengo yo de que me líe una hembra que no es más que una currante de medio pelo? Encima tiene más celulitis que la madre que la parió. Y desde luego más de lo que ella cree. O de lo que quiere creer. Lalo, hermano, perdóname.»

Hablando para sí y gruñendo llegó Lacunza, con la última claridad del atardecer, al puente del Azucarero. Fuera porque allí soplaba un viento suave y refrescante, saturado de aroma campestre; fuera porque el paisaje se ensanchaba agradablemente ante su vista tras el trayecto bordeado de edificios feos que acababa de recorrer, el caso es que determinó acodarse en la barandilla con el ánimo de complacerse durante un rato en la contemplación del río.

Bajaba el Ega poco caudaloso por ser época de estiaje. Largas melenas de algas serpeaban dentro del agua. En los claros que dejaban entre sí las plantas acuáticas, asomaba un fondo de arena y cantos rodados sobre el que nadaban peces de lomo oscuro. Tan sólo cuando al ladearse mostraban el vientre plateado era posible verlos un instante en la penumbra. De vez en cuando saltaba alguno fuera del agua. Lacunza dirigía con rapidez la mirada hacia los pequeños círculos en expansión que indicaban el lugar del chapoteo; pero de todas todas sus ojos llegaban tarde para avistar el pez. «A ver si un día de éstos me hago con unos kilicos de carnaza y me voy a pescar cangrejos río arriba. Si es que quedan, claro, porque vete tú a saber.»

Cerca, en la terraza del Che, había gente sentada a la fresca y departiendo en apacibles corrillos bajo la fronda tupida de los plátanos. Más allá, una hilera de chopos se extendía a lo largo de la orilla en dirección al paseo de Los Llanos, hasta un terraplén reciente sobre el que se vislumbraba el perfil de una excavadora. Lacunza infirió que se estaba construyendo un puente nuevo. Al pronto le produjo un conato de enfado aquel cambio destructor en un paisaje que, por no haber sufrido modificaciones desde tiempos remotos, se le figuraba un reflejo vivo de su infancia. Lanzó un escupitajo a la corriente. «Bueno, qué más da. Que hagan lo que les apetezca. Total, yo no vivo aquí.» Se sentía sobrio, tranquilo y dueño de sus pensamientos, y se deleitaba hinchando los pulmones con el aire fresco del anochecer.

En esto, notó el bulto de los billetes en el bolsillo del pantalón y dijo para sí a tiempo que echaba a andar: «Veamos qué tal se porta el pueblico».

9
Cosas que pasan entre hombres y mujeres

Yendo por la zona céntrica, el cielo estrellado, las aceras concurridas, se acordó de que a poca distancia de la plaza de los Fueros, en una calle llamada Obispo Oñate, había un restaurante en el que solía comer cuando era universitario de la Complutense y, al llegar agosto, regresaba a Estella para pasar las fiestas patronales en compañía de los amigos.

El restaurante tenía un aire de comedor cuartelero, con su bullicio de comensales, sus paredes blancas y austeras, y sus mesas cuadradas dispuestas de manera que se pudiese albergar en torno a ellas el mayor número posible de clientes, aunque fuese a expensas de su comodidad. El local ocupaba la primera planta de una casa vieja. Lacunza pensó que por ser miércoles encontraría un sitio libre. Con esa esperanza y bastante hambre subió las escaleras pasado un buen rato después de las diez.

No le hizo falta esperar de pie junto a la entrada. El camarero le señaló un rincón casi enfrente de la puerta, donde acababa de desocuparse una mesa. A ella tomó asiento Lacunza de espaldas a la ventana. Hizo un ademán ostentoso, como de persona principal, para rechazar la carta que el camarero le estaba ofreciendo. A su olfato había llegado desde el fondo del pasillo, donde se hallaba la cocina, un olor rico y familiar que bien podría ser, se dijo, el de cordero en chilindrón, manjar que al punto le trajo a las mientes recuerdos de antiguas comilonas en cuadrilla. Conque eso pidió, deseoso de regalarse con un sabor que no disfrutaba desde hacía largos años, más la correspondiente ensalada y una botella de vino tinto.

La bebida le fue servida con rapidez, así como dos bollos de pan dentro de una fuente de mimbre. Mientras esperaba a que le trajesen la cena, se puso a fumar con calma un cigarrillo. De paso se dedicó a examinar semblantes. Elegía uno a la ventura y no paraba de mirarlo hasta encontrarle algún defecto, cosa que por lo general ocurría al instante.

Así entretenido, reparó en que, dos mesas a su derecha, una mujer joven y corpulenta, de entre veinticinco y treinta años, sentada con otras varias de su edad, tenía la mirada fija en él de continuo. Era ostensible que no prestaba atención a la plática vivaz de sus acompañantes. «Tranquila, Pauli, que usaré preservativo.» A Lacunza le daba corte sostener un pulso ocular con la desconocida. «Ondia, ahora sé lo que siente una bacteria cuando la junan con el microscopio.» Había, sin embargo, algo en el rostro carnoso de ella (¿la boca seria, el entrecejo inquisitivo?) que desdecía de la supuesta incitación erótica. Benito Lacunza optó por fingir que se hacía el desentendido. De vez en cuando volvía la vista como al descuido, los párpados entornados en señal de que nada ni nadie le despertaba interés; fugazmente captaba un detalle de la mujer y, apartando la mirada, lo añadía enseguida a la imagen mental que poco a poco estaba componiendo. Alguna que otra comprobación la llevó a cabo con el rabillo del ojo. Al percatarse de que el camarero le traía la cena, sentenció para sí: «La tía es chata, fortachona, metida en carnes y que le den morcilla».

Le sirvieron la ensalada, que despachó con buen apetito, y después un plato enorme cuajado de pedazos de cordero y de pimiento rojo, todo ello sumergido en una salsa de apariencia aceitosa. No pudo saborear el chilindrón. El caldo le parecía soso; el cordero, duro; los pimientos, blandos, con un tacto repugnante similar al de la gelatina, pero sobre todo con pellejos que si no se le pegaban a los dientes se le pegaban al paladar. Se estaba, además, tragando la comida sin apenas masticarla, pues lo sacaba de quicio saberse blanco de la atención escrutadora de aquella mujer. Se sentía sobremanera ridículo pescando cachos de carne en un charco caliente, para introducirlos después en la parte inferior de la cara por el orificio que todo el mundo tiene a ese efecto. «Y todavía hay quien se cree guapo. Y nadie denuncia esta monstruosidad. Y todo quisque sigue dale que te pego, paleando a diario alimentos dentro de la jeta. Parecemos fogoneros, a mí que no me digan. Yo, si pudiera, agarraría un destornillador y me haría un boquete en el pecho, conectado con el estómago. Entonces como y bebo por ahí y la boca la reservo para tocar la trompeta. Bueno, y para morrearme de vez en cuando con la Pauli.»

En una de ésas, como topara hueso, se le resbaló el tenedor. Gotas gruesas de caldo salpicaron el mantel. «Se acabó la sesión de circo», renegó. Arrancándose con rabia la servilleta que tenía encajada por un cabo en el cuello de la camisa, dio por terminada la cena.

Se conoce que la mujer estaba al acecho de una coyuntura como aquélla, ya que al punto se apartó de sus acompañantes para enristrar decidida y sonriente hacia Lacunza.

–Hola, Benito. Estaba yo preguntándome si serías tú, si no serías tú. ¿Qué tal por estos pagos?

Permaneció de pie, las manos apoyadas cada una sobre un extremo del tablero de la mesa, esperando en vano que Lacunza la invitase a tomar asiento. En su voz se arrastraba una cadencia lenta de simpatía, casi en los límites más graves de la tesitura femenina, donde ya apunta el timbre recio del varón. Tenía, por cierto, la mujer en sus ademanes y en su complexión una punta de marimacho.

–Pues aquí, ya ves, intentando matar la carpanta –respondió Benito Lacunza al desgaire.

La mujer, socarrona, hizo un gesto chusco de perplejidad.

–¿Cómo así? ¿Es que alguien o algo te lo impide?

–El condumio se me atraganta cuando me lo llevo a la boca y noto que no me quitan ojo. En fin, rarezas mías. No pasa nada. Y ahora perdona la indiscreción, pero ¿te importaría decirme quién pichorras eres y cómo sabes mi nombre?

–Benito, por Dios. ¿Ya no te acuerdas de mí? Soy Candela, la de Ganuza.

–Ganuza, Ganuza... Me suena.

–Venga, Benito, deja de tomarme el pelo, que no he nacido esta mañana. Soy la pequeña de Ganuza, de Gregorio Ganuza, el que os transportaba hace años la paja. ¿Ya no recuerdas que de chiquiticos solíamos ir en el camión de mi padre a bañarnos en cueros al pantano de Alloz? Y por si fuera poco, estamos a punto de ser parientes.

Lacunza, que se estaba escarbando la dentadura con un palillo, se quedó un instante como paralizado al escuchar la afirmación de la mujer.

–¿Te quieres casar conmigo o qué?

Candela Ganuza no pudo contener la carcajada.

–Hombre, ya me gustaría, pero seguro que mi novio no querrá darme permiso. Nos tendremos que conformar con menos. El Hierros y mi hermana... ¿No lo sabías? Pues te aseguro que si no llega a ser por la enfermedad de tu padre, a estas horas ya seríamos tú y yo cuñados.

–¿Lalo y la Nines Ganuza?

–Cosas que pasan entre hombres y mujeres. Se han enamorado como tortolicos y están con unas ganas de casarse que no veas.

–Joé, Candela, esto hay que celebrarlo. Anda, pídete un vaso y dale un tiento al vino.

Candela Ganuza señaló hacia sus amigas, que ya se apartaban de la mesa con evidente propósito de marcharse a la calle.

–Tengo que irme. Oye, quiero que sepas que me alegro de haberte visto.

–Lo mismo digo.

Y se quedaron los dos un momento mirándose sin saber qué hablar, hasta que, por romper el embarazoso silencio, a Lacunza se le ocurrió decir:

–Te veo muy bien de aspecto.

Candela Ganuza no era persona con pelos en la lengua. Respondió de sopetón:

–Estoy gordísima, con unos traumas de espanto. Benito, salado, que te cunda.

Candela Ganuza se incorporó al grupo de amigas. Salieron todas riendo y parloteando del restaurante, y quedó Lacunza a solas, pensativo y preocupado en su mesa del rincón. Le retiraron sin que se diera cuenta el plato de cordero. Que si deseaba postre. El camarero hubo de repetir la pregunta. Absorto en sus cavilaciones, Lacunza se sobresaltó. No quiso postre. Retuvo, sin embargo, los bollos de pan. De vez en cuando arrancaba un trozo y se lo comía con flema melancólica después de mojarlo en vino.

De pronto, sus pensamientos lo devolvieron a los días lejanos de su mocedad. Se vio apostado de nuevo junto al portón despintado de aquel garaje cochambroso que por entonces tenía alquilado don Gregorio Ganuza en la avenida Yerri, un poco más arriba del coso taurino. Son las fiestas del ochenta y tantos. Lacunza viste el atuendo de rigor: camisa y pantalones blancos, alpargatas asimismo blancas, con suela de trenza de esparto y cordones rojos, como rojos son también la faja anudada en el costado izquierdo y el pañuelo que la tradición obliga a llevar a varones y mujeres, a niños y adultos, en torno al cuello.

El sol de la una pega con fuerza en la pared encalada del edificio frontero. Lacunza agacha a cada instante los ojos para evitar el reflejo hiriente. A ratos, formando visera con la mano, otea a izquierda y derecha, no ocurra que aparezca don Gregorio y él no pueda dar el aviso a tiempo. Como es de suyo asentidor y bienmandado, sus amigos lo han enviado antes a la farmacia a comprar preservativos, porque con uno que se exponga basta, han dicho, y además él, al vivir en la otra parte de la villa, tiene mayores posibilidades de que la dependienta no lo reconozca.

Ha ayudado luego a extender las mantas de lana sobre las tablas del remolque, e incluso ha visto cómo la Nines y aquella chica rubia de Puente la Reina, ¿cómo se llamaba?, empezaban a aligerarse de ropa. Juntos han compartido unos porros, se han reído sin causa aparente, inducidos por el común acuerdo en el gozo y por los efectos enajenadores de la droga. Luego las chicas han parodiado un desfile de modelos, yendo de un lado al otro del remolque con garbo, descaro y no más atuendo que la lencería. A la hora de los besos y el toqueteo, como ellas eran dos y ellos uno más, a Lacunza lo han puesto a vigilar la calle por si viene don Gregorio. La Nines, al ver a Lacunza saltar del remolque con cara mustia, le ha prometido echarle una paja si todo sale bien, menudo consuelo. Los cuatro han soltado el trapo a reír y a la chica rubia de Puente la Reina, ¿Miren, Marina, Margari?, se le notaban los pezones a través del sujetador.

Eso fue uno o dos años antes que Lacunza se marchase a estudiar a Madrid. Al cabo de un tiempo supo de boca de un amigo que Nines Ganuza se había quedado preñada de un portugués que andaba de trapicheo por la merindad. En otra ocasión, durante una de sus últimas visitas a Estella, Lacunza vio que sacaban de una bajera habilitada para chabisque a Nines Ganuza y la metían en una ambulancia. Algunos dijeron que la chica se había desvanecido por causa de una borrachera. Lacunza no volvió a acordarse de ella hasta la noche en que Candela Ganuza le vino con el cuento de que su hermana tenía hecho propósito de casarse con Lalo. «Mi pobre hermano», pensó Lacunza. «¿No sabe que lo ha cazado una suripanta?»

Le trajeron después, a ruego suyo, la cuenta de la cena, pagó y se fue derecho a tomar un carajillo y a fumarse un puro en una cafetería de la plaza de los Fueros.

Tomó asiento en un taburete giratorio junto a un recodo del mostrador. Desde allí podía abarcar de un vistazo a la docena larga de parroquianos repartidos por las mesas. Durante un rato ocuparon su atención unos carteles taurinos colgados en la pared. Más tarde, mientras despachaba con calma su segundo carajillo, se entretuvo en leer las etiquetas de las botellas alineadas sobre las baldas. Parecióndole que una noche de miércoles en provincias no daba para grandes jolgorios, formó propósito de recogerse después de fumar un puro. Le alargaron una caja donde los había de diversas clases. Lacunza eligió el más grueso «porque, joé, tampoco se trata de volverme cartujo el primer día».

Acostumbrado a trabajar de noche, a las once y media no tenía ni pizca de sueño. «¿Y si fuera a casa a coger la trompeta? Subo con ella a la cima de San Lorenzo. Allí me siento tan campante al pie de la cruz. Mientras repaso de punta a rabo el repertorio, les jodo el descanso a los lugareños hasta que salga el sol o vengan los picoletos a detenerme. Hace tiempo que no me divierto.»

El local languidecía bajo la luz amarillenta de las lámparas. Uno de los camareros, un chico joven de flequillo oscilante y mejillas estragadas por las lacras del acné, secaba vajilla con un paño. Se acercó a Lacunza con intención de pegar la hebra sobre la cosa del fútbol. Lacunza clavó en él una mirada sombría, colmada de petulancia. «El viejo truco de matar el aburrimiento dando palique al cliente. ¿A qué viene este chorbo lleno de agujeros a recordarme que soy del mismo gremio de esclavos?»

Lacunza soltó una bocanada, parecida a un bufido, por un cabo de la boca antes de replicar:

—No es por ofender, pero a mí que el Izarra haya bajado a tercera me la suda lo mismo que si a la alcaldesa de este pueblo le pican o no las almorranas. ¿Tú me has visto a mí cara de bruto que va a un campo de fútbol a chillar?

El camarero pidió disculpas. A continuación se volvió hacia el que sin duda era su jefe como para significarle, encogiéndose de hombros, que él no había pretendido molestar. El otro, veterano en el oficio, se encaró confianzudo con Lacunza, al que conocía, y le dijo:

—¡Hósperas, Benito! ¿Te has levantado con el izquierdo o qué? Me viene al recuerdo que de chavea torturabas balones con los juveniles del Izarra.

—Bueno, bueno... Desde entonces ha llovido mucho y yo he leído unos cuantos libros.

—Anda, tú —le dijo el jefe a su subordinado—, ponle un coñac al excelentísimo señor don Benito Lacunza, a ver si se le apacigua el ánimo.

—Oye —terció el aludido—, que yo no estoy de mala leche.

—Pues lo parece. ¿Quieres una copa por cuenta de la casa, sí o no?

—Nos ha jodido. ¡Pues claro que quiero!

Se la sirvieron en medio de un silencio expectante. Sin necesidad de volver la cabeza, Lacunza percibió el respingo colectivo, acompañado de un giro simultáneo de miradas hacia él. No eran más de quince o dieciséis las caras soñolientas que, en el aburrimiento de la hora, aguardaban el momento cotidiano de pagar la cuenta y marcharse a casa a dormir.

A Lacunza le sobrevino una racha de la inquietud placentera que experimentaba de costumbre en el Utopía cuando el Ciri le concedía permiso para colocarse sobre el escenario. Apuró la copa de un trago largo, parsimonioso, los ojos cerrados como si en lugar de llevarse a la boca una pieza ordinaria de vajilla estuviera ejecutando con la trompeta, al modo de Chet Baker, alguna balada tierna.

Vaciada la copa, comprobó perplejo que nadie lo observaba. En represalia, decidió ensimismarse. Y para empezar, mientras esperaba que remitiese la quemazón en la garganta, juzgó que el coñac que le había sacado su hermano por la tarde era infinitamente mejor. Lo cual no le impidió solicitar enseguida «otra copa del aguarrás ese», según dijo con insolencia campechana. La pagó de su bolsillo, pues no le apetecía salir del café ni con reputación de gorrista ni adeudando favores.

Fuera, en la penumbra de los soportales, va y tropieza con el canto de un adoquín. Dio un traspié sin importancia. Ni para un susto, pero como iba un tanto incómodo de flatos y venía picado a causa de unas risas que había dejado a su espalda al marcharse del café, profirió una maldición y entonces, «mecagüenlá», se le escapó el puro de la boca. Lo llevaba consumido poco más de la mitad. Rodó, chispeante, hasta una grieta, donde se quedó humeando.

Abierto de piernas, Lacunza se situó con un pie a cada lado del puro. «Desde aquí», pensó, «parece una mierda de perro. ¡A ver si me voy a confundir!» Le hizo falta una toma profunda de aire antes de poner por obra una tentativa de agacharse. Total, para nada. Una basca amarga en el momento de inclinar el torso agravó el problema. Lacunza miró la brasa del puro con semblante inexpresivo.

–Muchacho –le dijo–, si quieres que termine de fumarte será mejor que te me subas de vuelta a la boca. El menda no se piensa agachar ni aunque lo aspen. Conque venga. Te cuento hasta tres. O vienes a casa o en el siguiente bar pido otro puro. Nadie espere que Benny Lacun se arrastre jamás por el polvo de los caminos. ¡Joé, ya hablo igual de chachi que mi hermano!

Estuvo en un tris de meterse en el siguiente café de la plaza, pero a pocos pasos de la entrada distinguió en el interior una cara conocida con la que malditas las ganas que tenía de encontrarse, así que sin pensárselo dos veces reculó hacia la calle Calderería, en la dirección opuesta a la de su casa. Allí, en una taberna semivacía, se compró un purito de los que venden acoplados a una boquilla de plástico; pimpló tres copas de coñac, una por deferencia del dueño, e impelido por un vértigo de ludopatía que le nubló de pronto la sesera, pulió en cosa de un cuarto de hora ocho mil pesetas en el tragaperras.

–Suerte charra.

–Déjalo, Benito, que el trasto ya ha soltado el premio gordo por la tarde y dos en un día nunca da.

De vuelta a la noche, golpeó su atención un barullo festivo que provenía de un bar próximo, ya dentro de la vecina plaza de Santiago, donde se oía a un coro de vozarrones desafinar con alborozo desenfrenado. Para allá enderezó Lacunza con pasos no muy firmes, el purito postinero entre los dientes y los puños hundidos hasta el fondo en los bolsillos de los pantalones.

Por azar reparó en una estrella que brillaba sobre un tejado. Se detuvo entonces en medio de la calle para lanzar al astro remoto dos o tres soplidos con capricho juguetón de apagarlo. Alargando después el brazo hacia arriba, se empeñó en juntar la brasa de su pequeño puro con aquel punto de luz perdido en la noche inmensa. Lo intentaba con un ojo cerrado, y en todas las ocasiones, cuando parecía que ya lo iba a conseguir, se le pasaba la mano de largo; la volvía de inmediato atrás, sin lograr nunca el propósito, hasta que aburrido del pueril entretenimiento reanudó la marcha. Murmurando incongruencias, se llegó al bar.

–¡Mirad quién está ahí! –oyó apenas hubo cruzado el umbral.

Junto al mostrador se arracimaban cinco amigos de los

viejos tiempos. Todos ellos mostraban en sus caras un brillo rojizo y feliz de achispamiento. Se abrieron en círculo para rodear a Lacunza, que aguantó la tormenta de abrazos con aire de cordero resignado al sacrificio. El gordo Pilón le afeó la seriedad. Por iniciativa suya, los cinco cantaron a voz en cuello:

> Benito, Benito,
> Benito es cojonudo.
> Como Benito
> no hay ninguno.

Mientras lo jaleaban, Lacunza se dijo para sí: «Chusma estellesa. Más bruta, imposible».

–¿Qué te trae por estos pagos?

Lacunza se soltó con una ocurrencia socarrona:

–Me mandan los vecinos de arriba a que paréis de berrear porque no les dejáis dormir.

–Que se jodan.

Dicho lo cual por uno de ellos, se arrancaron todos juntos a grito limpio con unos aires chabacanos de la tierra, mientras cogidos de los hombros, alegres, descamisados, sudorosos de dicha alcohólica, giraban saltando en rededor de Lacunza.

–¿Por qué no me cantáis una en inglés? –preguntó éste.

–Vete a la mierda.

Y el gordo Pilón añadió con malicia:

–Benito, majo, te invito a que nos invites.

Hubo acto seguido ronda de vino y cerveza a expensas de Lacunza, que persistió, él solo, en el coñac. Eso, el porte altivo y el fajo de billetes que destapó a la hora de apoquinar suscitó un murmullo general de admiración, puro recochineo.

–¡La hostia con el madrileño este! Está forrado de pasta el tío.

75

–Nada del otro mundo –replicó Lacunza–. Ya sabéis, la fama, el talento, esas cosas.

Tras diez minutos de brindis, risas estentóreas y aires populares coreados de manera destemplada, les comunicó el tabernero que había llegado la hora de bajar la persiana. La alegre pandilla salió del bar con intención de continuar la juerga en otra parte. Siguiendo el camino por el que había venido Lacunza un rato antes, atravesaron la plaza de los Fueros, rumbo a los bares de la calle Navarrería, donde tenían convenido tomar la espuela. La noche, ya está dicho, era tibia y estrellada. No soplaba una mota de viento, y si exceptuamos la bulla que causaba al pasar aquel grupo de amigos, la villa entera reposaba en el silencio propio de los lugares donde la gente ha de madrugar al día siguiente para acudir a sus obligaciones. Las aceras se hallaban desiertas. De vez en cuando se veía doblar la esquina o borrarse en las sombras de una callejuela lateral la silueta efímera de algún trasnochador solitario.

Por el trayecto, un mozo fornido de nariz porruda, a quien motejaban Pistolas, se retrasó unos metros para colocarse al costado de Lacunza, que caminaba a la zaga del grupo un tanto apurado de equilibrio. Desentendidos del canturreo de los demás, entablaron los dos amigos plática serena, sin la guasa ni la trivialidad jocosa que se usa de ordinario entre juerguistas. Tras recordar algunas peripecias comunes del pasado, Pistolas adoptó de pronto una expresión grave para contarle a Lacunza que se casaba.

–Hombre, enhorabuena. Entonces esta farra es tu despedida de soltero, ¿no?

Pistolas asintió con la cabeza gacha, al modo de quien confiesa avergonzado una falta.

–De haberme avisado que venías hoy a Estella, yo te habría invitado con mucho gusto a la cena –dijo en un tono de susurro confidencial que absurdamente indujo a Lacunza a tender la vista en derredor para confirmar que nadie los seguía–. Me caso dentro de dos semanas con Gema Sembroiz. ¿Te acuerdas de Gema? Entró a trabajar en Agni el mismo año que tu hermano. Son de la misma edad. Casi se me escapa decir de la misma quinta; pero, claro, habría sido una chorrada, ¿no crees?

Lacunza ni creía ni dejaba de creer. En aquellos instantes le faltaba agilidad mental para ponerse a buscar nombres y rostros en los nebulosos entresijos de su memoria. «Éste es un pueblo de pulpos», pensó. «Joé, desde que he llegado no hacen más que echarme los tentáculos para tenerme agarrado a sus aburridas existencias de pueblerinos.» Respiró hondo. «En cuanto llegue a casa me haré una manzanilla.» Terminado el purito, no cesaba de afanarse en la producción de saliva, restregando la lengua por las paredes de la cavidad bucal en una búsqueda desesperada de humedad. Otro remedio para combatir el amargor áspero que le llenaba la boca no se le ocurría.

Barruntando explicaciones latosas, decidió mentir.

–Por supuesto que me acuerdo de Gema Sembroiz. ¡Cómo no me iba a acordar!

Estuvo a dos dedos de agregar «buena moza» o unas palabras similares de cumplido; pero el gesto a todas luces mustio de Pistolas lo persuadió a resistir la tentación.

–Muy contento no pareces.

–Es que... No sé. Tengo mis dudas. Mi familia dice que me lo piense bien, que termine primero de vivir la juventud, ahorre para un piso y luego me ate. Gema, en cambio, está completamente decidida.

Se quedó callado. Por lo visto esperaba que Lacunza le prodigase consejos útiles, algunas frases de ánimo o de consuelo, o le ayudara de cualquier forma a vencer su indecisión. Pero Lacunza bastante tenía con sus empeños salivales. La conversación había llegado de repente a un punto muerto. Tras un lapso de silencio espeso y a fin de reavivarla, Pistolas optó por un cambio radical de tema. Le preguntó entonces a Lacunza si después de tantos años aún tocaba la trompeta. El interpelado reviró la cara, mostrando sin disimulo el interés vehemente que el asunto le merecía.

–¿Pues no has entendido antes que de eso vivo? Actúo todas las noches, de lunes a domingo, y más no porque tengo capricho de aguantar entero hasta la vejez. Atiendo por Benny Lacun, porque te puedes imaginar que con un nombre como el mío, en Madrid, no vas de aquí a la esquina. Todos los días tenemos el lleno garantizado. Eso sí, yo toco lo justo. Hay que procurar no desgastarse, ¿comprendes?

Pistolas comprendió todo menos lo esencial: que Lacunza había pronunciado aquellas palabras jactanciosas con el mismo deseo de confidencia que él las suyas recientes acerca de las vacilaciones y temores que le inspiraba su proyecto matrimonial, y, por consiguiente, para compensar un secreto con otro. A Lacunza ni siquiera le pasó por la cabeza que acababa de adobar una pepitoria de verdades y embustes. Le apetecía, simplemente, impresionar y recibir de paso algún halago por parte del narigudo, sin que el asunto llegara a oídos de los que caminaban varios metros por delante. Estaba él muy lejos de prever el efecto que su revelación había de causar en su acompañante. El cual, de manos a boca, se transmutó de hombre pesaroso, agobiado ante la perspectiva de tener que tomar una decisión crucial en la vida, en parrandero jovial y bullicioso, de suerte que haciendo bocina con las manos les lanzó un grito a sus compañeros para que se detuviesen y le escucharan, porque tenía, según declaró, algo importante que decirles.

–¿Sabíais que Benito, aquí donde lo veis, con su cojera y todo, no ha dejado de tocar la trompeta en los últimos años y hoy por hoy es uno de los músicos más grandes de la capital de España?

La noticia fue recibida con regocijo. A ninguno complació tanto, sin embargo, como al gordo Pilón, cuyas facciones carnosas se revistieron súbitamente de una pátina de vivacidad, resaltada por el resplandor de una farola próxima. Se lanzó, exultante, sobre Lacunza, envolviéndolo en un abrazo que a punto estuvo de estrujarle las costillas. Lacunza hacía en aquellos momentos una figura bastante desangelada. En medio del círculo parlanchín, abrigaba la sospecha de que era víctima de alguna broma; pero carecía de la lucidez necesaria para intentar siquiera comprobarlo. Conque se sometió en silencio a las muestras de efusión y júbilo de sus viejos amigos, por más que no las terminaba de entender.

–Bueno, bueno, que tampoco es para tanto –alegó en tono vacilante y medroso cuando por fin el gordo Pilón hubo cesado de apretarlo contra su panza.

Sin darle ocasión a explicarse, le preguntaron si por casualidad se conocía en Madrid a la murga Los Grandiosos. Lacunza ya no dudó en atribuir la algazara de la pandilla a simple estupidez, y fue por causa de ese convencimiento que no barruntó la encerrona que le andaban preparando.

–Pues no –respondió después de arrugar el entrecejo en señal de que había meditado la respuesta.

Y entonces el gordo Pilón añadió:

–¿Y a ti tampoco te suena?

–No me suena de nada.

–Pues es raro porque eres un miembro de ella.

Una risotada general estalló en la noche. El gordo Pilón concedió tiempo a todos para que se deleitaran a sus anchas contemplando la cara de extrañeza que ponía Lacunza. Dirigiéndose después a éste, le plantó la mano encima del hombro –«otro que me echa el tentáculo»– y le dijo:

–Benito, majo, nos has caído como agüica de mayo. Más oportuno, imposible. Pasa de media noche y mañana tengo que madrugar, así que te lo aclararé en un voleo. Estos tres –señaló con el dedo a los aludidos–, yo y otros amigos hemos fundado una murga para tocar y pasarlo de puta madre durante las próximas fiestas de Estella. Nos hemos puesto Los Grandiosos. ¿Te gusta? ¿Sí, no? Da igual. El caso es que llevamos mes y medio ensayando. El sábado que viene, si Dios quiere y si no quiere también, subiremos a Eulate a debutar. Más que nada para probar si funciona la cosa, ¿me comprendes? O sea, que somos siete pirados. Aquí Pistolas, como todo el mundo sabe, toca el acordeón mejor que los ángeles. Yo, no es que quiera alabarme aprovechando la curda que llevo encima –guardó silencio unos instantes a fin de disfrutar las carcajadas que la chirigota había suscitado en rededor–, pero soplando la tuba soy casi tan bueno como soplando a mi mujer. En conclusión –dijo, tras una nueva andanada de risas a la que Lacunza estuvo tentado de sumarse–, te esperamos pasado mañana, a las siete de la tarde, en el garaje de mi casa. Vivo donde siempre. No hace falta que traigas de beber porque tenemos de sobra. En mi garaje le pegaremos todos juntos un repaso al repertorio y el sábado, tachún, tachún, tachún, a darles ritmo sabrosón a los paletos de Eulate, a las vacas del pueblo y a todos los pajaricos de la Améscoa Alta, de la Baja y de lo que nos echen. ¿Has traído la herramienta? Porque, si no, te conseguimos una echando virutas.

–Sin mi trompeta –se envaneció Lacunza– yo no voy ni al retrete.

–Así habla un artista de raza. Se nota que eres navarro y que te dieron de mamar la leche de esta tierra.

–Entonces, ¿vendrás? –terció Pistolas–. No somos la Filarmónica de Berlín, pero cuando atacamos un pasacalle ten por seguro que se menean de gusto hasta las lápidas del cementerio.

Un torbellino de imágenes se agitaba en la mente de Lacunza. Sobre todas ellas se le impuso durante una fracción de segundo, con escalofriante nitidez, una que mostraba a su hermano Lalo acostado en el lecho mortuorio de su padre. La breve visión le produjo honda inquietud. Por un instante tuvo la impresión de que le faltaba aire para respirar. Sentía una opresión en el centro del pecho. Miró a izquierda y derecha, y comprobó con un asomo de temor que se hallaba atrapado en el interior de un cerco de caras risueñas. «¿Quién me manda a mí juntarme con estos bestias?», se dijo. Le tentó escurrir el bulto alegando que él no era músico de chinchín; pero nada más pensarlo cayó en la cuenta de que semejante disculpa suponía un desaire que habría de sentar muy mal a sus amigos. Le tranquilizó pensar que el viernes aún quedaba lejos. En el transcurso de dos días podían ocurrir muchas cosas que diesen al traste con su ingreso en Los Grandiosos. Ponerse enfermo, sin ir más lejos. «Les digo que he agarrado una colitis, que tengo la regla. Lo que sea y me quedo en casa, ¡no te jode!» Así que para evitar incordios, y también porque en el fondo le atraía la idea de lucir su pericia musical en el terruño, se comprometió de firme a acudir al ensayo en el garaje del gordo Pilón y un día después, con todos los componentes de la murga, a las fiestas de aquel pueblo perdido en las faldas de la sierra de Urbasa.

Esto acordado, la achispada cuadrilla prosiguió su camino. Al llegar a la confluencia de la calle Estella con la del Puy, Lacunza oyó que, desde un nutrido grupo de jóvenes que se acercaba por esta última, lo llamaba una voz femenina. Una mujer joven, esbelta, de movimientos ágiles y rizos negros, se apartó de los que con ella venían y se llegó a toda prisa hasta él. Lacunza se paró a admirarla. Tan sólo cuando la tuvo a menos de dos pasos de distancia, reconoció el rostro agraciado de la enfermera a la que había sorprendido por la tarde cortándose las uñas de los pies en la habitación de su padre.

—A las diez de la noche ha muerto. Lo esperan a usted en casa.

Lacunza clavó la mirada en el arete de níquel que la muchacha tenía atravesado en una ceja.

—Le garantizo, señor Lacunza, que su padre se ha ido sin sufrir.

Los cinco amigos, que un minuto antes alborotaban la calle con su parloteo, sus cánticos y sus carcajadas, enmudecieron de golpe, visiblemente afectados al enterarse de lo ocurrido. Uno a uno se acercaron a Lacunza a fin de transmitirle el pésame. Hubo quien se limitó a estrecharle la mano. Otros le hicieron saber que lo acompañaban en la pena. El gordo Pilón fue el último en llegarse a él. Le dio un abrazo vehemente al par que con la mirada fija en las estrellas barbotaba palabrotas de condolencia, como si la muerte de un ser querido le pareciera más una ofensa que una desgracia.

Tanto impresionaron a Lacunza las muestras de afecto de sus compañeros de jarana que por un momento pensó que el duelo les concernía más directamente a ellos que a él mismo. A todos correspondió con idéntico gesto maquinal de gratitud, sin moverse del lugar ni saber qué hacer ni qué decir.

Sumida en silenciosa tribulación, la cuadrilla de amigos se apartó de Lacunza. ¿Qué podían pensar sino que éste se dirigiría sin pérdida de tiempo a su casa? También ellos estaban resueltos a retirarse cuanto antes a las suyas, quizá después de intercambiar algunas impresiones a la vuelta de la esquina. La luctuosa noticia había acabado de raíz con su intención de darle un remate divertido a la parranda. Reemprendida, sin embargo, la marcha, se percataron de que Lacunza los seguía como hasta entonces, cojeando levemente a varios metros de distancia, las manos en los bolsillos, cabizbajo, pero con el gesto sereno de quien afronta el infortunio con entereza.

Lo cierto es que Benito Lacunza, en aquel instante, tenía la mente en blanco. Sentía tal aturdimiento que hubiera seguido toda la noche caminando a la zaga de sus amigos. Se pararon éstos extrañados para preguntarle si deseaba que alguno lo acompañase a su casa. Lacunza salió a este punto de su apatía.

–No, no, ya voy solo –respondió y, tras despedirse con un ademán flojo de la mano, volvió sobre sus pasos y se adentró en la calle del Puy, lo que suponía tomar un camino más largo.

A su llegada encontró luz en las ventanas del primer piso. Las de la planta baja, en cambio, incluida la de la habitación de su padre, estaban apagadas. Sería cerca de la una. Lacunza había recorrido gran parte del trayecto a paso rápido. La fatiga le había puesto un nudo de dolor en el pecho. Sudaba copiosamente. La camisa, empapada, se le había pegado a la espalda y desde la frente se le derramaban por la cara gotas gruesas y calientes que él apartaba de vez en cuando con la manga.

Parado ante la puerta, le vinieron tentaciones de llamar al timbre. Lo disuadió, cuando ya alargaba la mano para apretar el pulsador, un respeto medroso hacia el difunto. Mientras buscaba en la oscuridad la llave por los bolsillos, sufrió un vahído que a punto estuvo de dar con su cuerpo en tierra. Optó a continuación por sentarse sobre el escalón de la entrada. La piedra fría le causó una especie de placer mordiente en las nalgas y, sin poderlo evitar, absorto en sus visiones absurdas de borracho, se vació repentinamente de orina con la ropa puesta. La mojadura lo devolvió de golpe a la realidad. Con arduo esfuerzo logró ponerse de pie. De nuevo buscó la llave. «¡Hostia viril, me he meado igual que un crío! Ahora, ¿cómo me voy a presentar ante ellos con esta facha? ¿Qué excusa le suelto a la Encarna? ¿Qué le digo a Lalo si me pregunta de dónde vengo? ¿Y si se dan cuenta de que he bebido? Bueno, eso lo van a notar hasta con la luz apagada. ¡Menudo tufo debo de llevar encima! Y la puta llave que no aparece. No, si aún tendré que tocar el timbre...»

A este punto, una súbita ráfaga de lucidez en medio de su espesa confusión le permitió recordar que horas atrás, antes de salir de casa, había metido la llave en una de las divisiones de la cartera. Lo había hecho por recomendación de la tía Encarna, ya que al estar la llave suelta podía perderla fácilmente. Conque la buscó a la luz de una farola de la calle. Hurgando en la cartera, sus dedos encontraron por casualidad una tarjeta telefónica. Era la misma que por la mañana temprano, antes de marcharse a la agencia de viajes, había colocado Paulina de la Riva sobre la consola del pasillo, junto con una nota en que le rogaba que la llamase nada más llegar a Estella y le dejaba un beso.

En la cabeza de Lacunza hervían los remordimientos. «¡San Dios, qué habré hecho yo para que me toque ser la calamidad que soy! La Pauli me va a hostiar. Estará dando vueltas en la cama. Igual se piensa que he tenido un accidente y la he palmado. Como si la viera...»

Tan deprisa como le fue posible se encaminó a un teléfono público que había cerca de su calle, en un borde de la plazoleta de Espoz y Mina. La suerte no lo acompañó. Un cartel puesto sobre la ranura advertía que el aparato estaba averiado. «De casa no llamo ni por el forro.» No recordaba que hubiese otro teléfono en la zona. La perspectiva de malgastar tiempo en una búsqueda inútil, agotando de paso las escasas energías que le quedaban, lo indujo a dirigirse nuevamente a la plaza de los Fueros.

No poca molestia le causaban ahora, al caminar, las punzadas en el tobillo. Como de costumbre, procuró paliar el dolor lastrando con el peso de su cuerpo el otro pie. Renqueaba por ese motivo de modo grotesco. El asunto le traía sin cuidado, puesto que no había nadie que pudiera burlarse de él en las calles desiertas, iluminadas de trecho en trecho por farolas mortecinas que atraían un revuelo frenético de bichos. Llegó tan sofocado a la plaza que por un momento pensó que perdería el sentido.

En la fachada de la iglesia, las agujas del reloj señalaban las dos menos veinte cuando Lacunza marcó el número de su amiga de Madrid.

–¿Benito? ¿Benito? ¿Eres tú?

Corto de resuello, Lacunza permaneció varios segundos con el auricular pegado a la oreja, incapaz de articular palabra.

–¡Quién, si no! –balbució por fin con un gemido débil.

–¡A buenas horas! ¿No quedamos en que me llamarías nada más llegar? ¿O es que le has cogido gusto a sacarme por la noche de la cama?

–Pauli...

–¿Dónde coño has estado hasta ahora?

–Pauli...

–Te has olvidado de llamar, ¿verdad, cabrón?

–¡Pauli, joé, escúchame! Se ha muerto mi padre.

–Que se ha... Cariño, ¿qué me dices? Perdona que no me haya dado cuenta. Benito, cariño, perdóname. Yo creía...

–El caso es que no sé qué sentir. Ni una lágrima me sale. Tienes que ayudarme, Pauli. Ayúdame a ponerme triste. Convénceme de que acaba de ocurrir la peor cosa del mundo. Yo quiero al viejo y quiero afligirme y quiero llorar por él hasta que me escuezan los ojos. Explícame qué tengo que hacer para llorar. Dime algo, dime algo por favor o me rompo la cara a puñetazos aquí mismo, en medio de la calle.

–Ah, pero... ¿no estás en casa?

–Estoy en una plaza más solo que un faro, con los pantalones meados y una curda de primera división. Y no es que haya bebido mucho, pero joé, yo no sé qué porquerías le ponen en este pueblo al coñac. Para mí que lo engordan a escondidas con alcohol de farmacia, ¡palabra!

–Por Dios, vete a casa a toda prisa. Hazme caso. Mañana hablaremos.

–Pauli, no me falles, que me encuentro fatal.

–Vete a casa. Estella es una ciudad pequeña. No me extrañaría que a estas horas el vecindario ande murmurando de ti.

–Me duele el corazón. A lo mejor es un infarto. Por supuesto que se me ha subido el coñac a la cabeza, pero entiéndeme bien. No voy haciendo eses por la calle como el típico borrachín. Estoy pedo, vale, pero sereno, a ver si me entiendes. Mentalmente carrulo igual que un profesor. En cambio, el cuerpo lo llevo chungo a más no poder. Chunguísimo. Como que no responde a mis órdenes el hijoputa.

–Benito, deja de meterme rollos patéticos. Tu padre ha muerto y tú no te tienes de pie. ¿Sabes cuál es tu problema? Pues que no tienes cojones de entrar en casa y que vean tus parientes la mona que llevas. Dime, ¿cómo puñetas te has enterado de la noticia?

–Me la ha dicho la muchacha...

Paulina de la Riva adoptó el tono severo, cortante, que era habitual en ella cuando experimentaba una acometida de celos.

–¿La muchacha? ¿Qué muchacha?

–Pues la enfermera que cuidaba al viejo. Nos hemos cruzado cuando venía con su cuadrilla por la calle.

–Ah, bueno.

–Sigues convencida de que he andado de juerga. No lo niegues. Se te nota. ¿Intentas hundirme o qué? No sé hasta qué punto soy un miserable. En estos momentos habrá pocos tipos en el mundo más miserables que yo. Pues bien, yo seré un miserable y un canalla y una mierda humana, pero no adrede, ¿me entiendes?, ¡no adrede, hostia! Porque para empezar, ya me iba a casa a dormir después de la cena y el café, cuando me han visto unos tronquis de tiempos pasados, gente maja pero de poco fundamento.

—No como tú, claro.

—¿Me dejas hablar? Total, que celebraban la despedida de soltero de uno de ellos. Hombre, Benito, cuánto tiempo sin verte. Lo de costumbre. Y hablando, que si patatín, que si patatán, se me ha hecho un poco tarde y quieras que no ya ves lo que pasa. Además, me faltas mucho, Pauli. No tengo la menor experiencia con muertos. Por no saber no sé ni qué sentir. Me da envidia tu facilidad para llorar sin motivo.

—¿Cómo sin motivo?

—Quiero decir que te ocurre un pequeño contratiempo, tienes la regla, te lleva tu madre la contraria por teléfono y, zas, enseguida te sale un chorro de lágrimas. Para mí eso es una folla, porque así les quitas punta a los problemas. Por lo menos a una parte de ellos. No digo que las mujeres seáis unas máquinas de llorar. Lo que digo es que a mí me falta ahora el alivio de unas buenas lágrimas. Por ser como soy me tengo que tragar lo de mi padre a palo seco, como si comiera harina a puñados. ¿Te parece justo? ¡Pues a mí no!

—A mí lo que me parece es que con lágrimas o sin lágrimas tú debes ir a casa enseguida, lavarte y dormir para que mañana estés en condiciones de afrontar las responsabilidades que se te avecinan, amiguito. Tendrás que firmar papeles. Papeles muy importantes. Convendría que tuvieras la mente despejada para entenderlos. Vete a saber si en las disposiciones testamentarias figuras como mayorazgo. He oído que por ahí, por el norte, sois bastante carcas. En algunos sitios aún conserváis tradiciones del tiempo de la nana.

—Y si soy mayorazgo, ¿qué pichorras me importa a mí?

—Más te importaría si supieses que el Caco Báez ha venido por la tarde a buscarte. No estaba solo ni mucho menos. Lo acompañaban dos secuaces de un metro noventa de altura, los dos con una catadura de abrigo y unas sortijas gordas en los dedos que te machacarían la cara en caso de atizarte un revés. Un puñetazo te enviaría al más allá por el atajo. Se conoce, yo no sé si será verdad, que adeudas más dinero de lo que me confesaste. Conque si te apetece llegar vivo a Navidad, hazme caso. Hereda, Benito. Hereda y ve pensando en ponerle cimientos sólidos a tu vida, porque de lo contrario...

–¿El Caco Báez con dos...?

–Con dos matones, has oído bien, y cada uno con media docena de sortijas de acero, unas con forma de calavera, otras con pinchos como las bolas de aquellos gladiadores que vimos tú y yo en la película del otro día, ¿te acuerdas? Pero no te preocupes. Le he contado al Caco Báez que habías ido al pueblo a cobrar una herencia y que la próxima semana le pagarás lo que le debes. Me ha dejado un número de teléfono para que le llames en cuanto vuelvas.

Durante unos instantes guardaron los dos silencio. Después Lacunza dijo:

–Aquí no hay mayorazgo que valga, Pauli. Ponga lo que ponga el testamento, el Lalo, mi hermana y yo iremos a partes iguales. Somos una familia bien avenida, no como tu madre y tú, a ver si te enteras.

–¿Has hecho un inventario de enseres?

–¿Un qué?

–¡Huy, qué tierno te veo, Benito! Mañana, nada más levantarte de la cama, agarras lo primero de todo una hoja de papel y un bolígrafo y me haces el favor de escribir una lista de los objetos de valor que haya en la casa de tu padre. También los que estén guardados dentro de los cajones. Comprueba si hay joyas, botellas de vino, antigüedades; en fin, lo que sea, ¿has entendido?

–¿Y para qué tengo que hacer eso? En mi familia no hay ladrones.

–Nunca se sabe.

–Me estás llenando la cabeza de vinagre. Aquí la gente no está tan podrida como en la capital.

–La ocasión crea la ambición. No sé si reza así el proverbio, pero para el caso es igual.

–Te he llamado con el ánimo de que te compadezcas de mí y me consueles, pero me has dejado peor que antes. ¡Muchísimo peor! Si lo sé no te llamo. Ahora mismo podría estar en la cama más tranquilo que Dios, en lugar de amargarme escuchando tus monstruosidades. Entérate, Pauli, prefiero tirarme al río con una piedra al cuello a ponerme a malas con mi hermano.

Lacunza hablaba en un tono de voz que resonaba en la soledad de la plaza. Sus interjecciones arrancaron del sueño a un vecino pulguillas, el cual se asomó en paños menores a una ventana situada por encima del teléfono y comenzó a increpar a Lacunza llenándolo de vituperios. Y como éste, después de hacerse oídos sordos durante un rato, le replicase con una mueca por demás ofensiva, el vecino, muy encrespado, pasó de golpe a los insultos y las amenazas:

–Borracho asqueroso, lárgate o te riego.

Lacunza se apartó el auricular de la boca, lanzó una mirada preñada de displicencia hacia arriba y contestó, flemático y desafiante, con una injuria que difícilmente habría podido ser más afrentosa. Transcurrido medio minuto sobre poco más o menos, le llovió desde la ventana un balde de agua fría.

–Tengo que colgar, Pauli, maja. Ya casi no queda crédito en la tarjeta. Además, el tiempo se ha metido en agua. Jarrea que no veas y yo ando sin paraguas.

12
Lo mejor es un baño

Pasadas las dos y media de la noche, sonó el teléfono en la casa familiar de los Lacunza. La tía Encarna había subido un rato antes al desván a colgar el uniforme de requeté de su hermano en el tendedero. Le tenía hecho juramento de mandarlo ataviado con sus galas predilectas a la presencia de Dios. No se fiaba de la lavadora. Sobre todo la guerrera, con sus alamares, le parecía una prenda demasiado delicada para exponerla a los giros de la máquina. Así que decidió lavarla a mano en el fregadero de la cocina junto con las demás antiguallas indumentarias, incluida la boina roja y el aspa carlista bordada en un brazalete blanco ya muy ajado. Una vez escurridas, las roció con agua de colonia, las puso en un cesto y subió a colgarlas. Desde el desván oyó el repique del teléfono. Salió al descansillo y le echó un grito a Lalo por el hueco de la escalera.

—¿Coges tú?

Lalo acababa de sacar el cadáver de la bañera. Por el corredor, mientras transportaba el cuerpo desnudo, había cerrado un instante los ojos para concentrarse en la sensación de vínculo afectivo con el muerto. Le tomó un vértigo de amor filial en la forma de un rápido flujo de cosquillas a lo largo del espinazo, al constatar que la misma agua que mojaba la carne yerta de su padre mojaba sus brazos pletóricos de fuerza y de calor, e intuyó que aquello debía de tener algún significado más allá de la realidad inmediata, aunque de momento no lograba discernir ninguno.

Una vez acomodado el cuerpo en un sillón, estampó un beso lento sobre la calva de su padre y acto seguido comenzó a secarle las canas con una toalla. Fue entonces cuando sonó el teléfono y cuando le llegó la voz de la tía Encarna desde lo alto de la casa. Lalo salió de la habitación secándose las manos en las perneras de los pantalones. Rápidamente se asomó al hueco de la escalera para confirmar que él se ponía al aparato.

A la tía Encarna, acodada en el barandal, la inquietaba el presentimiento de que llegasen malas nuevas de Eulogio, su marido, que se había quedado en Alloz con dolores de ciática. Subían desde el vestíbulo, envueltos en resonancias borrosas, los monosílabos del sobrino. Por mucho que aguzaba el oído, la tía Encarna no lograba entender palabra ni averiguar quién era la persona que, al otro lado de la línea telefónica, llevaba con toda evidencia el peso de la conversación.

Poco después, como sintiera a su sobrino colgar, le preguntó:

—¿No habrá sido mi marido? El pobre...

—Es Jesús, el del bar —respondió Lalo—. Benito se les ha derrumbado en el retrete y no lo pueden levantar. Me ha pedido que vaya cuanto antes.

—Explícale a tu hermano con cuidadico el panorama que tenemos aquí. Seguramente no se ha enterado aún. ¿Llevas la furgoneta?

—No hace falta, tía. Son cuatro pasos.

Salió de casa tal como estaba, en mangas de camisa y con la ropa salpicada de corros húmedos. Por la calle recordó de pronto que había dejado a su padre desnudo en el sillón. Se volvió sin demora, impelido por una viva inquietud; pero al instante lo detuvo la certeza de que los muertos son insensibles al frío, y en cualquier caso, si su padre era una excepción a la norma, tampoco importaba mucho puesto que aquella noche reinaba en la villa una temperatura agradable. Consideró asimismo que no tardaría en regresar. Con eso y el recuerdo de que su padre había sido en vida, antes de la enfermedad que acababa de aniquilarlo, un hombre fornido y resistente, logró contrarrestar el embate de los remordimientos.

Puso entonces de nuevo rumbo hacia el bar donde le habían dicho que se hallaba su hermano; pero, recorrida apenas una decena de metros, chocó otra vez con un pensamiento que lo obligó a volver enseguida sobre sus pasos. Y era que lo desazonaba la idea de haberle hecho a su padre una ruindad abandonándolo como si fuera un trasto inútil que se suelta de las manos. Se dijo que un muerto, después de todo, sigue siendo una persona. Él, además, no creía que su padre, por el mero hecho de haber fallecido, hubiera dejado de ser total o parcialmente su padre. Así que con el objeto de poner rápido fin a la humillación que creía haberle inferido, tomó por vez segunda la dirección de su casa. Se detuvo, no obstante, después de un trecho corto, pues teniendo presente la situación apurada en que se encontraba su hermano, se convenció de que corría más prisa acudir en ayuda de éste que echarle a su padre una manta por encima. A este punto hizo propósito de dejarse definitivamente de cavilaciones y dirigirse sin pérdida de tiempo al bar.

–¡Ya era hora! –exclamó el dueño desde detrás del mostrador con ceño de reproche.

Lalo encontró a Benito sentado en las baldosas del retrete, aprisionado entre el inodoro nauseabundo y la pared de azulejos donde alguien había escrito con rotulador negro de punta gruesa, en grandes letras: PUTOS ABERCHALES. Benito Lacunza presentaba una estampa lastimosa. Tenía los ojos en blanco, la cabeza recostada contra la cisterna y la boca abierta de par en par, como si se le hubiera helado la expresión en el apogeo de un grito. Especialmente repulsivo era su aspecto del cuello para abajo. La pechera de su camisa estaba cuajada de chilindrón sin digerir. Los pantalones bajados hasta los tobillos dejaban a la vista los genitales violáceos y pilosos, así como un muslo embadurnado de excremento. Una pella de mierda le manchaba asimismo la palma de una mano. Con ella debía de haberse restregado la mejilla, en la que se apreciaba un ancho churrete sobre cuya naturaleza y origen no cabía discusión. El hedor ya era insoportable a varios metros de distancia.

—Hermano, hermano, ¿me oyes?

Benito Lacunza reviró poco a poco la cara hacia la parte de donde le pareció que provenía aquella voz conocida y alarmada.

—Lalo, ¿eres tú? Me he gastado todo tu dinero. Pégame unas hostias, te lo ordeno. Soy mayor que tú. Me tienes que obedecer.

Se expresaba con lengua tartajosa de borracho, arrastrando las sílabas, tropezando sobre todo con las erres, al tiempo que su cabeza, sostenida por el cuello a duras penas, oscilaba con el blando vaivén de un objeto flotante.

—Vamos, Benito, te llevo a casa.

—Yo creo que me han envenenado. En serio. Me han puesto algún polvo en la bebida. Si no, ¡de qué!

Lalo sacó a su hermano del hueco en que estaba atrapado, le ajustó los pantalones y se lo echó al hombro sin tomar poco ni mucho en cuenta la inmundicia que lo cubría.

Benito Lacunza no cesaba de hablar.

—Joé, ¡qué fuerza tienes! Eres el tío adecuado para partirme la cara. Venga, bájame al suelo y dame dos hostias bien dadas. No te hagas de rogar, cabrón.

Cargado como quien lleva un saco, Lalo subió las escaleras. El local, a pesar de la hora tardía y de que ya iba faltando menos para el comienzo de una nueva jornada laboral, se hallaba bastante concurrido. La gente abrió pasillo a los dos hermanos con la prontitud a que obligaba la formidable pestilencia. Una vez en la calle, Lalo dudó entre tirar por el camino más corto, el que pasaba por la plaza de San Miguel, con la desventaja de que todo él era pendiente y escaleras, o ahorrarse éstas y volver por las calles de abajo, lo que suponía efectuar un pequeño rodeo. Tras breve reflexión, la última posibilidad se le antojó preferible, no tanto porque le permitía evitar algunos inconvenientes del trayecto como por el escrúpulo de cruzar con su hermano a cuestas por delante del templo en el que pronto habrían de celebrarse las honras fúnebres por su padre. Así que acomodó el cuerpo de Benito sobre ambos hombros y la nuca, a fin de repartir mejor el peso, y arrancó a caminar con resolución rumbo a casa.

Los dos hermanos guardaban ahora silencio: el uno, resignado a la jaqueca incipiente; el otro, perdido en las brumas de su embriaguez, que poco a poco comenzaban a disiparse a consecuencia del frescor nocturno y del bamboleo constante a que se veía sometido.

En la calle desierta tan sólo se oía el bordoneo rítmico de las pisadas de Lalo. Benito Lacunza, doblado en postura incómoda, las percibía como aldabazos en alguna puerta de su mente confusa. Al principio se desentendió de lo que se le figuraba una llamada; pero la persistencia de los golpes terminó inquietándolo en tal grado que al fin decidió abrir. Se encontró entonces de bruces con la plena conciencia de su desvalimiento. Se supo un bulto, un guiñapo maloliente y degradado, y se avergonzó.

–¿Qué tal el muerto? –se apresuró a preguntar sin más intención que zafarse del acoso de sus pensamientos.

–¿Cómo quieres que esté? El muerto está muerto.

–Hombre, claro. Quiero decir si huele y esas cosas. ¿Le habéis cerrado los ojos?

–¿Qué sentido tiene cerrar unos ojos que no ven?

–Pues menos mal, chico. ¡Con la facha que llevo!

–La tía y yo pensábamos que no te habías enterado de la noticia.

–¿Por qué te crees que aún no he aparecido por casa? Pues por agarrarme a la imagen viva del padre. Me da que si no lo veo fiambre, no ha muerto. Tú me entiendes, ¿verdad, hermano?

–Yo noto que cada uno de nosotros intenta a su manera anular la muerte. La tía, que tanto lloraba los días pasados, ahora está tranquila. Se atarea como si no le afectara lo ocurrido. Es admirable. Ya sabemos que la procesión va por dentro. Pues verás, primero ha lavado la ropa de la cama del padre. Lo ha lavado todo: sábanas, almohada, colcha. En fin, todo. No quiere huellas de la muerte. Puede que no se dé cuenta de su propósito, pero para mí está claro como el agua. Ah, y luego ha lavado el uniforme a mano.

–¡Ostras, cuánto amor!

–La he sentido hablar en la cocina y he pensado si habría alguien más en la casa.

–El Eulogio, supongo.

–No, qué va. Al tío no le ha sido posible venir. Era la tía Encarna, que hablaba a solas con las prendas del uniforme.

–Está chalada, a mí que no me digan.

–También ella intenta mantener con vida la imagen del padre. ¿Te das cuenta? Los tres, cada cual por su lado, estamos dedicando la noche a negar la tragedia. Tú ahogando las penas en alcohol, la tía conversando con la ropa...

–Y tú, ¿qué has hecho mientras los demás andábamos hechos polvo?

–Yo me he refugiado en la felicidad.

–Lalo, san Dios, no me marees con tu palabrería.

–Es muy sencillo de entender. Yo he lavado al padre. Para mí ha sido como volver de pronto a la época en que éramos críos y nos bañábamos en el pantano. ¿No te acuerdas? Cuando terminaba la faena, el padre bajaba del tractor y se chapuzaba con nosotros. Al final salíamos mojados y contentos a la orilla. Esa sensación antigua me ha vuelto a exaltar esta noche. Mientras duraba he experimentado, ¿cómo decirlo?, un calambre interior de placer. No un placer físico, entiéndeme. Un placer que me libraba del dolor de la pérdida. Por eso te decía antes que los tres, la tía, tú y yo, cada uno por su lado, hemos estado esforzándonos por rescatar al padre, por traerlo hacia nosotros, hacia el reino de la vida.

–Vale, tío. De todas formas, le podíais haber cerrado los ojos. Me da un corte total acercarme a él con esta facha. Sería mejor que me metiera un rato en el río. ¿Tú qué dices?

–Es tarde, Benito. Él no te verá. Ya sólo vive dentro de nosotros.

–No sé, no sé...

–En un punto tienes toda la razón. Vivo o muerto, al padre le debemos respeto. Antes de entrar en su habitación deberías lavarte y arreglarte.

–Sí, señor. Lo mejor es un baño. Un tío legal no entra a ver a su padre muerto con semejante pestazo. Pero ¡ojo!, que no me venga nadie diciendo que soy malo, ¿eh? Lo que pasa es que... ¿Sabes lo que pasa, Lalo? Pues que me cago en la leche puta. Me ha contado la chica esa, la enfermera: «Oye, que se ha muerto tu padre». Y yo, mecagüenlá, con lo grande que soy, en lugar de echarme a llorar como debiera, he empezado a ciscarme de miedo. Miraba a todos lados, no veía un alma. ¿Qué hago? ¿Voy a casa? Me ha faltado valor, qué quieres que te diga. Porque, ¿quién me asegura a mí que la muerte no se contagia como la gripe? Yo no me fío un pelo, te lo juro. Ahora bien, esto no se lo cuentes a nadie. Que te conste que malo no soy. Hermano, dime que no soy malo. Un pobre hombre, un borrego a lo mejor, pero malo no. Dímelo o te muerdo el brazo.

Asomada a una ventana del primer piso, la tía Encarna llevaba un rato esperando cada vez más nerviosa a sus sobrinos. Por fin los vio doblar la esquina, el mayor cargado sobre las espaldas del menor, como si viniera malherido.

Bajó ella corriendo a abrirles la puerta. Los recibió en el umbral con la boca atiborrada de jaculatorias. Antes de apartarse para que pasaran se santiguó repetidamente, hasta que a la mitad más o menos del cuarto santiguo la mano se le quedó parada a la altura del pecho como se congela de sopetón en las fotografías un ademán. La repentina parálisis le duró apenas la fracción de segundo que tardó en percatarse de que aquel gesto no servía para detener su estupor olfativo y de que, por consiguiente, le traía más cuenta resguardar cuanto antes la nariz de la fetidez bestial que envolvía a los dos hermanos.

–Tía –dijo Lalo avanzando de costado por el estrecho pasillo que precedía al vestíbulo, a fin de que su hermano no se golpease contra las paredes–, con las prisas se me ha olvidado tapar al padre. ¿Tendrías la amabilidad de abrigarlo de algún modo?

–No te preocupes, ya lo he hecho. Majo, lo has puesto en el sillón, que parece que estuviera sentado igual que un vivo. No he podido acostarlo al pobrecico, eso te toca hacerlo a ti, que para algo tienes los brazos que tienes. Aunque, total, qué más da. No se va a enterar de nada.

–Váyase a dormir, tía. Es ya muy tarde.

–Y tú, ¿qué piensas hacer con éste? Dame su ropa y la tuya para que las meta enseguida en la lavadora.

–Tía, tía, ¡qué desgracia! –intervino Benito Lacunza con balbuciente silabeo.

–Sí, hijo, sí –terció ella, benévola y compasiva.

Y luego Lalo, ya dentro del vestíbulo:

–Nos vamos a pegar un baño. Te dejaré nuestra ropa delante de la puerta.

En el retrete acomodó a su hermano sobre la tapadera del inodoro. Con una mano lo sujetaba y con la otra le iba arrancando las prendas percudidas. Benito se dejaba hacer, muerto de sueño, complaciéndose en una grata sensación de niñez que hacía tiempo no experimentaba. Cuando lo tuvo desnudo por completo, Lalo se desvistió rápidamente, hizo un montón con la ropa de los dos y lo colocó donde le había dicho a su tía. Después levantó a su hermano, quien, emitiendo murmullos incomprensibles, ya estaba a dos dedos de sucumbir al sueño; lo introdujo con cuidado en la bañera llena del agua y por último se metió él.

Quedaron los dos hermanos uno frente a otro, sumergidos hasta los hombros. A Benito el contacto con el agua lo sacó de golpe de su paraíso de sopor.

—Joé, qué frío está esto.

Abrió los ojos. Vio en el extremo opuesto de la bañera la cara de su hermano contraída por una mueca violenta que, al pronto, le pareció ostensiva de congoja.

—¿Qué tienes? —preguntó.

Lalo se agarró la frente con ambas manos antes de responder.

—La jaqueca me taladra.

—Ah, bueno, me había dado el aire de que hacías pucheros. Yo, en toda la puta noche, no he soltado ni una lágrima. Por más que aprieto, nada. ¿Tú has conseguido llorar?

—¿Llorar dices? No he tenido tiempo ni ganas.

—Pues menudo peso me quitas de encima.

—Cuando murió la madre lo pasé muy mal. Me sentía igual que una marioneta a la que le han cortado los hilos y se queda en el suelo tirada. «¡Vivir para esto! ¡Para tan poco!», me decía. En el cementerio de Alloz, el día que la llevamos a enterrar, llovía que no veas. ¡Y qué viento! Las lágrimas me caían mezcladas con las gotas de lluvia por las mejillas. Delante de la tumba había un charco como de aquí hasta la cocina y no exagero. ¡Si hubieras visto! Todos los presentes con el agua embarrada hasta los tobillos, te lo juro. El viento rizaba la superficie del charco y el tío Eulogio tenía que sujetar las coronas de flores para que no salieran volando. Al padre, en cambio, la ventolera parecía traerle sin cuidado. Tieso, sereno, no le quitaba ojo a la fosa. Terminó el cura de oficiar el responso. Algunos ya se despedían. En esto, coge el padre y, sin decir palabra, se agacha. ¿Qué querrá? Lo vimos llenarse despacio las manos con agüica turbia del suelo. Así como cuando siendo críos nos traía puñeras de avellanas, ¿te acuerdas? Luego se adelantó dos pasos y, a vista de los diez o doce que allí nos arremolinábamos, derramó el agua suavemente sobre la tapa del ataúd, lo más suavemente que te puedas imaginar, con un cariño que partía el alma.

–Un gesto chachi, sí señor.

–Me costó entenderlo. Desde el principio noté que encerraba algún sentido profundo, pero no atinaba a descubrir cuál ni me atrevía, claro está, a preguntarle por él. El padre siempre fue reservado en las cuestiones sentimentales. Que yo sepa, salvo el cabreo o la risa, nunca dejaba traslucir sus emociones. ¿Tú viste que le diera alguna vez un beso a la madre? ¿O que abrazara a su hermana o a sus hijos?

–No, pero las hostias que zumbaba, ¿qué?

–No voy a eso ahora, Benito. Me refiero al hecho de que un hombre a quien no le faltaban motivos para sentir la mayor de las amarguras tuviera para con la difunta un detalle tan conmovedor, tan hermoso y al mismo tiempo tan conciliador con la vida. Me impresionó aun sin haberlo comprendido. Sencillamente las jodidas lágrimas y mi dolor de cachorro huérfano me cegaban. Miraba las tumbas a mi alrededor, las cruces gastadas, la soledad de los muertos bajo la tierra, y pensaba: «¡Dios mío, qué injusticia! ¡Qué invento cruel la existencia!». Y todo se me figuraba negro, negativo e inútil, y cada ser humano, empezando por uno mismo, no más relevante que una gotica de agua que el viento empuja a su capricho antes de aplastarla contra el barro. Con su acto simbólico, el padre me enseñó que la muerte encierra una lección positiva para los vivos.

–No ponerse a tiro, supongo.

–Pienso que los seres humanos están en la obligación de embellecer la vida. Como lo oyes. De hacer la vida más bella y agradable para todos. Para los que viven a nuestro lado. Para los que nacerán un día. Yo, Benito, quiero dedicar mi vida a ese fin.

–Macho, te veo en la peana de una iglesia. Estás hecho un santo del carajo.

–El problema es que cada uno se ve a sí mismo como individuo. Vemos a un semejante sufrir y nos quedamos tan campantes. En el mejor de los casos nos compadecemos de él. Pobrecillo y tal y cual. Pero en el fondo su sufrimiento permanece fuera de nosotros. Es como si alguien diera gritos al otro lado de un muro. Somos muros, Benito. Los seres humanos somos muros. Yo quiero romper con esa separación entre las personas. Yo no quiero ser sólo yo. Siento que soy también las personas que amo y aun las que no amo o no conozco. Mira, no pruebo el alcohol y, sin embargo, estoy borracho. En serio, aunque te parezca una pijada. Ahora mismo estoy borracho de tu borrachera y sucio de tu suciedad. Y, por idéntica razón, siento que el padre no ha muerto definitivamente. Vive en nosotros y eso es lo que no para de decirnos a ti y a mí con su muerte de esta noche: que prolonguemos la vida y dediquemos nuestras fuerzas a ennoblecerla, en lugar de deshacernos en lágrimas de un momento y en fervores vanos. Yo no concibo la vida como una propiedad privada de los vivos, hermano querido, sino como un barco del que somos marineros temporales junto con el resto de las criaturas del reino animal y vegetal, ¿comprendes?

–Sí, un barco o una bañera llena de agua fría. Me estoy helando, tío. ¿Es que no funciona el calentador en esta casa?

–Funciona. Lo que pasa es que hace un rato largo que he bañado al padre y el agua se ha enfriado.

A Benito le vino un repeluzno dentro de la bañera.

–¿Te he oído bien? –preguntó con vivas muestras de sobresalto, al tiempo que daba un respingo–. ¿No intentarás decirme que has lavado aquí el cadáver, en esta misma agua?

Lalo asintió, extrañado de la mueca de estupefacción que demudaba el semblante de su hermano. Benito Lacunza se apresuró a agarrarse al borde de la bañera e hizo, con más voluntad que fuerza, una tentativa de ponerse de pie. No consiguió sino perder la sujeción en el fondo resbaladizo y hundirse de cuerpo entero en el líquido semijabonoso que tanto asco le producía. En su grotesca impotencia soltó una sarta de palabrotas, alternada con vaticinios agoreros acerca de posibles contagios mortales provocados por humores cancerígenos disueltos en el agua. Poco a poco se fue cansando de gruñir y salpicar. Resignado finalmente a su suerte, recobró la postura cómoda en que había permanecido hasta el momento del susto, y, sonriendo maliciosamente con un cabo de la boca, le espetó a su hermano:

–Quieres que la palme para luego clavarme en la tumba una de tus puñeteras esculturas. Muy cuco eres tú.

Avanzada la mañana, la claridad que entraba por las ranuras de la persiana le dio en los párpados. Benito Lacunza comenzó a despertarse. Al girar el cuerpo dentro de la cama con el ánimo de evitar la molestia de la luz, entrevió su imagen reflejada en la luna del guardarropa, cuya puerta se hallaba abierta de par en par. El fortuito descubrimiento lo despabiló.

Durante varios minutos, arrebujado hasta la barbilla, se dedicó a observarse en el espejo. Sacó de buenas a primeras la lengua, que tenía seca y saburrosa. Volvió a meterla y enseguida la sacó de nuevo, no tanto para burlarse de aquel semblante ojeroso que lo escrutaba con fijeza desde el centro de la habitación, como para sentirse burlado por él. Similar propósito lo indujo a continuación a fruncir el entrecejo, hacer un gesto de desafío y torcer por último el labio superior en señal de menosprecio. Se dijo entre sí: «¿Qué miras, hijoputa?». Y al punto se desacostó.

Vestía un pijama blanco y holgado de algodón que no recordaba haberse puesto. En el momento de levantarse de la cama tan sólo tenía abrochados los dos botones inferiores. La prenda, proveniente del vestuario de su padre, le daba aspecto de yudoca desaliñado. Se plantó descalzo y en jarras delante del espejo. «¿Embellecer la vida», eso sí lo recordaba, «con esta facha? ¡Anda ya!»

Por un costado de la bolsa de viaje depositada en el suelo del guardarropa sobresalía el estuche de la trompeta. Lacunza sacó el instrumento y lo estuvo limpiando por aquí y por allá con las faldillas de la chaqueta de pijama antes de llevarse la boquilla a los labios. Ya le andaban sonando en la cabeza los acordes iniciales de «esa de Chet, no *Stella by Starlight*, la otra, la que tocaba también Miles Davis». Simuló que la interpretaba, incluso movía la cabeza al compás y golpeaba sobre las baldosas frías con la parte anterior del pie desnudo. «Infantil, pero mola», pensó. Y también: «Lástima no haber nacido negro».

Con el índice de la mano izquierda accionaba los pistones. Mientras, su mano derecha sobaba el pene fláccido al ritmo de la música imaginaria. Lacunza se masturbaba sin ahínco, más bien al desgaire, frente a su imagen, como si realizara por obligación una tarea aburrida, esperando un placer del que, transcurridos dos, tres minutos, no se le insinuaba el menor atisbo. Como no hallase manera de consumar la erección, pasó del meneo inspirado en la pausada cadencia del contrabajo al más rápido y potente de la batería. «Venga, Blakey, llévame a la onda del gozo.» El cambio de estrategia no obró el efecto apetecido. Benito Lacunza mandó parar la música mediante un ademán de desidia que no dejaba lugar a dudas acerca de quién era el jefe de la fantasmagórica banda de jazz, y se dijo, esta vez en voz alta: «Coleguis, el cuerpo no está para bollos. Será mejor que baje a la cocina a papear». Guardó la trompeta en el estuche, introdujo luego los pies en los zapatos que habían pasado la noche tirados al buen tuntún sobre la estera y, peinándose la melena con los dedos tiesos, salió del dormitorio.

En las escaleras reinaba una penumbra fúnebre. Una penumbra de ventanas cerradas, de adornos cubiertos con paños negros, de rincones en los que el silencio se adensaba hasta adquirir una apariencia de solidez impenetrable. A Lacunza la penumbra le trajo a las mientes la presencia del muerto en la casa. En un movimiento inconsciente tentó la

pared en busca del interruptor; pero, a punto de pulsarlo, lo
detuvo la certidumbre de que así como la escasez de luz di-
fuminaba el borde de los peldaños, lo libraba igualmente de
afrontar los signos de la muerte que suponía esparcidos por
todos lados. Prefirió, pues, bajar a oscuras, agarrándose no
sin aprensión al barandal. Una vez en el vestíbulo, faltó poco
para que tropezara con un ataúd de color negro que estaba
depositado en el centro del recinto. El brillo del crucifijo
clavado en la tapa le hizo percatarse del peligro en el último
momento. «La madre que me...», masculló. «¡A quién se le
ocurre colocar el jodido armatoste en medio del paso!»

Una hora atrás, la tía Encarna, sin ofrecer explicaciones,
había ordenado a los operarios de la funeraria que dejaran
allí la caja. La llegada de los dos mozos la había sorprendido en la ardua tarea de ponerle ella sola a su difunto hermano el atuendo de carlista. Al despuntar la mañana había
retirado las prendas aún húmedas del tendedero. Con el fin
de que se terminaran de secar, las arrimó a la boca del horno de la cocina antes de conectar el aparato a la temperatura máxima. Temerosa de que las prendas se chamuscasen,
permaneció largo rato sin separarse de ellas, distrayendo el
calor a fuerza de rezos. Finalmente las planchó con un esmero amoroso que no recordaba haber dedicado jamás a su
marido.

No había logrado ataviar del todo a su hermano. El
muerto oponía una rigidez de músculos inertes que a ella,
por momentos, le había parecido terquedad. Con mucho
esfuerzo consiguió vestirlo de cintura para abajo. Conside-
rando entonces que las galas del difunto no tenían por qué
ser conocidas fuera del estrecho círculo de la familia, dispuso que los de la funeraria depositasen el ataúd en el suelo
del vestíbulo. Les dijo que el resto del trabajo corría a cargo de ella y de un sobrino, y de esta manera evitó que en-
traran donde no debían.

Lacunza encontró a la tía Encarna cubierta de luto has-

105

ta el cuello. La mujer estaba traspuesta en una silla de la cocina. Tenía la boca abierta, despoblada de dentadura; las manos venosas, enlazadas encima del vientre, y la cabeza inclinada hacia un hombro. Un rosario de cuentas plateadas se enroscaba, hecho un ovillo, sobre el regazo.

Arriba, a media pared, tictaqueaba el reloj. En el aire caliente flotaba un rastro de agua de colonia. Bajo la alacena, delante de la figura de la Virgen del Puy, ardía con llama inmóvil la misma vela de la víspera, sólo que muy consumida, ya próxima a reducirse a un burujo granujiento de cera, buena parte de la cual se había derramado hasta el platillo de la palmatoria, donde se acumulaba en forma de varias costras superpuestas.

La tía Encarna se despertó de golpe al oír las chupadas que daba su sobrino al agua del grifo. Sacó la dentadura postiza de un bolsillo del negro y anticuado faldulario y, luego que se la hubo metido a toda prisa en la boca, preguntó absurdamente:

—Benito, ¿ya te has levantado?

Se puso a continuación de pie, mulléndose el moño que en sueños le había servido de almohadilla entre la cabeza y la pared. A Lacunza le salía un hilo de agua por la comisura del labio.

—¿Me ayudarás a vestirlo? Yo sola no puedo. ¡Estoy tan débil! Milagro será si llego viva a Navidad. No tengo fuerzas, no tengo ganas de nada. Yo ya me hago al ánimo de que pronto me enterraréis. Después de tu padre me toca a mí, eso seguro. Y entonces no paro de preguntarme si es Dios quien nos mata igual que si se comiera una a una las uvas de un racimo.

—Tranqui, tía. Haz el favor de no alterarme las neuronas, que ahora mismo estoy que no sé ni cómo me llamo.

—Benito, majo —dijo ella en tono sosegado—, a ver si entre los dos lo terminamos de vestir y lo acostamos en el ataúd antes que se empiece a notar el husmo.

Lacunza sostenía en una mano la jarra de la cafetera.

—Este cacharro, ¿cómo funciona?

La tía Encarna se ofreció a preparar un tazón de café con leche a su sobrino. Éste le preguntó si había algo para untar.

—Galletas —dijo ella—, pero estarán rancias. Vete a saber cuántos meses lleva el paquete en el armario.

—Pues entonces nada. Ya me envenenaron anoche lo suficiente.

—¿No te vistes? Te he dejado la ropa limpia encima de la lavadora.

—Me tenía que haber casado contigo, tía. Lástima que estés tan cascada.

—Y que lo digas. Pronto me van a tapar la boca con tierra.

—Además de vieja, agorera.

—Ya lo verás, ya lo verás —sonreía con mueca desangelada—. Y si no, al tiempo.

Lacunza salió de la cocina rumbo al retrete. Cuando volvió, a los pocos minutos, vestía las mismas prendas del día anterior. Se encontró el café servido en un tazón de loza, junto al azucarero y un bote de leche condensada, todo ello en el extremo de la mesa reservado desde siempre al jefe de familia. No quiso preguntar. Como la cosa más natural del mundo tomó asiento en el sillón de mimbre. Mientras paladeaba el primer sorbo de café, pasó detenidamente la mirada por los objetos y adornos de la cocina, y se decía con una punta de orgullo para sus adentros: «Mi escurreplatos, mi calendario de la Caja Laboral, mis azulejos... Ser y poseer. Si alguna vez cae la breva y grabo un disco, le pondré ese título. Caprichos de artista. Ya estoy viendo mi nombre en las enciclopedias. Benny Lacun grabó *Ser y poseer* a su vuelta de una gira por diversas ciudades de la costa oeste. Ahí queda eso».

—¿Dónde anda el Hierros? Por la noche me dio a entender que él se había ocupado del padre y ahora resulta que ni siquiera habéis terminado de ponerle los pingos.

–Tu hermano ha dormido en su piso. Te ayudó a acostarte y luego se marchó. Le dolía mucho la cabeza. Esta mañana aún le duraba la tortura.

–¿Cómo? ¿Ha venido?

–Ha pasado un momento a dejarte un sobre. Venía del banco y de que le hicieran la partida de defunción. Corre desalado de un sitio a otro resolviendo asuntos, porque por lo visto le dijiste que querías volver pronto a Madrid. Ahora está en la fábrica. Le dan libre hasta el sábado; pero él ha decidido trabajar aunque sólo sea una o dos horas cada día. Piensa que si no va se amontonarán los líos en la sección que tiene a su cargo.

–Y eso, ¿con dolor de tarro?

–¿Con dolor? Lágrimas así de grandes le salían al pobrecico.

–Joé, pues que se meta en el catre y mande el currelo a tomar por el culo. ¿Es tonto o qué? Si, total, los chupones de Agni no se lo van a agradecer.

–Huy, lo que le he insistido. Majo, quédate en la cama, reposa, cuídate. Sólo me ha faltado hincarme de rodillas. ¡Pero quiá! Lalo, con tener un corazón que no le cabe en el pecho, es un tozudo de alivio. En eso le va muy a los alcances a su padre. Si le pides la Luna sube a bajártela. Pero ay como se le meta una idea entre ceja y ceja. Es de los que, si llega el caso de atravesar una pared, se labra una puerta a cabezazos.

Apurado el tazón de café, tía y sobrino se dirigieron a la habitación del difunto. Yendo por el corredor, a Lacunza le vino un fuerte antojo de encontrar de nuevo a la enfermera sentada junto a la cama de su padre. Evocó el pie descalzo de la joven y lo estuvo contemplando mentalmente con minuciosa y ávida mirada, como si pretendiera tocarlo con los ojos. De esta manera se resarció por anticipado del desengaño que preveía.

Cuando la tía Encarna abrió la puerta, les salió al encuentro una oscuridad idéntica a la que colmaba el vestíbulo y el corredor. A tiempo de encender la luz, Benito Lacunza olfateó el aire de la habitación con la nariz arrugada. Sus vaticinios funestos no se confirmaron. Percibió los efluvios del agua de colonia, así como, mezclado con ellos, el olor a barniz que predominaba en la planta baja de la casa. Luego vio el cadáver de su padre tendido sobre la cama, con los ojos cerrados y la expresión serena de los durmientes. «Los muertos no se quejan», pensó. «¿Serán felices?» El torso desnudo, amarillento, presentaba una escualidez de costillas marcadas. Calzaba el cadáver unos zapatos negros, recién embetunados.

–A ningún hermano he querido tanto como a éste –dijo la tía Encarna a media voz–. Por las razones que sean, Dios le ha impuesto también una agonía rigurosa. Yo la daría por bien empleada si, como espero, ha sido el precio por admitir a mi hermano en la gloria.

Extendido sobre el asiento y el respaldo del sillón, planchado y perfumado, se veía el resto del uniforme que quedaba por vestir al difunto.

–Tía, en serio, hoy no tengo el cuerpo para sermones. Fuera me espera mogollón de asuntos.

–Tú no crees ni una palabra de lo que digo, ¿verdad?

–Ni creo ni dejo de creer. Me corre prisa salir a la calle, eso es todo.

–Ahí está tu padre.

–Ahí está mi padre, sí, y ahí estás tú y aquí estoy yo.

–Tu padre, que fue un ferviente partidario de la religión.

–Yo, en cambio, paso de púlpitos y altares. Te lo digo sin ganas de ofender. La religión me la refanfinfla a tope. Así que guárdate los reproches que te juno en la mirada, porque no me vas a convencer ni a tiros. ¿Quieres que te cuente una cosa? Yo tenía nueve o diez años cuando el cura que mangoneaba entonces en San Miguel nos pilló a mí y a otro chavea del barrio meando contra el muro de la iglesia. Vaya crimen, ¿no? ¡Ni que se fuera a hundir la religión católica por el chorro caliente de dos chavalicos! Total, que mi amigo se pegó el piro; yo, aunque vi venir la sotana, no pude. Cosas del grifo, que no se dejaba cerrar. El cura me agarró del pescuezo con una mano y con la otra me dio de comulgar a base de bien. Plis, plas. Todavía me acuerdo. Pues bueno, cuando llegué a la punta de la plaza le grité una sarta de blasfemias que echaron a volar las palomas del campanario. Luego, al acabar la tarde, vine a casa. En la cocina me encontré al cura. Allí estaba también este que vemos ahora tan calladico. Me esperaba remangado, dispuesto a endilgarme la siguiente ración de hostias. Da la casualidad de que no me gusta que me hagan santo quieras que no. Será que soy un bicho raro. Entre torta y torta vi la jeta inflada de gusto que ponía el cabrón del cura. Con lo enano que yo era me dije para mi coleto: «Vale, tíos, pero para mí se acabó el rollo de rezar». Pues hasta ahora.

—Que yo sepa, también te obligaron a estudiar música. Sin embargo, no te rebelaste.

—No compares, joé. La profesora de solfeo era cosa fina. A veces se aligeraba de ropa durante las clases. Por el calor, supongo. Entonces se quedaba con su blusa entallada, qué monumento de tía, y luego no había dios que pegara ojo por las noches. En la academia se juntaba, además, un buen rebaño de titis. Había una que me gustaba cantidad. Una de rizos que tenía una sonrisa de alucine. Decía un tronqui de aquellos tiempos que camelándola con labia se le podía dar un tiento sin espantarla. Cuando me enteré de que se había apuntado a las clases de trompeta de don Rufino Ecay, no me lo pensé ni medio segundo. Ya ves tú. ¡Como para rebelarse! En cambio, sube uno al cielo y ¿qué encuentra? Como mucho unas monjas arrodilladas.

En vano trataba Lacunza de doblar el cadáver por la cintura. Por más que tiraba con fuerza de los hombros hacia arriba, lo único que conseguía era levantar no más de un palmo el duro cuerpo, como si éste fuera de una pieza. Probó a oprimirle el vientre con una mano al tiempo que con la otra lo empujaba por la espalda; pero hubo de desistir a las pocas tentativas, convencido de que la muerte había convertido aquel cuerpo en un tablón.

Al fin, vencida mal que bien la repugnancia que le causaba el contacto con la carne yerta, agarró a su padre sin contemplaciones y lo sacó fuera de la cama, a cuyo costado lo mantuvo erguido mientras la tía Encarna, no sin dificultades, lo terminaba de vestir.

–Cada uno es como es –afirmó ella después de unos instantes de silencio–. Yo, sin los consuelos celestiales, no habría podido tener por este hermano el cariño que siempre le tuve. Éramos los menores. Nos criaron juntos, casi igual que a gemelos. Aquí donde me ves fui la primera en enterarse de los planes matrimoniales de tu padre y la primera que los aprobó, contra el parecer de más de uno de la familia. Ni me escondía sus secretos ni yo a él los míos. Hasta que hizo lo que hizo y ojalá el Señor no se lo tome en cuenta a la hora del juicio final. Por suerte, la religión me ha enseñado a perdonar. Lo que es por mí, va sin esa culpa a la presencia de Dios.

Abotonada la camisa, se agachó para meter las faldillas por dentro de los pantalones. A Benito Lacunza no le había pasado inadvertido que su tía, al hablar, evitaba mirarlo a los ojos. Con gesto de extrañeza se asomó por sobre un hombro del muerto y dijo:

–¿Culpa, qué culpa? ¿Se puede saber de qué pichorras estás hablando?

Antes de responder, la tía Encarna prefirió tomarse un breve lapso de reflexión, que aprovechó para ajustar la correa a la hebilla historiada. Llegado el momento de ponerle al muerto la guerrera, tía y sobrino hubieron de intercambiar las posiciones. Ahora Lacunza tenía cogido a su padre como si se dispusiera a efectuar un baile con él.

–Benito, ¿de verdad que no sabes de qué hablo?

–Ni idea.

La guerrera entró sin dificultad. A fin de abrocharla y prenderle las medallas, la tía Encarna volvió a colocarse delante del cadáver y Lacunza a sujetarlo por detrás.

–Hablo de cinco fanegas de tierra, que no hace mucho fueron más; de la viña que legó a la familia la bisabuela Asunción, a la que tú no conociste, y de los olivos de Alloz.

–Sí, ¿y?

–A la muerte de tu abuelo, tu padre y mi hermano Gonzalo siguieron trabajando las tierras y un huerto. A mí nadie me consultó. Nadie me dijo nunca: «Mira, moza, te corresponde tanto y tanto de los beneficios de este año». ¿Comprendes? Ellos hacían las cosechas, ellos las cobraban. Cuando murió Gonzalo, tu padre puso las escrituras a su nombre y como quien no quiere la cosa se adueñó de las tierras, de la maquinaria, de todo. Y yo, la más pequeña, la tonta de la casa por así decir, y para colmo mujer, me quedé con dos palmos de narices.

La tía Encarna sujetó con un imperdible, en la parte superior de la manga, el brazalete blanco sobre el que campeaba el aspa roja del carlismo. Encajada después la boina en la cabeza del cadáver, tía y sobrino tendieron de nuevo a éste encima de la cama y se dirigieron al vestíbulo en busca del ataúd. Mientras lo transportaban por el corredor apenas iluminado por la débil claridad que salía de la habitación del muerto, Lacunza le preguntó a su tía si ella y el Eulogio andaban con la pretensión de reclamar las tierras de la familia.

–Las tierras –dijo ella con un temblor de amargura en la voz– ahora son tuyas, de Lalo y de Mari Puy. Esto ya no hay quien lo cambie. Yo me alegro por vosotros. Sois jóvenes, tenéis el futuro por delante y qué duda cabe que un buen pellizco de fortuna os allanará el camino. ¡Menuda suerte! Porque como dice mi Eulogio: «La vida es un cuento que, dure lo que dure, siempre acaba mal, pues todos vamos a morir. Pero, coño, hasta entonces más vale disponer de rentas saneadas, ¿no?». Conque me alegro mucho. Me alegro sobre todo por la chica, para qué te voy a engañar. Tuvo un padre previsor que no se olvidó de hacer un testamento como Dios manda. Mañana vendrá del internado de Pamplona un testaferro, no sé si la directora o quién, a representar a Mari Puy. Cuando se haga la repartición de bienes no le pasará lo que a mí a la pobrecica, menos mal.

–Estás bien informada por lo que veo.

Lacunza caminaba de espaldas, aferrando con ambas manos un extremo del ataúd. A cada paso volvía la mirada para asegurarse de que el camino se hallaba despejado. Frente a él, la tía Encarna, el rostro contraído, desdibujado en la penumbra, se las ingeniaba como podía para aguantar su parte de la carga.

Ante el vano de la puerta, ambos se encontraron con una dificultad inesperada. La angostura del corredor les impedía dar el giro necesario para introducir la caja en la habitación. La tía Encarna no dudó en tomarse un descanso. Lacunza aprovechó la circunstancia para enderezar él solo el ataúd hasta ponerlo vertical. Con la idea de embocarlo, lo adosó a la pared frontera de la puerta y después lo fue bajando poco a poco hacia su pecho. Consiguió su propósito al segundo intento. En el primero no pudo evitar un recio topetazo que produjo una muesca en el dintel de madera.

–¿Vendrás a finales de año a recoger las olivas?

–Tú no carburas. ¡Con el frío que casca aquí por esas fechas! Si hay que recogerlas, mejor ahora.

–Ahora no es tiempo. Tienen que madurar.

–Bueno, pues entonces ya veré.

–Piensa que el comprador vendrá a discutir el precio lo más tarde por octubre o noviembre. A no ser que alquiles un camión y te encargues tú mismo del transporte, de la venta, de todo.

–Tía, entérate, hoy día hay móviles, hay correo electrónico, hay internet. Ya no se necesita calzar alpargatas ni tener sabañones para ser labrador. Marco un número, digo a cuánto quiero el kilo, le paso a quien sea mis señas del banco y sigo durmiendo en la cama tan tranquilo.

–Pues yo te digo una cosa, Benito, y es que en cuanto corra por los pueblos de la comarca la voz de que falta perro guardián en las parcelas de Lacunza, adiós olivas, adiós higos, adiós uvas.

–¿Sabes que me estás mareando? Tengo aquí a mi padre muerto y tú no paras de meterme el rollo con las putas tierras.

–Perdona. Es que como no se te ve muy triste...

–Pues jódete, malpensada, porque, para que lo sepas, anoche no me corrí una juerga. Venía temprano hacia casa, me salieron al camino. Oye, que la ha palmado tu padre. Hostia, hostia, hostia, me dije. Chaval, una de dos, o te echas al Ega con una piedra atada al pescuezo o apagas la depresión a trago limpio, que es lo que hice. Así que no enredes en mis sentimientos porque me cago en los muertos de la vecindad.

–Tu hermano está dispuesto a cedernos su parte de las tierras.

–Naturaca. El Lalo es un pipiolo.

–Entiende bien, haz el favor. Nos deja el usufructo. Mi marido y mis hijos trabajarían vuestros campos como ya han hecho otras veces para echar una manica a tu padre que en paz descanse.

–Claro, tus hijos que tanto te costó parir.

–Os tendríamos por descontado en cuenta a la Mari Puy y a ti a la hora de repartir beneficios. Que no se repita la historia que ya conoces. Tu hermano ha dicho que no quiere nada.

–¡Cuánta santidad!

–Recapacita y notarás que todos saldríamos ganando. Lo contrario será descuidar las tierras. Porque si no las cultivamos nosotros, ¿quién lo hará? ¿Tú por la internet?

–Manda cojones. También se pueden vender.

–Lalo me ha jurado que no las venderá mientras yo viva.

–Pero te queda poco, según tú misma has dicho.

–Y aún me quedará menos si me entero de que las propiedades de la familia han pasado a manos ajenas.

–No me vengas con novelas, tía. Todos sabemos que es muy fácil comerle el coco a mi hermano. Tanta bondad atonta, a mí que no me digan. Y como encima es un saco de achaques, que cuando no le duele arriba le duele abajo, o a la derecha, o a la izquierda, con tal que lo dejen en paz responde sí a todo. Este rollo chungo se acaba hoy mismo. Va siendo hora de que alguien proteja al pobre ganapia. Espabilarlo es más difícil, pero se intentará, vaya que sí. Desde ahora me voy a hacer cargo de él antes que unos y otros empecéis a pirañear en nuestra herencia.

Entre los dos alzaron el escuálido cadáver y lo llevaron en volandas hacia el ataúd colocado en el suelo con la tapa abierta. Benito Lacunza miraba de refilón el gesto que atirantaba las facciones de la tía Encarna. A la vista de aquel semblante endurecido, se convenció de que Paulina de la Riva no andaba descaminada al pedirle que tomara buena nota de los bienes de la casa. «Estos cabrones de parientes están a la carroña», receló.

–Dios sabe –dijo la tía de pronto– que no me mueve la codicia de poseer lo que por derecho debería pertenecerme. Lo creas o no, te hablo con el corazón en la mano. Me moriré de pena el día que vengan a contarme que un extraño ha metido la reja de su arado en las tierras de mis mayores. Sobrino, si no me entiendes ahora, ya me entenderás cuando seas mayor y críes canas.

Acomodaron el cadáver en el interior forrado de raso

púrpura. Al bajarlo, no pudieron evitar que la cabeza rozase el borde de la caja. La boina se desprendió y fue a parar al suelo. Lacunza, al ver que su tía se agachaba, supuso que se disponía a restituírsela al difunto. En lugar de eso, ella alisó el uniforme con delicadeza, comprobó que las medallas estaban fijas y por último le juntó al difunto las manos enguantadas sobre el pecho.

De pie a su espalda, Lacunza se impacientaba. Lanzó con disimulo una ojeada a su reloj de pulsera. «¡Ondia, las once y veinte!» Después carraspeó y dijo:

—Se ha caído la boina.

La tía Encarna, todavía en cuclillas al costado del ataúd, le replicó con sequedad, sin levantar la mirada.

—Pónsela tú, ya que eres su hijo.

Resuelto a evitar los lugares donde había estado por la noche, Benito Lacunza se encaminó, con la esperanza de que nadie lo reconociese, hacia un bar del paseo de la Inmaculada. Allí se desayunó con un café cortado, un pincho de alcachofa con atún y cebolla picada, y unas cuantas muestras de condolencia.

El primer pésame lo recibió de un señor de edad avanzada, antiguo conocido de su padre. Nada más meter Lacunza la cara soñolienta en el local, el vejete se apartó del tragaperras, enristró hacia él visiblemente emocionado y, sin decirle palabra ni presentarse, le dio un abrazo tembloroso, largo, trágico, que puso sobre aviso de lo ocurrido al resto de los parroquianos.

El tabernero, camisa blanca remangada, antebrazos pilosos, tronó con más enfado que compasión detrás de la barra:

–¿Cómo? ¿Que se ha muerto Simón? Hombre, no me jodas.

Lacunza estrechó media docena de manos calientes antes de sentarse en un rincón del bar, junto a la puerta de los servicios. Al principio se esforzó por mantener un gesto acorde con las circunstancias; pero no bien se supo a salvo de la atención general desarrugó la frente, dejó lo que quedaba de alcachofa sobre el platillo y, por debajo de la mesa, abrió sin demora el sobre de Lalo.

«Veinte mil cucas. ¡Qué cabrón! Me ha bajado el sueldo.»

Transcurridos varios minutos, pidió la guía telefónica. El

tabernero se la llevó con celeridad servil. Lacunza encendió un cigarrillo y se puso a buscar. «Ganuza, Ganuza... Aquí está.» Allí estaba. Apuntó la dirección en el borde de una servilleta de papel y sin pérdida de tiempo solicitó la cuenta. El tabernero le correspondió con un amago de codazo en señal de que lo ofendía la pretensión de pagar. Lacunza no replicó. Calándose la gorra negra de cuero, se puso de pie, los mandó a todos en voz baja a tomar por el culo y salió a la calle.

«Hay gente que tiene la manía de vivir lejos.»

Tardó más de tres cuartos de hora en encontrar el sitio. Subió las escaleras con precaución de no rozarse con las paredes mugrientas, salpicadas de pintarrajos y desconchados. Antes de pulsar el timbre, parado en el descansillo, se enjugó el sudor de la frente con el dorso de la mano. Esperando a que le abrieran, se cercioró de que no llevaba la bragueta suelta, ahuecó el fular y usó las palmas ensalivadas para alisarse los cabellos.

Tras varias llamadas, Lacunza se resignó a la idea de haber hecho la caminata en balde, y ya estaba a punto de marcharse cuando notó que la puerta comenzaba a abrirse lentamente. Por la rendija asomó de pronto la cara de una niña de unos diez años. Sus ojos oscuros escrutaban a Lacunza en espera de que éste dijese algo. Tenía la criatura los labios finos y largos, arqueados de modo que añadían un toque de candor risueño a sus facciones. No menos amuñecaba su lindo rostro el flequillo que se derramaba hasta el borde mismo de las cejas. Los cabellos eran negros y rizados. Sobre las sienes se encrespaban sendos mechones por los que, con toda evidencia, esa mañana aún no habían pasado ni el peine ni el cepillo. Una manga de pijama, con tigres sonrientes estampados sobre tela gris, asomaba también por la estrecha abertura. La manga colgaba floja, sin la mano que se había escondido en su interior. En el suelo de baldosas se veía un pie infantil, descalzo.

118

–Preciosa, dile a la Nines que un amigo quiere hablar con ella.

La niña no se inmutó.

–Vengo de parte de Lalo. ¿Conoces a Lalo, al Hierros?

La niña asintió sin pronunciar palabra.

–¿Te han comido la lengua o qué? Pequeña, no tengo mucho tiempo. ¿Está la Nines en casa?

La niña sacudió la cabeza en señal negativa. El gesto volvió a repetirse a continuación, cuando Lacunza le preguntó si la Nines volvería pronto.

Por encima de la cabeza de la niña se veía la cadena que sujetaba la hoja de la puerta al marco.

–¿Qué, no me abres?

Sin esperar la respuesta, Lacunza se apresuró a meter la mano por la abertura. Con la punta de los dedos alcanzó el pestillo y apenas un segundo después se plantó delante de la niña, en el extremo de un largo corredor en penumbra.

–¡Qué mal te enrollas, enana! ¿Querías dejarme fuera como al lobo feroz o qué? ¿Cómo te llamas?

La niña no quitaba ojo de la puerta que Lacunza acababa de cerrar.

–Si no me dices el nombre te llamaré Puerquita. Hola, Puerquita, ¿qué tal te va? Un nombre chungo, ¿no crees? Mejor será que me digas cómo te llamas.

–Ainara Ganuza.

–¿Ainara? Suena a película de indios. Pobre niña. Yo en tu lugar preferiría Puerquita. Puerquita Ganuza, la hija de la Nines. Porque si no ando descaminado, a ti te parió la Nines, ¿verdad? ¿Conoces a tu padre?

La niña, impertérrita, se encogió de hombros.

–Joé, hablar contigo es como hablar con un somier. A mí me da que tú tienes un retraso mental.

Con gran sorpresa de Lacunza, la niña asintió.

–Bueno, no te preocupes –le dijo–. En Pamplona vive una hermana mía, más joven que yo. A lo mejor el Hierros te ha contado algo de ella. Le pusieron Mari Puy como la podían haber dejado sin nombre. Nació mal hecha, ¿sabes?, y desde entonces no ha parado de echar baba por la boca. Así que no te preocupes porque no eres la única que anda averiada de mollera. Y ahora enséñame el piso. Tú acabas de cagar, ¿no? Huele fatal aquí dentro. A ver si abres las ventanas, ondia.

Lacunza se adentró en el corredor, seguido a corta distancia por la niña. Se detuvo ante un espejo ovalado, con cerco de plomo, que colgaba en la pared. Debajo, sobre una mesilla con tablero de cristal, se hallaba el teléfono, que al mismo tiempo era aparato de fax. Había un mensaje a la vista y Lacunza lo leyó: «Persiste la jaqueca. Aun así llámame sin falta cuando hayas vuelto. Tienes razón, yo también creo que debería presentarte a mi hermano antes del entierro. ¿Notas que el viento es un beso que te he lanzado? Lalo».

Lacunza hubo de retroceder dos pasos para conseguir que el óvalo, del tamaño de un plato corriente, reflejase su cara entera. «¡Vaya pinta!», pensó al verse con las gafas de sol y la gorra de cuero. «La cría estará acojonada.»

Por encima del espejo, a media pared, campeaba un tablón agrietado. Pendía de una escarpia por medio de una cuerda. Sobre la madera sin desbastar podía leerse la palabra AMOR. Cucharas y tenedores, soldados por los extremos, formaban las letras.

–¿A que ese armatoste lo ha puesto ahí el Lalo?

La niña no vaciló en asentir.

«Pobre Lalo. Otro que pierde el culo por apuntarse a la lista de tíos que no piensan más que en dejarse dominar.»

Abrió después una puerta que estaba a un lado del espejo. Una tufarada de coles hervidas, de humedad mohosa y caldos agrios le saltó a la cara. Su mano acudió con rapidez en socorro de la nariz. La cocina presentaba un aspecto desolador. Un batiburrillo de recipientes churrientos atesta-

120

ba el fregadero. Entre los quemadores del fogón de gas se extendía una pasta negruzca, como de leche churruscada. Encima de uno de ellos se veía una sartén con tres o cuatro trozos aceitosos y arrugados de pimiento en su interior. La mesa estaba cuajada de vajilla sucia, de botellas semivacías, de cubiertos y platos con restos de comida. En el suelo de sintasol había un charco de cacao líquido que servía de abrevadero ocasional a varias moscas. El cubo de la basura, adosado a una nevera baja que tenía el tirador sujeto con esparadrapo, rebosaba de desperdicios. El calendario de la pared mostraba la hoja de febrero.

Lacunza observó el cuadro repulsivo con ceño adusto, sin decidirse a trasponer el umbral. «Lalo, ven y embellece esta pocilga. Me das una pena que no veas.» Así pensando se volvió hacia la niña, que seguía en silencio detrás de él, a metro o metro y medio de distancia, y le preguntó con retintín:

–¿Tú quieres mucho a tu madre?

–Sí.

–¿Y te gusta la cocina?

–Sí.

–¿Te gusta como está, desordenada y llena de mierda?

–Sí.

–¿Sabes por casualidad decir no?

–Sí.

«Hermano, hermano, juro por lo más santo que te sacaré de la trampa en que has caído.»

Se dirigió, corredor adelante, a la siguiente puerta. Al intentar abrirla se quedó con el pomo en la mano. Fue incapaz de encajarlo en su sitio. Refunfuñando, se lo dio a la niña. Ésta lo repuso sin dificultad y luego, visto y no visto, lo hizo girar con una martingala que tenía para abrir la puerta.

–Enciende la luz, Puerquita.

La niña se adentró en la oscuridad. Al punto una bombilla pendiente del extremo de un delgado cable iluminó con su débil y amarillento resplandor el dormitorio de la niña.

Lacunza vio el suelo sembrado de ropa, zapatos y juguetes. Había migas de galleta encima de una caja de cartón. La ventana estaba cerrada; la cama, sin hacer.

—Ve a abrir la ventana antes que yo me cabree —ordenó.

Ainara Ganuza obedeció con rapidez.

—¿Y qué pasa con la cama? O mucho me engaño, Puerquita, o a ti te falta una buena mano que te eduque. ¿Tengo razón o no la tengo? ¿Tú qué piensas?

Como la niña repitiese el ademán de encoger los hombros, Lacunza lanzó un resoplido hacia el techo, dando a entender que sus provisiones de paciencia estaban a pique de agotarse. Dijo en tono perentorio:

—Hija de tu madre, aparta las sábanas para que se ventile el colchón. Cuenta hasta cien si sabes y luego haz la cama, ¿entendido? Dentro de cinco minutos vendré a echar un vistazo. ¡Ay de ti, Puerquita, como me dejes una arruga en la colcha!

A la niña le entró de pronto temor a mirar los ojos del extraño. La cabeza gacha, el gesto apocado, hizo con las cobijas una pelota que, al ocultar por entero su cuerpo menudo, daba la impresión de moverse sola por el aire. Una vez que la hubo depositado sobre una silla, al costado de la cama, la niña empezó a susurrar con labios temblorosos la cuenta de los números.

Lacunza aprovechó que la niña estaba ocupada para inspeccionar a sus anchas la vivienda. En el cuarto de baño se entretuvo curioseando por las baldas de un pequeño mueble con ruedas que contenía una muchedumbre de productos de higiene personal, colocados sin orden ni concierto. Dentro de la bañera había un cesto de plástico, repleto de ropa para lavar. El vidrio de un ventanuco, en la parte alta de la pared, tenía una raja de lado a lado. Olía a humedad.

De nuevo en el corredor, Lacunza dijo con voz potente:

—No te olvides de recoger las cosas del suelo. Que no se diga que a tu edad... Avísame cuando hayas terminado.

La habitación de Nines Ganuza no era una excepción al desarreglo que imperaba por toda la casa. Adosado a la pared, había un guardarropa de grandes dimensiones al que faltaba una de las puertas. La puerta podía verse tirada en el suelo, a los pies de una escultura de Lalo que mostraba una pareja de figuras humanas en actitud de abrazarse. Ambas figuras estaban formadas por tubos roñosos, a excepción de dos tapaderas esmaltadas de perol que representaban cabezas. Por el hueco del guardarropa se derramaba hasta el suelo una riolada estática de lencería, zapatos de mujer, calcetines y medias, como si todo aquello hubiera salido despedido de golpe al desprenderse la puerta. Sobre la cama había un revoltijo de sábanas, prendas de vestir y hojas sueltas de periódico.

Lacunza apretó los dientes en el momento de entrar en la habitación. «Lalo, me da que te tapas los ojos cada vez que vienes a esta guarida, a mí que no me digan. ¿O es que aún eres más panoli de lo que pareces?» Sin parar de caminar arreó un puntapié a un camisón de dormir que estaba tirado en el suelo. Le pegó con tanta rabia que lo mandó, por encima de la cama, hasta casi la pared del fondo.

Después se puso a husmear en los cajones. Atrajo su atención un fajo de fotos en blanco y negro que encontró atado con una cinta en el interior de una mesilla de noche. Ojeándolas reconoció los semblantes de algunos amigos de juventud. La esperanza de hallar el suyo, siquiera en alguna de las numerosas imágenes de grupo, no se cumplió. «Bueno, qué importa. Tampoco es que haya tenido mucha relación con esa lagarta. Aquel día en el garaje de su padre y para de contar.» Dentro del cajón había otras fotos de épocas posteriores. Una de ellas mostraba a Lalo luciendo una sonrisa repleta de dientes blancos. En una esquina del dorso, escrito con esmero caligráfico de galán, podía leerse: «Al único amor de mi vida dedico esta fotografía».

«Anda, hermano, no me jodas...»

Al otro lado de la cama, entre ésta y la ventana, sobre una mesa cubierta con un mantel ajado, Lacunza encontró un manual de vascuence. Estaba abierto por una página salpicada de subrayados y anotaciones. «¡Lo que faltaba!» Había en torno al libro varios cuadernos y un bote erizado de bolígrafos, así como un cenicero rebosante de colillas, un frasco de cápsulas, una taza con restos de café y una figura hecha por Lalo, la cual, por la pinta (bolas de rodamiento soldadas a lo largo de una varilla curva), semejaba un racimo de moscatel.

Al girar la cabeza, Lacunza se percató de que la niña, todavía descalza y en pijama, lo estaba observando fijamente desde el umbral.

–¿Has hecho lo que te he mandado?

La niña sacudió la cabeza en señal afirmativa.

–Oye, guapetona, tú no sabrás por casualidad dónde guarda tu madre unas agujas para ponerse inyecciones en los brazos.

La niña se encogió de hombros.

–¿Y una bolsita con polvos?

La niña se encogió de hombros.

–¿Tú no has visto a la Nines meterse en la nariz unos polvos blancos?

La niña se encogió de hombros.

–¿Entiendes lo que te digo? Unos polvos que parecen harina. Se ponen aquí, en la parte de arriba de la mano, luego se acerca la napia y, zas, de una esnifada todo para adentro.

La niña se encogió nuevamente de hombros, sin decir palabra, y Lacunza se la quedó mirando desde el fondo de la habitación con expresión de impotencia, mientras entre sí decía: «O es una ceporrilla de cojones o la cabrona de su madre la tiene más enseñada que al perro de un ciego».

Pisando sin miramientos los cachivaches esparcidos por la moqueta, Lacunza se acercó a la niña.

—Ando apurado de tiempo. ¿No sabes cuándo volverá la Nines?

—Después.

—¿Qué quiere decir después? ¿A la una, a las dos?

Una vez más la niña se encogió de hombros y Lacunza, pensativo, quieta la mirada en un desgarrón del empapelado, se rascó el cogote. «¿Y si el chaval que le hice a la Maripocha fuera también un tarugo?»

—Lo mejor será que vaya a verla al trabajo, aunque me jode molestar. ¿Sigue currelando allí, no? ¿Cómo has dicho que se llama el sitio?

Esta vez la niña respondió con prontitud.

—La boutique del pan.

—Ah, esa que está... ¿Cómo se llama el sitio?

—Hay dos.

—Sí, por supuesto, la que está al lado de... allí, adonde voy mucho, y luego la otra, donde currela la Nines. ¿Cómo se llama la calle?

—No es calle. Es plaza.

—Sí, sí, pero ¿cuál de ellas? ¿O es que te crees que en Estella sólo hay una plaza?

—Santiago.

—¿La plaza de Santiago?

La niña asintió.

—Ah, pues lo que yo me suponía.

En el corredor, frente a la puerta del dormitorio de Nines Ganuza, Lacunza vio otra de dos paneles, adherido a uno de los cuales había una reproducción del *Guernica* de Picasso. La curiosidad lo indujo a abrirla. Por la ranura apareció de improviso un gato que, maullando zalamero, vino a restregarse contra las perneras de sus pantalones. La puerta daba a una sala de estar espaciosa y no menos desordenada que los demás recintos de la vivienda. El televisor estaba conectado sin voz; delante, sobre una mesa baja cubierta de vajilla sucia y cuencos con galletas y frutos secos, humeaba un cigarrillo en el borde de un cenicero.

Lacunza no pudo reprimir una sonrisa. Se volvió a la niña, que estaba parada y como encogida detrás de él, y le dijo en un tono sosegado, afable incluso:

—Puerquita, ¿qué es esa cosa blanca que echa humo encima de la mesa? Apostaría a que te he pillado fumando. Con tu permiso voy a mirar de cerca. ¡Huy, pero si es un cigarrillo rubio americano! Joé, tan enana y ya te pegas unos lujos de gente de casabién. ¡Como se entere tu madre! ¡Ondia, la que va a armar! ¿Te casca mucho la Nines?

La niña, tiesa de estupor en el umbral, no contestó. Ni tan siquiera parecía que se hubiese enterado de la pregunta.

—Yo a tu edad le mangaba puros a mi padre. Me los tenía que fumar en la ventana para que no le mosquease el tufo, ¿entiendes? Era muy fino de nariz mi viejo. Olfateaba mejor que un cocho. No sé la Nines a ti, pero a mí mi padre, que para más señas la espichó ayer, si le daba el remusgo de que yo había fumado, pues nada, primero me olía la boca, enseguida me echaba la mano al pescuezo y a lo último me arreaba correazos, pumba, pumba, hasta llenarme el trasero de cardenales. Tele, en cambio, no teníamos. Por cierto, Puerquita, ¿cómo se explica que estés viendo la tele a estas horas? ¿Hay fiesta en el colegio o qué? ¿Sabes lo que pienso? Que tú nos has salido novillera. Me juego cuarenta duros a que tu madre no sabe dónde estás.

A la niña le acometió un temblor al escuchar aquellas últimas palabras. Tenía ahora las mejillas encendidas, los ojos fijos en sus pies descalzos. Presa de ostensible inquietud, agarró la chaqueta de pijama por una punta, a la altura del vientre, y comenzó a retorcerla con las dos manos. De pronto, tras dirigir una fugaz mirada de refilón a Lacunza, se escapó corriendo. Sus pasos de cachorro espantadizo resonaron un instante sobre las baldosas del corredor. Lacunza aguzó el oído por mejor gozar de aquel trapaleo ligero que le hacía sonreír. Una vez extinguido, sintió la decepción que lleva aparejado todo gusto intenso cuando es breve.

Cosa de un cuarto de hora permaneció en la sala husmeando un poco por aquí, registrando un poco por allá, sin saber con exactitud lo que buscaba. A punto estuvo de darle un tiento a una botella mediada de coñac que encontró en el mueble-bar. Lo disuadió, cuando ya había sacado el corcho, el recuerdo de las penalidades padecidas la noche anterior. Desde que se había levantado de la cama, la cabeza resacosa y la boca áspera se encargaban de hacérselas presentes de continuo, y al fin se contentó con aspirar la cálida y tentadora fragancia que salía por el gollete.

Tan pronto como se hubo convencido de que su empeño era inútil, abandonó la sala y fue en busca de la niña, a la que encontró en su habitación, acurrucada debajo de la cama. Lacunza se deleitó contemplando el óvalo claro y lindo de aquel rostro infantil, que a su vez lo miraba a él desde la penumbra con un destello de ansiedad en las pupilas, y pensó: «Joé, no se sabe si es un ser humano, una sabandija o un chisme más en el caos de esta casa».

–Puerquita, maja, sal de ahí. Te juro por mis muertos que no me chivaré. Venga, enróllate. Te invito a uno de los míos.

Lacunza le tendió un cigarrillo. La niña vaciló unos segundos antes de alargar la mano. Salió después de su escondite, el pijama rebozado de pelusa, y sin muestra ninguna de temor admitió el fuego que Lacunza le ofrecía.

–Menuda profesional estás tú hecha. A tu edad yo todavía me chupaba el dedo. ¿Seguro que tragas el humo?

La niña se apresuró a exhibir sus habilidades fumatorias, el gesto reconcentrado, tiesos los delgados y frágiles dedos con que pinzaba el cigarrillo. Para mayor chulería, tras una segunda y no por cierto corta calada, lanzó cara al techo unos hilos largos de humo por los orificios de su pequeña nariz.

–¿Sabes hacer esto? –preguntó Lacunza.

A continuación echó por la boca dos aros consecutivos de humo, el segundo de los cuales, más rápido, alcanzó al primero y lo atravesó poco antes de disiparse.

La niña negó con la cabeza.

–Si eres buena, otro día te enseñaré.

Mientras fumaban, llamó la atención de Lacunza un cepillo que estaba tirado a los pies de una cómoda, junto a un revoltijo de gomas del pelo de diferentes colores. Tuvo antojo de desenredar a la niña la melena. Con ese fin le mandó volverse de espaldas y comenzó a peinarla. A las primeras pasadas de cepillo se percató de que no había modo de dominar aquellas greñas como no fuese a viva fuerza. Conque optó por hacerle sin esmero ninguno tantas coletas como gomas elásticas había, que era cosa de ocho o nueve, y se las fue poniendo al buen tuntún con capricho de erizarle la cabeza de mechones. Consumada la broma, instó a la niña a no soltarse las coletas hasta tanto su madre hubiese vuelto de trabajar. Que no pensase, le dijo alzando un dedo conminatorio, que no se iba a enterar de si se las había dejado puestas o no, y que, si no cumplía con lo que le mandaba, él se llegaría sin falta a la boutique del pan de la plaza de Santiago para contarle a la Nines que tenía una hija novillera y fumadora.

–¿Estamos, Puerquita?

La niña, visiblemente arredrada, asintió.

–¿Me acompañas a la puerta?

La niña lo siguió con docilidad, apurando el último resto del cigarrillo.

–Toma –le dijo Lacunza, ya en el descansillo, al tiempo que le alargaba una moneda de cuarenta duros–, para que te compres un paquete. No está nada bien eso de gorrear.

La niña miró pasmada la moneda que relucía como un

pequeño sol de plata sobre la palma de su mano. En sus labios finos se dibujó la primera sonrisa desde la llegada de Lacunza a la vivienda.

—Echa la cadena a la puerta —ordenó éste con severidad teatral—. Y que sea la última vez que dejas entrar a un extraño en casa. ¿Te imaginas lo que podía haber hecho contigo, enana? Eh, ¿te lo imaginas? ¿Sí? ¿No?

Por toda respuesta, la niña se encogió de hombros.

Durante un cuarto de hora sobre poco más o menos, Lacunza anduvo arriba y abajo de los soportales, pasando en repetidas ocasiones por delante del establecimiento. Al final, apretados los dientes hasta reunir unas miajas de coraje, empujó la puerta sin llegar a abrirla del todo, pues se achicó al ver a través del vidrio a la persona que venía buscando. «¿Qué hago, Pauli?» Falto de redaños, decidió tomar el aperitivo en otro sitio.

Más tarde, llegada la hora en que los lugareños se retiran a comer y se vacían los bares y cafeterías, Lacunza se dirigió a su casa con el convencimiento de que allí estaría la tía Encarna esperándolo para prepararle algún plato de su gusto. Caminaba por la sombra que los edificios proyectaban sobre las mismas calles por las que su hermano lo había llevado a hombros la noche anterior.

El cielo lucía un tono azul intenso, sin tacha de nubes, que no se podía mirar de tanto como relumbraba. A pesar del calor reinante, Lacunza no quiso desprenderse de la chupa negra de cuero, de la gorra ni del fular, en la inteligencia de ir lo más embozado posible. Semejante atuendo, unido a las gafas de sol, una barba de cacto, delatora de incuria, y la melena recogida en cola, no hacía sino atraer la curiosidad de los viandantes.

–Adiós, Benito –le dijo un paisano de edad avanzada que venía en dirección contraria por la calle Ruiz de Alda, con un mondadientes en la comisura de los labios.

Lacunza no se paró a reconocerlo. Respondió al saludo con un sonido brusco, gutural, más próximo al lenguaje de algunos animales de granja que al de los hombres; acompañado, eso sí, de un cabeceo de circunstancias para que no pensara el otro que lo desairaba.

Y siguió adelante con su pequeña cojera.

–¿Cuándo es el funeral?

La pregunta le llegó por detrás, derecha como una pedrada. Lacunza, sin detenerse, reviró la barbilla hasta la altura del hombro y dijo a la manera del que va apurado de tiempo:

–Mañana, cuando toquen a muerto.

En casa lo desconcertó la ausencia de su tía. Al comprobar que no estaba en la planta baja, subió a buscarla por las habitaciones y recintos de los pisos superiores, sin excluir el desván. El temor supersticioso que el difunto le infundía le impidió llamarla a gritos. Abrigaba la esperanza de que la tía Encarna le hubiese dejado una nota que declarase adónde había ido y cuándo pensaba volver; pero, después de mirar por aquí y por allá, Lacunza no encontró ninguna. «Como hay Dios que a la vieja le ha picado lo de las tierras. ¡Qué mosqueo tendrá para haber dejado el fiambre solo! Tanto que lo ha querido en vida y tal y cual...»

Comió varios pedazos de un bloque de carne de membrillo que había sobre una balda de la nevera y bebió agua del grifo antes de tomar asiento junto al teléfono, encender un cigarrillo y chafarle una vez más la siesta a Paulina de la Riva.

–No quería despertarte, pero ¡si supieras cuánto me faltas!

–¿Fuiste a tu casa enseguida, como te dije? –preguntó ella.

–Pues verás... –dijo rascándose la coronilla, acto reflejo enderezado a estimular la producción verbal cada vez que se notaba tardo de palabra–. Después de llamarte tan hecho polvo me encontré con mi hermano y vinimos los dos juntos charlando por la calle. No te creas que estaba yo muy borracho. ¡Qué va! Lo que pasa..., tú ya me entiendes. Algo que bebí me debió de sentar fatal. En casa me pegué un baño antes de meterme en el sobre. He dormido como un rajá y aquí me tienes, en plena forma, dispuesto a todo lo que me echen. ¡Depresión superada!

–¿Has cobrado la herencia?

–Esta tarde tenemos reunión con el notario.

–Abre bien los ojos, ¿has oído? No te confíes porque haya a tu lado caras conocidas.

–Y que lo digas, Pauli, maja. Mismamente hoy me he enzarzado con una tía mía a cuenta de las tierras. Ya antes de mi llegada a Estella andaba la vieja buitreando alrededor de mi viejo, ¿sabes? Total, que le he enseñado los dientes porque ya está bien, hostia. A lo primero me viene con el truco de madrearme. ¿Tienes hambre, Benito? ¿Te apetece un poco de queso, Benito? No se enrollaba mal, todo hay que decirlo. Hasta me ponía la voz mimosa, fíjate. Ah, y anoche me lavó la ropa, y esta mañana me la ha planchado, para que veas. Pero, claro, uno hace tiempo que nació. A mí al menos no se me embauca así como así, ¿vale? Mi tía anda con la pretensión de arramblar con una parte de las tierras. Al parecer ha camelado a mi hermano llorándole unas historias familiares del pasado; en fin, cosas de tebeo. Alto ahí, le he dicho yo. A mí no me vengas con pijadas sentimentales. Pauli, ya sabes cómo las gasto cuando me pongo duro. Pues nada, la vieja ha ahuecado el ala. Se habrá ido a llorarle en el hombro a su marido. Lo malo es que me ha endilgado al muerto, hay que joderse.

–¿Qué te decía yo, Benito? Cuidado con los parientes. Son unos carroñeros. ¿Hiciste el inventario de enseres?

–¿Para qué si me he quedado en casa más solo que la una?

–En la oficina del notario no se te ocurra firmar nada sin haberlo leído antes.

–Descuida. Si hay que colocarse la mirada de lechuza, pues me la coloco, aunque se vuelquen del susto los tinteros del notario. Mañana, a estas horas, estaré podrido de parné. Bueno, tampoco voy a exagerar, pero de fijo me alcanzará para librarme de hincar el callo hasta que me salgan canas en los sobacos. Imagínate, si cada día me llega el tiempo para tocar la trompeta diez o doce horas, a la larga cómo coño no voy a triunfar.

–¿Diez o doce horas? ¿Has olvidado que tengo vecinos?

–Tranquila, ya nos organizaremos. Mañana pasaré por el banco. Lo primero de todo le giraré a Caco Báez lo que le debo. No quiero líos con ese matón. ¿Tú podrías preguntarle su número de cuenta? El Ciri te ayudará a localizarlo.

–El asunto está liquidado, guapo.

–No te entiendo.

–Lo llamé y he pagado tu deuda. Algunos problemas, cuanto antes se solucionen, mejor. Ya haremos números cuando vuelvas.

–¿Que tú...?

–Sí, majo. Deberías besar donde piso.

–Pauli, Pauli, la madre que te parió, yo sin ti es que no podría ir ni a por pan a la esquina. Congeniamos a tope, ¿que no? Menudo equipo formamos tú y yo, y la vidorra que nos vamos a cascar en cuanto me haya embolsado mi parte de la herencia. ¿Qué te parece si en julio nos damos un garbeo por las Molucas? Venga, anímate. Te invito.

–¿Y por qué por las Molucas?

–Joé –se rascó de nuevo la coronilla–, pues porque son unas islas de por ahí y me figuro que tendrán mogollón de playas para tomar el sol en canicas, ¿no? No me vas a decir que a ti, que curras en una agencia de viajes, no te suenan las Molucas. Bueno, y si no es a las Molucas, qué más da. Vamos a cualquier sitio donde haya palmeras y no nos conozcan. El caso es pegarse la buena vida. Yo no tengo otra filosofía.

Se hizo a continuación un silencio de varios segundos, tras el cual Paulina de la Riva preguntó en tono de suspicacia:

–¿Cuándo piensas volver?

–Pronto.

–¿Qué significa pronto para ti?

–Déjame que te explique. Mañana por la tarde enterramos al viejo. Después iré a un garaje a ensayar y el sábado por la noche tengo una actuación en un pueblico de la comarca donde hay fiestas.

–¿Que tienes qué?

–Venga, Pauli, que lo sabes de sobra.

–Yo no sé nada, rico.

–Anoche te dije que me encontré con unos tronquis de los viejos tiempos.

–Sí, estaban celebrando la despedida de soltero de uno de ellos, ya me acuerdo. Se te entendía perfectamente por teléfono a pesar de la cogorza. A mí, de actuaciones, no me contaste ni palabra.

–¿Cómo que no?

–Que no, Benito, que no. Y mucho menos que ibas a una fiesta al día siguiente del entierro de tu padre. ¿Crees que se me habría pasado por alto un detalle como ése? Todo esto es la hostia de enternecedor.

–Mujer, qué quieres que te diga. Ya no hay remedio. Tú eres de ciudad y a lo mejor no lo entiendes. Esta tierra chupa de uno hacia dentro. Te chupa hasta que te traga. Pauli, te lo juro, no hay escapatoria. Yo soy un trompetista de jazz. Yo soy Benny Lacun. Te lo repito, maja: Benny Lacun. Pues bien, ¿crees que me apetece subir a la aldea esa de los cojones a tocar *La cucaracha* y mierdas así para cuatro paletos con la cara abotargada?

–Ahora que lo dices, creo que sí te apetece.

–Anda ya, Pauli, no me jodas. ¡Y yo que pensaba que me conocías!

–Te conozco, Benito. Eso es lo malo. Te dejas liar porque no has aprendido a decir que no. Si tú eres Benny Lacun, ¿qué coño pintas en medio de una banda de chundachunda?

–Pauli, rediós, ya empiezas a hundirme otra vez. ¡Si supieras qué mal me sentía! Además, es ir y venir. Toco cuatro horteradas y a casa.

–¿Quiere eso decir que el domingo estarás aquí con tu Pauli, la pobre, a la que has dejado solita?

–No te prometo nada. Me queda un asuntillo pendiente.

La voz de Paulina de la Riva se endureció.

–¿Qué asuntillo?

–Hay una tiparraca que anda a la caza de mi hermano. Una tía lista que no tiene donde caerse muerta, que tuvo una hija a saber con quién, yo creo que ni ella misma lo sabe, y ahora le anda a ver si le chupa la sangre al tontorrón de Lalo. Trabaja de dependienta en un sitio donde venden pan y sirven desayunos y meriendas. La cosa se presenta chunga. Yo no puedo irme de aquí sin echarle un capote a mi hermano. Pauli, lo tienes que comprender. La tía va a lo que va. Si te contara el desorden y la mierda que hay en su casa...

–Y tú ¿cómo lo sabes?

–Joé, pues porque lo he visto.

–Ah, ¿te ha invitado a su casa o qué?

Lacunza vaciló un instante antes de responder:

–No me ha invitado, he ido yo. Y como sé que eres una desconfiada, te lo voy a contar con pelos y señales. Para empezar, no se me pone en la punta del nabo que esa mujer se aproveche de mi hermano. Como todavía no nos han presentado ni falta que hace, he ido por mi cuenta esta mañana a tener una conversación. Era lo mínimo entre futuros cuñados, ¿no? A mí las cosas claras. Llamo y me sale la hija, una mocosa que tenía que estar en el cole, pero estaba en casa viendo la tele e hinchándose a cigarros. Y nada, me he metido por el morro. En plan guripa, ¿sabes? A echar un vistazo.

—Eres un cerdo, Benito, ¿lo sabías?

—De cerdo nada, monada. La cerda es ella, que deja todo tirado por el suelo y no se ocupa de la hija. La podría denunciar, fíjate lo que te digo. Pero yo voy a otra cosa. Y es que me da dolor de estómago imaginarme a mi hermano fregándole los platos a esa pindonga. Un pajarito me ha contado que planean casarse. ¿Para qué?, me pregunto yo. ¿Qué puede ofrecer esa mujer a mi hermano? ¿Una hija retrasada? ¿Desorden y suciedad? Y eso sin contar con que le descubrí en su dormitorio un manual de vascuence, lo que para ti a lo mejor no significa nada, pero a mí me da un mal olor que no veas. Y por parte de mi hermano, ¿qué? ¿Qué huevos hace mi hermano de casado? ¿Me lo quieres tú explicar? Mi hermano es un soñador, un artista y, sobre todo, un pedazo de pan. Pan es la mercancía con la que ella se gana la vida. ¿Captas ahora? Yo estoy muy preocupado, Pauli. Deja que me quede aquí unos días. Lo que es por mí volvería a Madrid ahora mismo porque me faltas mucho, en serio, pero no puedo. Tengo que ayudar a mi hermano como sea. Si al final resulta que la lagarta no es lo que parecía, pues bueno, no pasa nada. Ahora bien, si mi olfato no me engaña prefiero estar al lado de mi hermano y protegerlo. Me va mucho en esto, Pauli, maja, créeme. En las Molucas nos sacaremos la espina de no habernos visto durante unos cuantos días. ¿Qué te parece?

Hacia las cinco y media de la tarde, despachados los trámites testamentarios, Lacunza salió a toda prisa de la oficina del notario urgido por el ansia de fumar un cigarrillo. En un primer momento se había sentido defraudado al enterarse de que a Mari Puy, además de una tajada de herencia similar a la de sus hermanos, le correspondía en virtud de una cláusula especial una asignación cuantiosa. No le pasó por alto la mueca aprobatoria de Lalo. Se puso entonces a recapacitar y enseguida llegó a la conclusión de que la vida había impuesto un castigo brutal a la muchacha, por lo que bien mirado el padre había sido justo y previsor al favorecerla de forma que le quedase garantizado lo necesario para su subsistencia. A Lacunza se le figuraba que Lalo debía de estar pensando lo mismo en aquellos instantes. La idea de coincidir con su hermano lo reconfortó.

La directora del centro de disminuidos donde Mari Puy Lacunza se hallaba recluida había venido de Pamplona para asistir a la lectura del testamento en calidad de testaferro. Era una señora de rostro marchito, expresión bondadosa y maneras educadas, la cual, nada más presentarse, manifestó su propósito de no agravar el duelo de los familiares con exigencias ni reparos. A su llegada tuvo el detalle de besar en las mejillas a los dos hermanos. Les comunicó a continuación que Mari Puy estaba al corriente de lo sucedido. Así y todo, los responsables de su cuidado creían conveniente que no asistiera a las exequias.

—Es mejor para ella, se lo aseguro –dijo haciendo un gesto dolido.

Lacunza se apresuró a salir de la casa. Se detuvo un instante en el primer tramo de escalera para encender un cigarrillo. Bajó después hasta el portal y desde allí oyó a su hermano, un piso más arriba, prometerle a la señora que en cuanto tuviera ocasión iría a Pamplona a estar un rato con Mari Puy.

—No se puede usted imaginar –dijo ella con un temblor de emoción en la voz– qué contenta se pondrá la muchacha. Nuestros internos, ¿sabe usted?, son seres muy sensibles a las muestras de afecto. Hable con su hermano para que también él nos visite alguna vez.

«Sí, claro, faltaría más», murmuró Lacunza para sí, al par que hacía un corte de mangas con la mirada alzada hacia el techo.

No bien hubo salido a la acera, vio venir a Nines Ganuza por el fondo de la calle. Una ráfaga de palpitaciones le golpeó dentro del pecho. Tentado de refugiarse en el portal, reculó rápidamente un paso; pero desistió enseguida de su propósito, seguro de que no habría posibilidad de escapatoria si se reunía de nuevo con su hermano. Optó entonces por arrancarse la gorra y las gafas de sol, y se soltó asimismo la coleta para que Nines Ganuza no lo identificase a simple vista con el individuo que seguramente le habría descrito su hija.

En esto, observó que ella se paraba a conversar con una mujer que, acompañada de dos niños de corta edad, acababa de salir de una tienda de tejidos. Lacunza aprovechó la circunstancia para alejarse en la dirección contraria. Después de un rodeo por varias calles, quiso la casualidad llevarlo hasta la estación de autobuses de la plaza Coronación. Allí vio gente arremolinada en torno a un vehículo que tenía toda la pinta de estar a punto de ponerse en marcha. Le vino entonces la idea de pasar la noche en Pamplona y, sin pensárselo dos veces, compró una revista de pasatiempos, pagó un billete y ocupó su asiento.

En Pamplona, unas rodajas de berenjena frita que comió al atardecer en una tasca de mala muerte le revolvieron el estómago. Aun así aguantó de pie hasta la medianoche, alternando manzanillas y copas de coñac por los bares del casco viejo. Al fin alquiló una habitación en un hostal de dos estrellas, donde durmió a pierna suelta luego de haber atascado el lavabo con su vómito.

La campana de San Miguel llevaba largo rato doblando a muerto. Minutos antes de las seis no cabía un alma dentro de la iglesia. Tanto los bancos como los pasillos laterales estaban repletos de gente enlutada que aguardaba en silencio el comienzo del funeral y todavía seguían llegando más personas. El que no llegaba era el difunto. Un sentimiento común de extrañeza arrugaba los entrecejos de la muchedumbre, que veía, sí, ramos de flores en torno al túmulo, pero no el ataúd.

A una seña discreta del cura, Lalo bajó del coro, donde tenía instalada su cadena musical, y se dirigió con paso rápido a la sacristía. El cura lo recibió sumido en una gran inquietud. Ya le habían explicado con anterioridad que el transporte del cadáver no había sido posible por la mañana. La razón era que a Benito Lacunza se le habían pegado las sábanas en el hostal de Pamplona, de manera que cuando los funerarios tocaron el timbre a la hora convenida nadie pudo abrirles la puerta. Lacunza se guardó de contar la verdad. A su llegada a Estella soltó la primera excusa que le vino a la lengua, confiado en que no hay como hablar con pachorra para ser creído.

Al cura, por la tarde, le parecía inconcebible que el cuerpo del difunto no estuviera aún en la iglesia. Y suspiraba, haciendo alharacas nerviosas con la vista puesta en las molduras del cielo raso:

–Lalo, hijo mío, se tarda cinco minutos, a lo sumo

seis, en venir de vuestra casa aquí. ¡A mí que no me digan!

El menor de los Lacunza se apresuró a llamar por teléfono móvil a su hermano, de quien se había despedido poco antes de las tres de la tarde en el vestíbulo de la casa familiar. Como éste no se pusiera al aparato, Lalo dedujo con alivio que ya estaría en camino. No le faltaba razón. Con un retraso de cinco minutos sobre la hora prevista para el comienzo del oficio religioso, el coche fúnebre enfiló a una velocidad endiablada la rampa que conduce a la entrada de la iglesia. Un empleado de la funeraria se apeó a toda prisa y corrió a abrir la puerta trasera del vehículo. Por ella apareció Lacunza con pinta de difunto que hubiese resucitado por el trayecto.

Le dijo a su hermano:

—No ha habido modo de pasar el trasto por la puerta. Yo les he dicho a estos tíos que lo pusieran de pie, pero como si les hablaras a las paredes. Me sueltan que los cierres se podrían romper y entonces menuda la que íbamos a armar. Conque han preferido sacar al padre por la ventana. ¡Ni que fuera un piano! Y lo peor es que entre pitos y flautas hemos perdido mogollón de tiempo. ¿Hay mucha tropa dentro?

—La iglesia se encuentra abarrotada. Ha venido media Estella y todo Alloz.

Acto seguido adoptó un tono de voz susurrante para agregar con misterio:

—Está la alcaldesa también.

—Vamos al tajo entonces —dijo Benito con resolución campechana—. Como comprenderás, no me he dado tanta prisa para luego andar aquí de cháchara contigo.

Lalo le pidió que ordenase esperar a los funerarios un minuto. Un minuto era cuanto necesitaba para situarse en el coro y que se cumpliera su ilusión de acompañar con música de Cristóbal de Morales la entrada del ataúd en el templo.

–Bueno, tú tranqui –respondió Lacunza, alzando las manos en petición de sosiego.

Y mientras veía a su hermano meterse con raudas zancadas en la iglesia, lo embargó la admiración por su estatura, su porte esbelto, el entusiasmo que traslucían sus facciones de niño bueno y grande y, sobre todo, lo bien que le sentaba la corbata negra.

Lacunza entró un minuto después. Precedía, abriendo plaza, a los empleados de la funeraria, cuya expresión de duelo, serena y profesional, decidió imitar tan pronto como se supo centro de un sinnúmero de miradas.

Al punto resonaron en la atmósfera luctuosa del templo las primeras volutas de música polifónica. Al menor de los Lacunza, semioculto detrás de los componentes del coro titular, el corazón le latía con fuerza. Una sensación de estrechez en la garganta, como si unas manos invisibles lo estuviesen estrangulando lentamente, le cortaba a cada momento la respiración. Se ahogaba al borde de un extraño trance, traspasado por un torbellino de impresiones contrapuestas, exaltantes y placenteras las unas, cargadas de pena, de angustia, de amarga conciencia de lo frágil y pasajera que es la vida humana las otras. A veces le acometían ráfagas de palpitaciones en las sienes. Él las achacaba a oleadas irregulares de flujo sanguíneo, ni más ni menos que si las arterias encargadas de regar su cerebro se abrieran de golpe después de haber permanecido breve tiempo obstruidas, y aquello, aunque no le causaba dolor, lo intranquilizaba y entristecía por parecerle indicio seguro de que iba a reproducírsele la jaqueca de los días anteriores. Lágrimas de ternura bañaron sus ojos cuando, por encima de la barandilla del coro, divisó a su hermano Benito abajo, en el pasillo izquierdo, seguido a corta distancia por los fornidos y diligentes mozos que transportaban el ataúd. El cura ya esperaba tras el altar, las palmas de las manos unidas con unción y un tembleque de plegarias silenciosas en los labios.

Tras la pieza sacra, comenzó el funeral. Benito Lacunza declinó el ofrecimiento de sentarse en un banco de la primera fila. Unas personas cuyos nombres no atinaba a recordar, por más que los tenía en la punta de la lengua, le insistieron por medio de señas para que ocupara el puesto de honor que se supone le correspondía. El intercambio de ademanes fue cobrando cada vez mayor vehemencia, hasta degenerar en una especie de disputa muda entre tozudos, salpicada de muecas y aspavientos.

Lacunza –«pues no son pelmas ni nada estos imbéciles»– optó por darles la espalda. Se apostó a continuación a la sombra de una columna. Desde allí, desentendido por completo de la ceremonia religiosa, vuelta la mirada hacia la nutrida concurrencia, se dedicó, para matar el rato, a recrearse en la contemplación de orejas y narices, de papos y mofletes, y de cuanta peculiaridad corporal, a poder ser ridícula, se le figuraba merecedora de atención. Contó dos bizcos, una jorobada, siete gordas y siete gordos. Contó hasta diecinueve calvos, si bien tocante a media docena de ellos le quedaron dudas. Con objeto de resolverlas, repitió el escrutinio estableciendo una clasificación en tres categorías: cocos mondos, medio mondos y de frente despejada.

Hizo luego propósito de buscar entre los presentes al individuo de aspecto más bruto, al patán mayor de Tierra Estella por así decir, y ya tenía echado el ojo a una veintena de candidatos cuando por azar reparó en sus primos de Alloz, sentados en uno de los bancos del fondo. En la fila anterior podía verse a la tía Encarna con velo de luto y al tío Eulogio. No tardaron en cruzarse la mirada de Lacunza y la de ella. El contacto visual duró apenas una fracción de segundo, pues la tía Encarna, en una especie de rapto teatral, apartó enseguida los ojos para atender, con la barbilla levantada y la cara tensa de resentimiento, a la semblanza emotiva que el cura estaba haciendo del finado.

Abrigaba Lacunza intención de dirigirle un leve gesto de

saludo a su tía tan pronto como ella se dignase volver hacia él la cara. «A ver si con una sonrisilla la amanso como a la Pauli», pensó. Transcurrieron entretanto cosa de diez minutos. El coro entonó el *kirie*. La masa acompañaba con abejorreo fervoroso en el que predominaban los gorgoritos de señora. Ajena al canto, la tía Encarna mantenía el gesto adusto. Para entonces Lacunza se había hartado de contar calvas, de buscar entre los circunstantes un arquetipo de aldeano, de aguantar las florituras verbales del cura y de permanecer de pie, y como además no paraban de acuciarle las ganas de echarse un cigarrillo, con disimulo se retiró hacia las sombras del muro. De vez en cuando reculaba uno o dos pasos cortos en dirección a la salida. Por fin, en el momento en que un viejo amigo de la familia se acercó al atril para leer un pasaje de la Biblia, Lacunza se escurrió a la calle.

Fuera, bajo la cubierta de plexiglás adosada al pórtico, encendió un cigarrillo. Mientras saboreaba las primeras caladas, lo tentó sumarse al corro de funerarios que charlaban y reían junto al coche negro. Como quiera que experimentase una aguda sensación de suciedad relacionada con la muerte de su padre, barruntó que su sola presencia bastaría para ahuyentar el buen humor y la locuacidad de aquellos joviales mocetones. Determinó en consecuencia retirarse a un rellano de las escalinatas que descienden a la calle Chapitel, pensando que allí estaría solo y a salvo de miradas.

Pero allí estaba ella fumando, acodada en el pretil.

–Hola, Benito. ¿Ha terminado el funeral?

La naturalidad de su gesto desconcertó a Lacunza no menos que el encuentro inesperado con Nines Ganuza en aquel rincón propicio a las pláticas íntimas, de modo que durante dos o tres segundos se quedó parado sobre el primer escalón de piedra, sin saber qué hacer ni qué decir. Le produjo de pronto rabia su propia turbación. Estuvo a dos dedos de soltar una palabrota que le andaba bullendo dentro de la boca; pero al fin logró aplastarla entre los dientes y, convencido de que no había más remedio que encarar la situación, bajó al rellano.

Para vencer la timidez no se le ocurrió sino mostrarse áspero.

–Para mí ha terminado. ¿Para ti también?

A Nines Ganuza la pregunta le hizo el efecto de un alfilerazo. Dio un respingo y se apartó bruscamente de la barandilla, como impulsada por el apremio de guardar la compostura. Sus ojos negros, cubiertos de una pátina acuosa de melancolía, se dilataron por efecto de una alarma repentina. A Lacunza le recordaron los de la Puerquita cuando el día anterior lo habían escrutado no menos fijamente por la rendija de la puerta.

–Lalo ha insistido en que me quede fuera –se disculpó titubeante.

«Mujer triste», dictaminó Lacunza para sí.

–Yo hubiera entrado. El señor Simón a mí me caía muy bien. Pero Lalo me conoce mejor que yo a mí misma. Lee mis pensamientos antes que yo caiga en la cuenta de que los estoy pensando.

A Lacunza lo asustó el rumbo confidencial que habían tomado las palabras de Nines Ganuza. A este punto se percató de que era realmente poco lo que sabía de ella. Temeroso de quedar en ridículo, se apresuró a escudarse en un tonillo irónico, a riesgo incluso de parecer grosero.

–¿Ah, sí?, no me digas.

Ella le dio una calada rápida al cigarrillo. Después sus labios se entreabrieron y por la fina abertura salió con suavidad sensual la bocanada. Una gasa de humo veló su rostro durante breves instantes. Se pegaba, blanda y tenue, a sus facciones agraciadas en las que el maquillaje a duras penas conseguía esconder los primeros estragos de la edad.

–A finales de febrero –prosiguió– enterramos a mi madre. Supongo que, como Lalo te lo habrá contado, no necesito entrar en detalles.

–Llegué anteayer de Madrid. Con este lío chungo de mi padre te figurarás que Lalo y yo no hemos tenido un minuto de descanso. ¡Si es que todo se nos viene encima, joé! Yo he dejado allá un montón de asuntos pendientes, he tenido que cancelar un concierto... En fin, una putada tras otra. Por cierto, el miércoles saludé a tu hermana. Dijo que tú y mi hermano estabais liados. Resulta que casi me sale una cuñada y yo sin enterarme.

–Ojalá me equivoque, pero pareces enfadado.

–¿Quién, yo? –dijo Lacunza, no sin petulancia, sonriendo de costadillo–. ¡Bueno! Para que el menda se mosquee tienen que pasar cosas mucho más gordas.

–Tu hermano está empeñado en presentarnos después del entierro. Primero las penas, me suelta, y luego las alegrías. Ocurrencias suyas. ¿Sabes?, le ha dado por protegerme como si yo fuera una criaturica desvalida. Una parte de razón no le falta, ¿para qué lo voy a negar? La muerte de mi madre ha sido un duro golpe para mí. Si no es por Lalo y los antidepresivos no sé dónde estaría yo a estas horas, seguro que bajo tierra.

–Ésas son palabras mayores, ¿no? Maja, tú aún eres joven. Alegra esa cara.

–¿Joven? Treinta y cuatro tacos, tres más que tu hermano. Hace demasiado tiempo que voy de joven por la vida. Ya empiezo a apestar.

–Pues mira, Nines, yo llevo a la espalda un taco más que tú y aquí estoy, derecho y tranqui como la torre de la iglesia.

Y apretando la yema de un dedo contra la frente, añadió:

–A mí con que me carrule regular la calamocha voy que chuto.

–¡Cuánto me gustaría poder hablar así! La vida me ha dado muchos palos. Eso es lo que arruga y la deja a una para el arrastre: las desgracias, las faenas que nos hacen, y no los años, aunque también. Mi madre ha significado mucho para mí. Era mi bastón. Sin ella al lado no puedo caminar. El viejo le tenía prohibido venir a verme. Como lo oyes. Entonces mi pobre madre se las apañaba para traerme a escondidas alguna prenda de vestir o un puñado de higos o las pocas monedas que conseguía rapiñar en casa. ¡Qué buena era! Raro era el día que no me trajese algo. Que no lo sepa tu padre, me decía temblando de miedo. Después nos abrazábamos, echábamos juntas la lagrimica de costumbre y hasta otro día. Al irse, lo mismo: Que no lo sepa tu padre. No hay noche en que la frase no golpee en mi cabeza mientras intento dormir: Que no lo sepa tu padre. Y a veces también cuando estoy despierta: Que no lo sepa tu padre. ¡Ese cabronazo en grado superlativo!

Lacunza apartó la vista para no afrontar la mirada empañada de Nines Lacunza. Con la atención puesta en los tejados de la villa, dijo por decir:

—Cosas así pasan en todas partes, según tengo entendido.

—Para que te hagas una idea, celebramos el funeral aquí, en San Miguel. Me parece mejor que sea yo quien te cuente la historia y no tu hermano. Claro que, si te parece que te estoy dando la paliza, me cortas y santas pascuas. Bueno, pues aquel día hizo un frío que pelaba. El frío se me metió en la carne y todavía lo llevo dentro. Mi padre no se dignó dirigirme la mirada. En el cementerio abrazó a todos mis hermanos, uno a uno. A mí me dejó de lado. Y entonces Lalo está convencido de que si entro ahora en la iglesia me volverán las pesadillas. Yo le he dicho que no, que ya me he recuperado, que mientras él esté cerca no hay peligro. Pero ¿qué quieres?, cuando se le mete una idea no hay dios que se la arranque. Así que me he tenido que quedar fuera, castigada. Que el bueno de don Simón, que en paz descanse, me perdone.

—¡Menos mal que hoy hace buen tiempo!

—Pues sí, chico. Quizá el cielo azul ayude a soportar los

sinsabores. No me hagas mucho caso. Soy la menos indicada para levantar el ánimo a nadie. Fíjate, llevamos un rato hablando y todavía no me ha pasado por la cabeza darte el pésame. No tengo remedio. Discúlpame.

Se inclinó para encender un nuevo cigarrillo con la colilla del anterior. Lacunza tuvo entonces ocasión de examinarla a sus anchas, mientras entre sí decía: «Esta golfa, ¿me está comiendo el tarro o sufre de verdad? Ojo con ella. Me huelo que con el mismo truco de dar lástima le ha mangado el alma a mi hermano». La vio flaca, ojerosa y con un atisbo de papada, pero todavía en posesión de sus encantos. «Está buena, las cosas como son. Puede que un poco ajada. Si de mí dependiera, yo a esta hembra con un par de chuletones de vaca a la plancha y unas vacaciones al lado del mar la ponía en su punto. ¡Mecagüenlá que sí!»

Tenía Nines Ganuza la frente ancha y pálida, cruzada por tres arrugas paralelas, no del todo continuas, partida la más baja de ellas por un lunar; tenía las cejas espesas como su hija, con quien coincidía también en la forma alargada de los labios, si bien los suyos, a diferencia de los de la niña, estaban revestidos de una tensión severa que ponía una nota de dureza, de amargura tal vez, en su expresión. De los costados de la nariz le bajaban sendos surcos finos que envolvían su boca como si fueran paréntesis. Su peinado era lo que menos gustaba a Lacunza. Salvo por la parte del cogote, llevaba los cabellos cortos como de marichico, «peor aún», se dijo, «como los de esos activistas de la causa vasca que pierden el culo por acabar en la cárcel».

Nines Ganuza vestía aquella tarde prendas sencillas de medio luto, de las cuales emanaba un ligero aroma alimonado que producía a Lacunza un picorcillo placentero en la nariz. A la menor oportunidad acercaba la cara a la mujer y se llenaba con disimulo de su olor.

–Y tu viejo –preguntó–, ¿por qué no te traga?

–Por nada especial. Simple orgullo de macho. Mi padre

es de esos patriarcas chapados a la antigua que te alimenta a cambio de que asumas su modo de pensar. Yo le salí rana. Me parecía que la vida pasa rápido. Sigo creyéndolo. Total, que me puse a disfrutarla y para cuando quise darme cuenta ya era madre.

–¿Tienes un hijo?

–Una hija.

–Mi hermano lo sabe, supongo.

–Benito, por favor... ¡Ya me ha contado Lalo que tienes cada salida!

Lacunza tiró la colilla al suelo y a continuación la pisó con saña lenta y minuciosa de machucador de cucarachas. Durante varios segundos guardó silencio, la vista fija en la punta del zapato hasta que lo retiró para recrearse en la contemplación del cigarrillo aplastado. Alzando después la vista, clavó en Nines Ganuza una mirada de ojos achinados por la suspicacia y le dijo:

–¡Qué tiempos aquéllos! Yo me acuerdo de un día en el garaje de tu padre. Estábamos tres chaveas y dos chicas, tú y otra. Primero nos flipamos, porro va, porro viene, y al final, cuando empezó lo bueno, me pusisteis a vigilar fuera, delante de la puerta. ¡Qué cabronada!

–No recuerdo.

–¿No? Pues te voy a decir una cosa, Nines. Antes de salir a la calle a vigilar por si venía tu viejo, me hiciste una promesa y que yo sepa aún no la has cumplido.

–¿Cuál? Dios quiera que no se trate de dinero.

Lacunza miró a los lados con el fin de cerciorarse de que nadie podía oírle.

–Prometiste echarme una paja.

A Nines Ganuza se le crispó el rostro por efecto de un pujo de risa que hubo de reprimir enseguida, ya que a escasos pasos de donde se encontraban comenzó a sonar rumor de voces de la gente que salía de la iglesia. El funeral había terminado.

–Perdona –susurró Nines Ganuza–. Tu broma me ha hecho olvidar que estamos de duelo. ¿Te importaría decirle a Lalo que lo espero en la furgoneta? Si te apetece podrías venir con nosotros al cementerio.

El entierro se llevó a cabo en presencia de unos pocos familiares y conocidos. Lacunza se había hecho la idea de que acudiría más público. Escocido por la decepción, sacó con desgana la trompeta del estuche. El sol de mediatarde reverberó en el bronce dorado del instrumento. En el aire caluroso, punteado por los píos incesantes de las aves, no se movía una mota de viento. Llegaba un olor grato de los campos circundantes, tierras de sembradura en su mayoría. Lacunza, de pie entre las coronas funerarias, con sus gafas negras y su chupa de cuero, evitó desde un principio dirigir la mirada a su costado izquierdo para no ver los semblantes mohínos de los de Alloz, arracimados a la sombra del panteón contiguo.

Apenas hubo atacado los primeros compases de *Stella by Starlight*, un estremecimiento de euforia lo animó a desentenderse de las notas convencionales, sabidas por él al dedillo, y lanzarse a una improvisación enérgica que basó en el fraseo reiterado de un acorde del *Himno de Oriamendi*. Lo desfiguraba de continuo mediante notas interpuestas, fracturas del ritmo y otras variaciones que se le ocurrían al azar. «¡Qué pena que no esté aquí Garcés!», se decía.

Adrede apuntaba con el pabellón de la trompeta hacia el vientre y los pechos de Nines Ganuza, como si tratara de fusilarla con la música. En el apogeo de su exaltación, advirtió detrás de ella a Lalo, bañados en lágrimas los ojos enrojecidos. A Lacunza el llanto silencioso de su hermano le produjo una viva sensación de rasgadura. Como si acabara de despertarse de un largo y hondo letargo, se volvió a mirar las tumbas, las veredas desiertas y los muros del cementerio mientras tocaba desangeladamente la trompeta, y al fin inclinó el semblante y descubrió el ataúd de su padre dentro de la fosa, y todo le parecía verlo por primera vez. Se preguntó entre sí, lleno de dudas punzantes: «¿Dónde estoy? ¿Qué pichorras hago en este sitio?». Se le fue entonces el santo al cielo y acabó la pieza musical de manera nada airosa, con un pimpampún de notas a cual más discordante.

Por el trayecto de vuelta a la villa, Lalo y Nines Ganuza insistieron en que se quedara con ellos a cenar. Lacunza, murrio y desapacible, respondió que tenía un compromiso. Ni tan siquiera se avino a que lo acercaran al garaje del gordo Pilón. Prefería caminar, replicó en tono de reniego.

Mientras lo veían alejarse por la acera, Nines Ganuza le dijo a Lalo:

—Hemos estado él y yo charlando un ratico fuera de la iglesia. No hay la menor duda de que tu hermano no sabía que tengo una hija.

—Cariño, te repito que no me puedo imaginar a mi hermano entrando de rondón en casa de nadie. Piensa además en el esfuerzo que le costaría con su cojera subir hasta tu calle. Benito no ha sido, de eso estoy seguro.

Guardaron los dos silencio dentro de la furgoneta. Poco después Lacunza dobló la esquina y se perdió de vista.

—A mí me tranquilizaría —dijo ella— saber que fue Benito el que le hizo a la niña aquellas coletas horribles. Tu historia del vendedor de Biblias que se aprovechó de Ainara para entrar a curiosear no me convence.

—A lo mejor fue tu padre. Los viejos tienen esas cosas. Me huelo que le vino de repente la cariñada de conocer a la nieta, se aseguró de que tú estabas en el trabajo y subió a verla. Así de sencillo.

—¿Sí? ¿Tú crees?

Noches alegres, mañanas tristes

Avanzada la noche, una sombra maltrecha caminaba tambaleándose por el centro de la carretera. No tenía para orientarse en las tinieblas más guía que el reflejo tenue de la luna en el asfalto. A los lados se alternaban trechos de herbazal, de arboledas y espesuras a cual más negra. Cantaba, alentado por el calor, el grillerío nocherniego de la Améscoa. Por detrás, cada vez más borroso, sonaba el retumbo tenaz de un bombo a lo lejos. Él se lo representaba en su imaginación con la forma de un tentáculo que se alargara en su busca a fin de arrastrarlo de vuelta a las fiestas de Eulate, a lo que quedase a esa hora de ellas, a los últimos borrachos y juerguistas.

Por fin, tras adentrarse en uno de tantos recodos, sus oídos se libraron del bumbún que no había cesado de mortificarlo desde su precipitada salida del pueblo, hacía poco más de un cuarto de hora. Lo alivió la certeza de hallarse fuera de peligro. Las piernas le fallaron o él dejó que le fallaran, y blandamente se derrumbó cuan largo era, como si cayese encima de una cama. Acto seguido, mientras rodaba hacia el borde del talud, le vinieron escalofríos al notar en las mejillas el roce de la tierra áspera. El suelo sembrado de guijarros, hierba agostada y barro seco le infundió viva aprensión, como de niño medroso al tacto de un bicho repulsivo. No quería tocarlo ni que le tocase. A duras penas alcanzó reptando el duro frescor del asfalto. Vencido por la fatiga y los dolores, cerró los ojos. Estaba resignado a que le pasara en cualquier momento una rueda por encima.

Dormitó, tendido sobre la carretera comarcal, cosa de diez minutos. Le costaba respirar. Lo hacía tragando el aire a boqueadas, pues tenía las fosas nasales obstruidas. Desde ellas se esparcía por todo su semblante un hormiguillo intenso. Una sensación permanente de ahogo le impedía abandonarse al sopor. A su pensamiento acudieron de pronto imágenes del infortunio que le había ocurrido un rato antes en Eulate. Se sobresaltó, presa de un miedo cerval. Con gran esfuerzo logró ponerse primero de rodillas, erguirse después transido de dolor, oscilando a punto de perder el equilibrio. Echó a andar abrazado a su propio vientre. A los pocos pasos lo detuvo en medio de la oscuridad el terror de haber tomado la dirección equivocada. Comprobó que no era así y siguió adelante –una curva, otra curva– hasta llegar en la hora más negra de la noche al pueblo de San Martín, adonde entró con la esperanza de que algún vecino caritativo le permitiese usar el teléfono.

Sintió tentaciones de pedir que lo socorrieran en la primera casa, también en la segunda; pero lo disuadió el apuro de golpear puertas que la oscuridad borraba casi por completo. Era lo que le faltaba para rematar la fiesta: que un vecino asustadizo lo encañonase desde una ventana con la escopeta. La prudencia le aconsejó seguir unos metros más, hasta una plazuela iluminada por una farola, ya dentro de la aldea.

Allí quiso la casualidad que debajo mismo del resplandor hubiese un espejo de carretera fijado a un poste. «¡Pobre Benny Lacun!», dijo para sus adentros cuando se vio la cara con el único ojo que tenía disponible. No se resignaba a reconocerse en aquellas facciones desfiguradas que le devolvía el espejo. Un pómulo, los brazos remangados, el indumento que lo señalaba como miembro de la murga Los Grandiosos, todo lo llevaba salpicado de sangre.

En esto, se percató de que al otro lado de la carretera, delante de un lavadero techado, había una fuente de piedra con dos caños, por uno de los cuales manaba el agua en abundancia. Lacunza se acercó dando tropezones a la fuente. Tras lavarse y beber, mantuvo un rato largo la cabeza bajo el chorro. El agua fresca lo reconfortó. Le devolvió, además, la suficiente sensibilidad en la boca como para notar con la punta de la lengua la pérdida de dos dientes.

Todas las ventanas del pueblo estaban apagadas. Reinaba el silencio. Lacunza resolvió probar fortuna en una de las casas de la plazuela. Comprendía que no eran horas de sacar a nadie de la cama. Se le figuraba, sin embargo, que a la vista de su aspecto cualquier persona provista de una pizca de buen corazón se mostraría comprensiva. Pensando en molestar lo menos posible, tuvo la absurda deferencia de recorrer de puntillas una docena de metros sobre el suelo de cemento.

Faltando poco para llegar a la casa elegida, un mastín que cuidaba la entrada agazapado entre dos macetones de hortensias le arrufó en señal de que no le convenía acercarse demasiado. Lacunza se paró en seco, antes incluso de vislumbrar las dos ascuas que lo estaban escrutando fijamente desde la oscuridad. Retrocedió de inmediato con el pecho lleno de palpitaciones. ¿Qué hacer? Miró en torno. Paredes de piedra, callejas vacías. «La de fieras», se dijo, «que produce este país de los demonios.» La amenaza del perro le había quitado las ganas de dirigirse a otra casa. Conque escupió entre los pies un salivazo sanguinolento y, metiéndose las manos en los bolsillos, decidió continuar camino hasta Zudaire, localidad más poblada donde esperaba recibir auxilio sin dificultades.

Ante él se alargaba un tramo de entre tres y cuatro kilómetros de carretera sinuosa, en su mayor parte cuesta abajo. Mal asunto para su cojera. «Estas pendientes no las inventa la naturaleza. ¡Qué va! Las hacen esos cabrones con la mala uva de sus tatarabuelos, a mí que no me digan. Para mí que son de la sangre de aquella panda que molió a pedradas al franchute de Roncesvalles.» A cada momento se paraba a tomar aire. «Me cago en mi suerte charra», repetía. «Pauli, maja, explícame: ¿Por qué no nací australiano?»

Llegó a Zudaire cuando despuntaban sobre las crestas de los montes las primeras claridades. Se anunciaba en las alturas agrestes un día similar al anterior, azul y caluroso. Nada más internarse en el pueblo, Lacunza avistó luz eléctrica en la parte baja de una casa. «¡Ondia, un rastro de civilización!» En la marquesina de la entrada campeaba un letrero: HOTEL IRIGOYEN. La puerta estaba cerrada. Lacunza golpeó varias veces en el cristal, al principio de manera comedida, medrosa incluso, con los nudillos; después, en vista de que nadie se dignaba acudir a su llamada, sin miramientos con el puño.

Al rato salió a abrirle un hombre de patillas canosas y cara soñolienta. El cual, al ver la facha del que aporreaba la puerta, frunciendo receloso el ceño le preguntó si venía borracho.

—¿Me dejas pasar o qué? ¿No ves que estoy jodido?

—¿Has tenido un accidente?

—Lo que he tenido es que me han dado de comulgar varios tíos. Tenían que ser varios, porque si llega a ser uno, oyoyoy, más le hubiera valido tentarse la ropa antes de tocarme un pelo. Ahora estaría el fulano aquí en mi lugar. ¡No tengo yo malas pulgas ni nada!

Le agradaba escucharse. Se expresaba con lengua floja, alargando a propósito las palabras que pronunciaba con un dejo de sosegado, de lánguido y varonil encono, a fin de recrearse mejor en su efecto balsámico; pero una mueca reprobatoria del hotelero le truncó el deleite.

— Necesito hacer una llamada y luego te dejo en paz, ¿vale?

—Bueno, bueno, entra.

Lacunza entró en una cafetería de mediano tamaño, con unas cuantas mesas ya dispuestas para el desayuno de los huéspedes. Dentro no había nadie. Olía a lejía, a humo viejo. En un costado del recinto se hallaba el mostrador de la recepción. Allí junto, colgado en la pared, podía verse un teléfono.

–Funciona con monedas. ¿Tienes?

Lacunza se palpó el bolsillo del pantalón.

–Tengo.

–Mientras hablas iré por el botiquín. Te han puesto la mar de guapo, chaval.

Lacunza encontró en la guía el número de teléfono de Nines Ganuza. «Soy especialista», pensó, «en sacar mujeres de la cama. Otros se las apañan para meterlas, yo las saco.» Mientras sonaban las señales imaginó el sobresalto de Nines Ganuza. La vio apartar de un manotazo las sábanas calientes y salir descalza y en paños menores, «quizá en canicas», al corredor. Se figuró que, en el instante de descolgar el auricular, el espejito ovalado reproducía un semblante ojeroso, afeado por las marcas del sueño.

Lacunza no se tomó la molestia de presentarse.

–Dile a Lalo que se ponga.

–Benito, ¿eres tú? ¿Qué ocurre?

«¡Igual los he pillado en el fornicio!» Se pinzaba con dos dedos una aleta de la nariz y estiraba de ella para abrirle un orificio al aire que se emperraba en no pasar.

–Nada del otro mundo. Me han pegado una somanta de hostias. Dile por favor a Lalo que se ponga.

–¿Estás mal?

Lacunza se impacientó.

–¡Que se ponga Lalo, joé!

Y al punto, arrepentido de su brusquedad, añadió en tono amable:

–Te lo pido por favor.

–El caso es que Lalo no está aquí.

157

–¿Qué? ¡Pero si es fin de semana!

Se percató enseguida de la metedura de pata; pero ya era tarde para ponerle remedio. Durante dos o tres segundos se produjo un silencio embarazoso.

–Llámale a su piso –dijo por fin ella.

Lacunza ofreció sus disculpas por haberla despertado tan temprano. Él pensaba que...

–Chínchate –masculló nada más colgar, y un minuto después ya había acordado con su hermano que éste viniera a recogerlo con la furgoneta.

–Date prisa –lo apremió–. Estoy peor que si me hubiera cogido una trilladora.

Cerca de media hora le costó a Lalo llegar al Hotel Irigoyen de Zudaire. En ese tiempo en que los huéspedes seguían durmiendo en las habitaciones, el hotelero limpió a Lacunza sus heridas, le colocó un apósito en el pómulo y le proporcionó unos cubitos de hielo envueltos en un trapo para que los aplicase al ojo malparado. Por último le sirvió un tazón de café con leche, advirtiéndole de antemano que no se lo pensaba cobrar.

Lacunza, entretanto, se dejó arrastrar por una corriente de melancolía locuaz.

–Lo malo de mí –se franqueó– es que soy pájaro nocturno, demasiado nocturno. ¡Qué se le va a hacer! Unos nacen perros, otros nacen gatos, y si no te gusta lo que eres, pues a joderte. Entiéndeme, lo que yo quiero decir es que como currelo por las noches en un bar desde hace una porrada de años, no me sé ir al sobre temprano. Temprano para mí quiere decir antes de las dos o de las tres. Ayer cojo y me vengo con unos coleguis a tocar ahí arriba en fiestas de san Pedro. A tocar gratis, manda cojones. Bueno, se me ha olvidado contarte que soy trompetista, pero trompetista, trompetista, no te vayas tú a creer. Joé –dio un respingo en la silla–, ¡cómo escuece el puto alcohol! Pues nada, que el otro día me pillaron por banda unos coleguis de cuando yo vivía en Estella. Hombre, tú por aquí y tal y cual, ya te lo puedes figurar. Total, que me liaron bien liado. Ayer por la tarde subimos a Eulate en dos coches, con los instrumentos y todo el copón, más contentos que unos chaveas a la salida del colegio. Empezamos a espantar los pajaricos con nuestro repertorio. Y, claro, venga a pimplar zurracapote en los chabisques. El que quería, jamaba, y el que no, tenía de sobra para matar las ratas del cuerpo. Nos dio la medianoche, que es cuando el aquí empieza a entonarse de verdad. Para entonces pasaba a tope de tocar *Las vacas del pueblo, La cucaracha* o lo que me echasen. ¡Con tal que no me junase ningún chorbo de la compañía discográfica! A las doce o por ahí media murga se piró a loló. Gente casada, gente domada. Nos quedamos cuatro. Tres se largaron a los veinte minutos. ¿Te vienes? Qué coño voy a irme yo tan temprano. Les dije que encontraría el modo de bajar a Estella y me quedé. Ya te he contado que tengo esa maldición de trasnochar. Menos mal que les pedí a mis amigos que me llevaran la trompeta. O Dios me iluminó o el olfato me trajo un barrunto de lo que iba a pasarme. Que me rompan la crisma lo aguanto. Pero si me destrozan la herramienta corro a que me encierren en el centro de mongoles de mi hermana. Me costó un huevo en su día. La quiero más que a mí mismo, te lo juro. Sólo me falta tener un hijo con ella. Digo con la trompeta, no con mi hermana, pobrecica. Por cierto, tu café no está nada mal.

–Gracias.

–Lo digo en serio.

–No, si no lo pongo en duda.

–Vale, pues ahora te cuento lo que me han hecho esta noche. ¡Para publicarlo en los periódicos! ¿Conoces una taberna de Eulate que se llama Alai?

Hacía rato que entraba menos gente de la que salía; pero aún estaba el local bastante concurrido a la una y pico de la noche. Ajeno al griterío, al baileteo y la música ensordecedora, Lacunza saboreaba una copichuela de coñac con un antebrazo apoyado sobre la barra. Brillaba en sus ojos una centella de achispado bienestar. Sin que se diera cuenta, sin pensar en nada, su boca sonreía bobamente y él, por entretener el gusto que se le había detenido junto a los cabos de la boca, mojaba de vez en cuando la sonrisa con una gota pequeña de alcohol. En esos gozos apacibles se hallaba engolfado en la taberna Alai, la camisa azul celeste de Los Grandiosos abierta hasta el arranque del vientre, cuajada de condecoraciones vinosas. A veces dirigía una mirada fugaz a un televisor instalado sobre una repisa, en la parte alta de un rincón. El aparato pasaba imágenes mudas a las que nadie parecía hacer caso. De pronto, un individuo joven se acercó a la barra y muy cerca de Lacunza preguntó si le dejaban echar un vistazo al teletexto. La chica que servía las bebidas le alcanzó el mando a distancia y unos pocos segundos después a Lacunza lo sobrecogió una sacudida punzante en el centro del pecho al leer en la pantalla que por la tarde un pistolero de ETA había matado a un concejal.

–Entonces yo, que no tengo costumbre de cortarme, puse de vuelta y media a los asesinos esos de mierda. Que te conste que a mí la política me la suda; pero, joé, me mosquea que a un tío lo tumben sólo porque piensa de manera distinta. O sea, que yo digo blanco, tú dices negro, y cojo y te meto un tiro en la chola, ¿te parece bonito? Bueno, pues a lo que iba. Luego que me saqué la espina se me acabaron las ganas de seguir festejando. Natural, ¿no? Conque salí a la calle y no me di cuenta de que me seguían unos cuantos cabrones que se conoce que me habían oído desahogarme. Me voy tranqui para la iglesia, porque me acordaba de que detrás había mogollón de coches aparcados y yo me dije: Vete a ver si enganchas a un conocido que te baje a Estella. Total, que subo las escaleras y debajo de unos arbolicos donde había gente acostada en sacos de dormir que por supuesto no ha querido enterarse de nada,

¿qué estaba diciendo?, ah sí, se me echan encima tres o cuatro terroristas y ya qué voy a contarte que no lo puedas adivinar mirándome la jeta. Para mí que he sido víctima de un atentado. Aún me pregunto si no me tenía que haber presentado en el cuartelillo de la Guardia Civil. Oye, este café tuyo está guay de pelotas, palabra.

–¿Quieres otro?

–Los tipos legales como tú me reconcilian con esta tierra. Me bebería a gusto otro tazón, pero mira, ahí llega mi hermano.

Lalo Lacunza acababa, en efecto, de parar la furgoneta al otro lado de la ventana.

Aún no habían dado las seis de la mañana cuando los dos hermanos se montaron en la furgoneta estacionada junto a la marquesina del Hotel Irigoyen. El mayor, rendido de cansancio, se arrellanó en el asiento sin disimular su intención de dormirse cuanto antes. Al más joven el frescor húmedo del alba le había producido un comienzo de disnea. Permaneció unos instantes fuera del vehículo, apoyado en la puerta hasta conseguir no sin esfuerzo dos o tres tomas satisfactorias de aire. Lo angustiaba la idea de que le sobreviniese un ataque de asma por el camino, en cuyo caso no le habría de quedar más remedio que resignarse a pasarlas moradas, ya que a causa de las prisas había olvidado en casa el inhalador de salbutamol.

Con el motor todavía apagado, empezaron los dos hermanos a discutir dentro de la furgoneta. Gesticulantes, afectuosos, no se ponían de acuerdo sobre el lugar al que debían dirigirse.

Benito Lacunza se desesperaba:

–Llévame a la cama, joé. ¿No ves que estoy molido?

Lalo, a pesar de sus crecientes apuros respiratorios, se obstinaba en subir a Eulate.

–Son cinco minuticos de nada. ¿Qué te cuesta? Tenemos la obligación moral de hablar con los que te han pegado. Han cometido un error grave. Ayúdales a repararlo demostrándoles que no les guardas rencor. Soy partidario de las palabras y los abrazos. Lo digo en serio, no me mires así. Esa gente se ha equivocado y precisamente porque se ha equivocado necesita que se le devuelva la paz interior que ha perdido. Dudo mucho que ellos puedan lograrlo solos.

—¿Sabías que estás chalado? Yo creo que la muerte del padre te ha aflojado algún cable en la calamocha, tío. Me pillan ésos otra vez y me rematan. Además, no les vi la jeta. ¿Cómo te iba a señalar yo quiénes me pegaron? ¿Por las manchas de sangre que a lo mejor les dejé en la ropa o qué?

—Eulate es pequeño, ya sabrán decirnos.

—Claro, muy fácil, ¡con preguntar de casa en casa! Oiga, ¿viven aquí por casualidad los muchachos fantásticos que anoche me hostiaron? Verá, es que venía a invitarlos a desayunar. Anda, Hierros, no seas crío y llévame a casa de una puta vez.

—Escúchame.

—¡Que no! —replicó Benito Lacunza en tono tajante—. O me llevas o llamo a un taxi desde el hotel.

Sin decirse nada, los dos se escrutaron un instante. Después, cruzado de brazos, la barbilla reclinada sobre el pecho, Benito aprovechó aquel desenlace brusco de la conversación para descabezar un sueño. Lalo puso en marcha el motor y, al cabo de unos cuantos giros enérgicos de volante, enfiló la carretera en dirección a Estella. Al final del pueblo, el menor de los Lacunza dijo como hablando para sí:

—Yo en tu lugar habría vuelto a Eulate.

Su hermano dejó pasar un rato antes de abrir el ojo sano y responder:

—Si te hubieran zumbado a ti, ten por seguro que no habría parado hasta devolverles la paz interior esa de la que hablas. Para siempre, además. Pero, desengáñate, Hierros. Por mí no merece la pena arriesgarse. Yo no valgo ni la mitad que tú.

Quedaron atrás las últimas casas de Zudaire. La carretera serpeaba ahora paralela al río Urederra, a lo largo del tajo

164

abierto por éste milenio a milenio entre los montes. Retazos de niebla matinal se despegaban del cauce disminuido por el estiaje y se recogían suavemente en las honduras y recovecos del terreno, donde se adensaban las sombras cubiertas de rocío. En medio de las laderas frondosas asomaba alguna que otra peña viva. Encaramado a una de ellas, el perfil negro de un ave rapaz aguardaba paciente la salida del sol.

—A veces —dijo Benito— me gustaría que fueses un poco malo. Me da como que te tendría más confianza. El día que te vea hacer una putada a alguien te voy a besar en los morros.

—Un favor así no te lo concederé jamás.

—Tampoco te lo he pedido, ojo.

Lalo lanzaba de continuo miradas inquietas a su reloj de pulsera, calculando los minutos que aún quedaban para llegar a su piso y correr en busca del medicamento salvador.

—Macho —le dijo de pronto su hermano—, respiras fatal. Suenas como un fuelle. Si quieres conduzco yo.

—No, no, ya falta poco.

—Cojona, pues me estás empezando a preocupar. ¡Ni que te fuera a dar un telele de un momento a otro!

Lalo no contestó. Ni siquiera había escuchado las últimas palabras de su hermano. Todo su pensamiento lo acaparaba el temor a una acometida inminente del asma. Se le había puesto un nudo de dolor en el centro del pecho. La cara le ardía. Por un instante tuvo la sensación de que no hacía falta sujetar el volante con las manos. Se le figuraba que estaban parados y era el asfalto el que se deslizaba a toda velocidad por debajo de la furgoneta. Espoleado por el deseo de llegar a casa lo antes posible, conducía nervioso, distraído, sin percatarse de que llevaba dos o tres kilómetros pisando el acelerador más de lo recomendable para una carretera estrecha en la que apenas había tramos rectos. Las revueltas se sucedían unas a otras, encajonada la ruta entre ribazos profundos y altas rocas cortadas a pico que de vez en cuando dejaban lugar a rellanos cortos poblados de árboles.

Ya cerca del pueblecito de Artabia, lo sacó de su agitado ensimismamiento un ruido en el costado derecho de la furgoneta. De manera fugaz vio al niño y vio a la cabra parda que subían por el borde de la carretera, pegados al quitamiedos. El ruido que se produjo a continuación, seco, repentino, como de topetazo contra una masa blanda y viva, lo sobresaltó.

–¿Qué ha sido eso?

A Benito no le pasó inadvertido el revolcón del animal.

–Sigue un poco más –dijo–. Has tumbado a la cabra.

–¿A la cabra o al niño?

Lalo condujo la furgoneta hasta el final de la curva y allí la paró sobre un angosto margen de tierra. Hizo ademán de apearse; pero su hermano, agarrándole con fuerza el brazo, lo contuvo.

–Es mejor que vaya yo. Tú quédate aquí y a ver si se te endereza esa jodida respiración, tío, que me estás poniendo los nervios de punta. Enseguida vuelvo.

El menor de los Lacunza se aferraba al volante sin apartar la mirada del espejo lateral. En éste apareció poco después la figura coja y fondona de Benito Lacunza, menguando conforme se alejaba por la curva arriba con su indumento de fiesta desarreglado. Lalo no distinguía bien si su hermano corría despacio o si andaba deprisa. Por un momento temió que se detuviese a echar una meada o a encender tan campante un cigarrillo. Dispuesto a encontrarle a toda costa alguna señal de alarma, reparó en su manera de bracear, que era hasta cierto punto vehemente. Aquel detalle que parecía dar la razón a sus malos augurios lo reconfortó. La impresión vaga de que las cosas sucedían como estaba escrito que sucedieran en algún libro del destino, la sintió él definitivamente confirmada cuando se fijó en el vaivén de la coleta de su hermano, la cual, vista en el espe-

jo, semejaba un pájaro ensañado a picotazos con las pale-
tillas.

Benito desapareció por el fondo de la curva. Entonces
se hizo como un silencio y soledad en el espejo que provo-
có en Lalo un violento repeluzno. Absorto en el compás de
sus jadeos, ahora más espaciados, trataba de recobrar la sensación del tiempo; pero el tiempo parecía haberse disipado
dentro y en los alrededores de la furgoneta. Y Benito cuánto tardaba en volver. Y la carretera. Y a todo esto Lalo vio
venir a un grupo de cuatro ciclistas por la dirección contraria y tuvo el instinto de agacharse para que pasaran de largo sin que lo descubrieran. Entraron luego los ciclistas en el
cuadrado del espejo, que era como una pantalla pequeña de
televisor. Fosforescieron los atuendos abigarrados. Cicloturistas cuarentones, deportistas de domingo. Lalo se afanó
por reconocer a alguno; pero para entonces ya sólo podía
verles la espalda y unos instantes después ni siquiera eso.

Su hermano reapareció al cabo de un rato en el espejo.
Venía sin prisa, mirando con aire despreocupado en derredor, las manos metidas en los bolsillos de los pantalones,
los labios fruncidos a la manera de quien silba. No mostraba
en su semblante achinado por la hinchazón indicio ninguno de inquietud. Junto a la puerta de la furgoneta se agachó
a coger una piedra y acto seguido la arrojó hacia los chopos
que se alzaban al otro lado del río.

–¿Has visto? –fue lo primero que dijo nada más montarse–. Todavía tengo fuerza. Hala, chavalote, arranca y vámonos. Asunto liquidado.

Lalo lo observaba con pupilas expectantes.

–No ha sido nada –añadió Benito mientras se ajustaba
el cinturón de seguridad, precaución esta que no había tomado al subir al vehículo en Zudaire.

Esperó a que la furgoneta se hubiese puesto en marcha
para proseguir su relato.

–La cabra se ha pegado una leche contra el quitamiedos.

Pero al llegar yo ya estaba de pie y no cojeaba ni la mitad que el menda. Así que pierde cuidado. Para camelar al enano le he soltado una moneda de cien duros. No veas lo contento que se ha pirado con el bicho por la carretera arriba.

—¿No te parece que debías haber preguntado por su familia?

—¿Para qué?

—Hombre, digo yo que si la cabra se pusiera mala por causa del golpe podríamos indemnizar al dueño.

—Tú entenderás de hierros, macho, pero de cabras no tienes ni puñetera idea. La cabra, entérate, es un animal de monte y está acostumbrada a saltar por las peñas y a pegarse unos morrazos de impresión. Aguanta caídas como un balón de goma. Bueno, y la cabra del chavea ese por no tener no tenía ni una miaja de susto. ¡Con decirte que me ha estado chupando la mano!

A la entrada de Estella se enzarzaron los dos en otro conato de discusión cortés. El menor insistía en dirigirse sin pérdida de tiempo a la casa familiar para que su hermano pudiese acostarse, y éste, con idéntica tozudez, se empeñaba en ir a toda pastilla al piso de la calle Gebala, porque le parecía que lo principal era que Lalo le arrease «un par de buenas mamadas» al inhalador.

—Además —razonó sereno y sonriente, una vez que estuvo seguro de haberse salido con la suya—, paso de dormir. La cama te come un mogollón de vida, ¿no te das cuenta? A mí me viene un doctor de esos que hacen maravillas por ahí y me dice: Usted, como se llame, ¿quiere que yo le revuelva los genes para que no tenga usted necesidad de dormir de ahora en adelante? ¿Sí? Pues eche una firmica aquí. Y yo firmo volando.

Entretenidos en aquellas pláticas enfilaron la calle donde Lalo tenía su domicilio. El sol naciente alumbraba la villa aún adormecida en su placidez provincial de día festivo.

Los dos hermanos se apearon a escasos metros del portal y entonces, mientras Benito se estiraba al costado de la furgoneta, Lalo se percató de que justo debajo del faro de la parte derecha, en el parachoques, había una abolladura con una mancha aún fresca de sangre. La mancha, de tamaño regular, alarmó al más joven de los Lacunza, cuya mirada se paró indagadora y aterrada en los ojos soñolientos de su hermano.

—Benito —le susurró con apenas un temblor de voz, mientras se aseguraba de que nadie podía oírle desde las ventanas de la vecindad—, esto huele a accidente más grave de lo que tú has dicho. Dudo que la cabra no haya quedado malherida.

—Bah, con un rasguño de nada. De ésos me hago yo a miles cuando se rompen los vasos y las botellas en el bar.

Y como en prueba de la escasa importancia que le merecía el asunto limpió la mancha de sangre con la manga de su camisa de murguista.

—Tú tranqui —continuó—. En dos días está el animal como nuevo. Peor me dejaron anoche a mí y aquí me tienes.

—No sé, no sé. Me gustaría volver y, si es preciso, hablar con la familia. Quiero disculparme y pagarles una cabra nueva. Me dolería mucho haber causado una desgracia.

—Tú a donde vas a volver es a casa, tío, a recomponerte esos pulmones chungos. Joé, créeme que no ha pasado nada. Yo he visto al chavalillo largarse por la cuesta con la cabra.

—Por favor, no grites.

—Ni grito ni hostias. Si yo te cuento que ha sido una chorrez de accidente, tú me crees y punto, ¿vale? Y aún te voy a decir más. Aquí si alguien tiene que pagar algo será la familia del enano por dejar que el hijo camine por donde no debe y por haberte hecho un bollo en la carrocería. ¡Nos ha jodido!

Entraron después en el portal. Lalo subía las escaleras cabizbajo y como ausente, y sin notarlo se iba rezagando, sumido en cavilaciones que le arrugaban el entrecejo. De pronto, falto de aire, se detuvo en uno de los descansillos; buscó con la mirada a su hermano, pero no lo vio. Entonces asomó la cara por el hueco de la escalera y preguntó hacia arriba:

—¿La cabra o el niño?

Transcurrieron cosa de diez o doce segundos antes que sonara la respuesta:

—El elefante.

En el cuarto de baño, Benito Lacunza se dio bien de jabón en las manos y los antebrazos, y se los estuvo frotando y refrotando bajo el chorro del grifo como si lo dominara un ansia desmedida de purificarse. Con las uñas raspó los rastros de sangre que se le habían encostrado en las junturas de los dedos. Luego limpió el lavabo con la toalla y lo siguió limpiando cuando ya estaba más que limpio, pues lo inquietaba la idea de que una partícula de coágulo hubiese quedado atrapada en un rasguño del esmalte o en la pieza metálica del desagüe. Después se sacó los bolsillos del pantalón y entonces, al verlos cuajados de manchas cárdenas, lo invadió una viva sensación de repugnancia. Para acallar los pensamientos se puso a silbar con fuerza la melodía de *Stella by Starlight*.

–Lalo ¿sabes qué? –dijo, de vuelta en la sala–. He cambiado de planes. Se me han ido las ganas de viajar hoy a Madrid.

–Pero ¿no has dicho hace un momento que si no te presentas por la noche en el bar, adiós currelo?

–Me lo he pensado mejor y he decidido quedarme. Al Ciri ya me lo camelaré. No es que me mole Estella. ¡Antes el sida! Me hace tilín echarte mañana una mano. Hincaremos juntos en la tumba del padre el trasto ese que estás haciendo y luego me las piraré. Mientras me lavaba me ha dado la vena sentimental.

–Esta semana que entra trabajaré de tarde. Si madrugamos un poquico, yo te podría llevar con la furgoneta a la estación de Pamplona y eso que te ahorras.

–Ah no, tú tranqui. Ya me las arreglaré. Eso sí, llama a tu costilla y dile que el pelma de la familia acepta la invitación a papear.

–¿En serio?

–Chico, te noto bajo de moral. No lo entiendo. ¡Con lo bien que respiras ahora!

Tenía Lalo, en efecto, cara de preocupado.

–Nines –respondió sin variar el gesto– se alegrará cuando sepa que podemos contar contigo. De paso conocerás a la niña.

–Vale, Hierros. Pero te aviso para que después no me amarguéis la jamada. Anoche, como sabes, me saltaron dos piños en el pueblico de marras. Me parece a mí que con un sopicaldo y un yogur voy que chuto. No se os ocurra servirme nada de morder. Tampoco me deis la lata al estilo navarro para que coma hasta reventar.

Le pidió Benito a su hermano que le prestase alguna ropa y le trajera una bolsa de plástico donde meter el atuendo de murguista, sucio de vino y sangre. Abrigaba el propósito de llevarlo a casa a lavar, de modo que se lo pudiera devolver cuanto antes, si no planchado, al menos limpio, al gordo Pilón; pero Lalo se empeñó en meterlo de inmediato en su lavadora y así se hizo.

Entablaron luego disputa acerca del sitio donde Benito se debía acostar. Quería éste a toda costa tumbarse en el sofá de la sala porque se le figuraba (aunque esto no lo dijo) que desde allí podría vigilar los pasos de su hermano, del que temía que al menor descuido se escabullese a la calle con intención de tomar el camino de vuelta a Zudaire. Trataba el otro con pareja tozudez de convencerlo a él para que se echase en su cama y con su pijama, y al fin el mayor, como recelase que en aquella cortesía de su hermano hubiese gato encerrado, zanjó la discordia por la vía de pro-

172

ferir una andanada de blasfemias y tumbarse a continuación cuan largo era en el sofá.

Al rato, semidormido, sintió que Lalo le echaba una sábana por encima.

Benito durmió con sueño ligero hasta cerca de la una, sobresaltándose cada vez que en el ático se producía un silencio prolongado. Permanecía entonces tenso en su postura hasta que los golpes del martillo o el chisporroteo del soldador le devolvían la tranquilidad, y entonces se abandonaba de nuevo a la precaria placidez de la duermevela.

Se desacostó apenas su hermano hubo concluido el trabajo. A un silbido de éste, subió a echar un vistazo a la estela funeraria. La elogió sin titubeos.

–Te ha quedado la mar de chulo el cacharro, sí señor.

A la obra inconclusa que había visto Benito la tarde de su llegada, Lalo había añadido una cruz y dos ángeles de hierro, y había dado al conjunto una mano de pintura blanca. En la parte inferior, sobrepuesta a los dos tubos que servían de soporte, resaltaba ahora una placa bastante gruesa en la que figuraban el nombre de Simón Lacunza y los años entre los cuales discurrió su vida. Tanto las cifras como las letras habían sido confeccionadas con clavos doblados al efecto y soldados laboriosamente a la placa.

–¿De dónde puñetas has sacado los angelicos? No me digas que los has hecho tú.

–No, qué va. Me los encontré hace un par de meses en el cementerio de Oteiza de la Solana. Había desperdicios de metal tirados en un rincón y yo cargué en la furgoneta unos cuantos aprovechables.

–O sea, que te pateas los cementerios de Navarra apañando chatarra a los difuntos. Macho, tú no carburas.

Lalo hizo una mueca como que no estaba de humor para bromas. Benito le arreó a modo de disculpa una palmada cariñosa en la mejilla.

–Demos tiempo a la obra de arte –dijo– para que se seque y mañana la plantaremos mano a mano en la tumba del padre. Hala, no se hable más. Vamos a zampar a casa de tu hembra, aunque maldita el hambre que tengo. Si me obligas a poner el dedo en un sitio del cuerpo que no me duela las pasaría canutas para encontrar uno. Compadécete de este perro apaleado.

Minutos después bajaron a la calle. Lalo no pudo resistir el impulso de examinar la abolladura en el costado de la furgoneta. La escrutaba en cuclillas, con expresión adusta, pasándole la mano una y otra vez por encima como si la acariciase, hasta que Benito, que ya había tomado asiento dentro del vehículo, lo arrancó de sus cavilaciones a bocinazos.

El sol calentaba de lo lindo a aquellas horas. La chicharrina había vaciado de transeúntes las calles de la villa. Se torraban los tejados en su quietud polvorienta y reseca, y del asfalto de la carretera se levantaba un vapor transparente que hacía temblar las cosas vistas a su través.

De camino al piso de Nines Ganuza, Lalo, por complacer a su hermano (a quien nada apetecía menos que mostrarse ante los amigos con la cara hinchada y tener que darles explicaciones), paró la furgoneta junto a la acera de la avenida Yerri y subió a toda prisa a la vivienda del gordo Pilón.

—El gordo —dijo al volver— me ha preguntado si soy tu recadero.

—No le habrás contado lo que me pasó.

—Sólo le he dicho que me has mandado a buscar la trompeta. Me la ha entregado después de prometerle que le devolveré la ropa de fiesta que te prestó. Se conoce que tiene miedo de que te la lleves a Madrid. No ha estado amable el gordo. A lo mejor porque lo he pillado en la cocina con el delantal.

—Ese gilipollas es un pringado del carajo. No te jode que ayer, mientras subíamos a Eulate en coche, fardaba de tener dominada a la mujer. Que si hace con ella lo que le sale de los cojones, que si patatín, que si patatán. Pistolas me guiñaba el ojo a escondidas. Al parecer se la tira media Estella.

–No te fíes. Corren muchas habladurías.

Al poco rato llegaron sudorosos a la calle donde vivía Nines Ganuza. Lalo condujo el vehículo a la parte posterior del edificio con la esperanza de aparcarlo en la sombra; pero al fin, como no hubiera sitios libres, tuvo que resignarse a dejarlo a pleno sol. Encareció a Benito que llevara consigo la trompeta para que no la dañase el calor y después, nada más apearse, le dijo con ojos grandes, juntando las palmas de sus manos en actitud de súplica:

–Quiero que me cumplas un deseo. Si encuentras desorden en el piso, o polvo, o unas manchas, o cualquier cosa tirada en el suelo, no digas nada. Nada de nada, te lo ruego. Muérdete la lengua por favor y cuando estemos tú y yo solos me sueltas las burradas que tú quieras. Delante de ella no, por favor te lo pido. Un chiste, un comentario irónico, una gracia de las tuyas, y a Nines me la destruyes. Está pasando una época bastante mala. Mucho trabajo, la niña, ya sabes.

–Oye, tú, ¿por quién me tomas? ¿Tengo yo cara de bestia o qué? No te sacudo un mamporro de milagro.

–De corazón te lo digo. Tu enfado me sabe a música porque demuestra que me comprendes. En serio, me quitas un peso de encima.

–Enano, si te piensas que puedes educarme vas de culo. Tengo andado el triple de mundo que tú. Escúchame bien. Por mí como si me servís el condumio encima de la tapa del inodoro. Yo vengo de invitado, a ver si nos entendemos, y cuando yo voy de invitado a una casa me sé comportar como un tío legal, ¿vale? Además, si hay alguien que no respeta al prójimo sois vosotros, los bárbaros de esta tierra.

Y empezó a contar con los dedos:

–Los unos me rompen la crisma. El otro me reclama unos zarrios que no valen ni para limpiar retretes. La Encarna me come el tarro con el rollo de las tierras y tú me vienes ahora con unas pijadas que no hay dios que las aguante. Me tenía que haber largado esta mañana a Madrid. ¡Con lo tranquilo que se vive allá!

Se llegó Lalo de sopetón a su hermano y, con una chispa de emoción en la mirada, lo estrechó fuertemente entre sus brazos diciéndole que le daba un abrazo en nombre de la tierra que los había visto nacer. Al mayor de los Lacunza no lo inmutó aquella muestra de afecto fraternal en medio de la calle. Lalo se quedó sin saber qué decir y después, ya dentro del portal, susurró con mucho misterio:

–Otra cosa quiero que sepas antes de entrar en el piso. La niña, Ainara... –aleteaba con las manos como si tratara de atrapar en el aire las palabras que no le venían–. ¿Cómo te diría yo? Es un poco especial. No te sorprendas si a veces no te entiende o tú no la entiendes a ella.

Desde el portal podía oírse el rapapolvo que Nines Ganuza le estaba echando a la niña. Resonaban por el hueco
de las escaleras los gritos penetrantes, mordidos de rabia femenina. Lalo apretó el paso. En apenas tres zancadas le sacó
un tramo de ventaja a su hermano. A punto de perderse de
vista, estiró la mano hacia atrás por encima de la barandilla
para indicarle que se detuviese o que se tomara tiempo para
subir los escalones.

Rascándose la coronilla, Benito le preguntó si no era
mejor que él se fuera a comer a un restaurante. Desde el
piso superior le llegó una respuesta farfullada. Benito no la
entendió; pero, tras breve plática consigo mismo, determinó que se trataba de una invitación a fumar. Mientras encendía un cigarrillo, se dijo para sí: «¿Y si en Madrid me
presentara a oposiciones a farero? ¡Cojona, qué buena idea!
Viviría solo al lado del mar, sin broncas ni malos rollos.
Tengo que informarme».

Cesaron de pronto los gritos. Benito paladeó su cigarrillo sentado en las escaleras. Cuando llegó el momento de
deshacerse de la colilla, dirigió la vista en rededor por si se
hallaba cerca alguna cosa semejante a un cenicero y, como
no viese sino suciedad por todas partes, pensó que un poco
más de basura no habría de llamar a nadie la atención. Aco-
giéndose a ese razonamiento, dejó caer la colilla al suelo y
la pisó.

Encontró entornada la puerta del piso de Nines Ganuza. Por la rendija salió el gato a saludarlo. Con el rabo estirado le rozó una pernera del pantalón. Luego se tendió a sus pies en petición ostensible de caricias. Benito Lacunza temió que la mansedumbre amistosa del animal delatase su estancia en la vivienda tres días atrás. «Disimula, colega», le susurró, y empujándolo suavemente con el zapato logró arrastrarlo hasta el felpudo y que se pusiera sobre sus cuatro patas apenas un segundo antes que la puerta se abriese de par en par.

Con el ojo izquierdo Benito vio a Lalo; su cara ligeramente contraída por un gesto melancólico, como de niño grandullón resignado a una pena duradera; la expresión suplicante de sus ojos en que se traslucía el fatal presentimiento de que todo habría de irse al garete no bien su hermano, parado en el rellano con el estuche de la trompeta al brazo, despegase los labios para soltar inevitablemente una impertinencia.

Con el ojo derecho Benito vio los ojos irritados de Nines Ganuza, el rímel de uno de ellos corrido a consecuencia de las lágrimas recientes, las manos rosadas de haber fregado o trabajado con agua caliente, apresurándose las dos a retener dentro de la boca la exclamación de sorpresa o de miedo o de estupor que estuvo a punto de escapársele cuando a su vista aparecieron las facciones tumefactas y amoratadas del invitado.

Los tres permanecieron inmóviles hasta que Lalo no pudo aguantar aquella quietud de los cuerpos ni aquel silencio espeso que ya duraba más de lo tolerable para su sentido del ridículo, y pestañeando lo mismo que si se hubiese despertado de sopetón, dijo:

—Pasa, hombre. No te quedes ahí.

Benito dudó entre abrazar a la anfitriona y saludarla de manera formularia tendiéndole la mano. Prefirió la segunda opción por parecerle menos comprometedora. Con tal propósito enristró hacia Nines Ganuza. Ella se desentendió del ademán de cortesía y, con aire resuelto, adelantó la cara para estampar un beso en la mejilla pinchosa de Benito, el cual aprovechó la cercanía de la mujer para llenarse las fosas nasales con su olor.

Nines tenía el rostro demudado.

–¿No quieres que te vea un médico?

–¿Para qué? –replicó Benito visiblemente halagado, y añadió apuntando a su hermano con la barbilla–: Le tengo prometido a éste que no pienso molestar. En serio, a la menor metedura de zanca decídmelo y os dejaré en paz. Esta mañana os he robado a los dos mogollón de sueño y os pido que me perdonéis, ¿vale? Por lo demás, paso de doctores. No aguanto las batas blancas. Te acercas a decirles hola y ya te están clavando una inyección. Son como escorpiones. ¿Que tengo un hueso partido? Bueno, pues que se pegue solo.

Hubo que esperar un rato largo a la comida, ya que a causa de un contratiempo se había perdido el plato principal. Lalo y Nines se encerraron en la cocina con el fin de improvisar alguna solución de urgencia. Le pidieron a Benito que entretanto se acomodase en la sala, donde, si le apetecía, podía distraerse mirando la televisión. Le propusieron asimismo que se sirviera vino y picara aceitunas.

En la sala, Benito encontró la mesa ya preparada, cubierta con un mantel de hule. El mantel tenía cuadros rojos y blancos, y pinta de nuevo. En el centro destacaba un vistoso ramo de calas. Ese y otros detalles, como las servilletas dobladas en forma de mitra o una fuente grande de espárragos, le inspiraron unos cuantos elogios que la inquilina del piso se apresuró a rebajar con modestia un tanto abrupta.

A Benito se le enfrió la admiración cuando, al quedarse solo, descubrió que las flores eran de plástico. Se fijó asimismo en que había dos platos desportillados y en que los vasos y copas no brillaban como se espera que brillen los objetos de vidrio cuando hay limpieza.

Se sintió, con todo, mezquino en su papel de inspector de vajilla. «¿Qué coño ando yo aquí dándomelas de finolis? Y, además, ya lo decía mi viejo que en paz descanse: Lo que no mata, engorda.» Así pensando, se metió una rodaja de huevo cocido dentro de la boca. Acto seguido se sentó en el sofá a ojear el periódico del día.

Transcurridos dos o tres minutos, vino Lalo a preguntarle de parte de Nines si aceptaría para comer un plato de macarrones con ajo y aceite.

—Otra salsa no tenemos —agregó en tono de disculpa.

—Hierros, yo jamo lo que sea con tal que esté blando. Pero blando, blando. O sea, como para los carcamales del asilo.

Después bajó la voz y dijo:

—¿Qué pichorras ha pasado? ¿Dónde está la cría?

—Ha habido un problemica casero entre madre e hija. Nada del otro mundo. Tú ya sabes cómo son estas cosas.

—Yo qué voy a saber si no soy madre ni soy hija.

—Nines ha estado preparando por la mañana una pizza con pimiento y anchoas. Es lo que mejor le sale. ¡Le hacía tanta ilusión agradarnos! Sobre todo a ti por ser la primera vez que vienes. Un rato antes de llegar nosotros ha metido la bandeja en el horno. Lo tenía todo calculado para recibirnos con la pizza doradica y en su punto, ¿comprendes? Luego, mientras se duchaba, ha dejado a Ainara al cuidado del horno. La pobre niña no se aclara con los mandos del aparato. Le puedes explicar once veces cuál es para qué, pero no capta, sencillamente no capta, no se le graban los conceptos. Total, que se le ha quemado la pizza. ¿Qué digo quemado? Se le ha carbonizado. ¡Con decirte que Nines se ha enterado del desastre por el tufo que llegaba hasta el cuarto de baño! Por poco no le da un ataque de nervios. A Ainara le ha echado una bronca monumental. La ha mandado a su dormitorio y le ha prohibido salir hasta que ella vaya a buscarla. A Nines le entran a veces esos prontos. Yo creo que es por el estrés. De todas formas, se le pasará enseguida. En cuanto esté lista la comida, irá a abrazar a su hija, que para ella es lo más grande de este mundo. Le pedirá perdón por haberle reñido tan fuerte, le soltará una lagrimica y adelante, ya lo verás.

Apenas Lalo hubo vuelto a la cocina, salió Benito de la sala y, andando de puntillas, se dirigió al dormitorio de la niña. Al intentar abrir la puerta, se quedó igual que la otra vez con el pomo en la mano. Pensó primero en desistir de su propósito; pero de pronto se acordó del truco para encajar la pieza y hacerla girar, probó fortuna y en cuestión de unos pocos segundos consiguió meterse en la habitación.

Encontró a la niña acurrucada debajo de la cama.

–Hola, Puerquita. ¿Te acuerdas del tío Benito? He venido a comer con vosotros y quiero que me hagas un favor.

En vano esperó una respuesta.

–Venga, Puerqui, enróllate. No soy el coco. Es que anoche unos hombres malos me abollaron la cara.

–No me llamo Puerqui –contestó por fin la niña, el labio de abajo solapado sobre el de arriba, haciendo un lindo mohín de enojo.

–¿Puerquita?

–Tampoco.

–Joé, pues ¿cómo entonces?

–Me llamo Ainara Ganuza, me llamo Ainara Ganuza, me llamo Ainara Ganuza.

–Escucha, Ainara Ganuza. Te regalo un cigarrillo si sales de ahí. Te regalo otro si no le cuentas a nadie que el jueves vine y te pillé sin ir al colegio. Ah, y además fumando. Oyoyoy, más vale que aceptes el trato si no quieres que tu madre te descalabre con el cucharón.

Hervía entretanto en la cocina, dentro de una cazuela vieja, el agua con los macarrones. Junto a la fregadera, Nines Ganuza rascaba con un cuchillo los restos renegridos de la pizza pegados al metal de la bandeja. A su espalda, sentado a la mesa, Lalo trituraba ajo en un almirez. La luz del sol que se colaba por los intersticios de la persiana se derramaba por el suelo formando hileras de pequeños rectángulos luminosos. Lalo miraba con ceño fruncido las piernas delgadas y el cogote esmirriado de la mujer, sus gastados pantalones de andar por casa, las sandalias con suela de corcho, y se le iba colmando por momentos el pecho de pena y compasión.

En esto, lo venció el apremio de descargar sus emociones. Llegándose entonces a Nines Ganuza, la hizo girar tirando suavemente de sus hombros y, sin mediar palabra, le estampó un beso lento entre los ojos. Se abrazaron, ella sin tiempo de soltar el cuchillo, los dos al borde de echarse a llorar. A punto de juntar las bocas, los sobresaltó un berrido breve, procedente, no había duda, del cuarto contiguo. A sus oídos llegó lo que parecía el grito lastimero de un animal. Los dos se estremecieron a la vez. Espoleados por una súbita alarma, corrieron desalados al dormitorio de la niña. Nines tomó la delantera con el cuchillo apuñado y un nudo de malos augurios en la garganta. Se quedó con el pomo en la mano, lo metió y abrió la puerta. En un primer momento, el cuadro que se ofreció a su vista los desconcertó aún más que si se hubieran topado con la cosa horrible que ambos presentían.

Sentada sobre las piernas de Benito, con el rostro congestionado de tanto soplar, Ainara se esforzaba por sacarle un sonido a la trompeta.

–Para empezar –dijo Benito meneando, complacido, la cabeza– no está mal. A mí, en mis tiempos de chavea, me costó tres días sacarle la primera nota al cacharro. Mi viejo tuvo que echarme una mano. Vino, me recordó las pelas que le había costado la trompeta, me arreó dos capones y espabilé. En cambio, esta enana lo ha conseguido casi a la primera. Para mí que tiene talento.

La puso después en el suelo y añadió, levantándose y

ajustándose los pantalones un tanto holgados que le había prestado su hermano:

–Bueno, qué. ¿Se papea o no se papea?

Se dirigieron los cuatro a la sala. Antes de repartir los macarrones hubo que cambiar algunos platos de sitio a fin de dar gusto a la niña. Ainara quería a toda costa sentarse al lado de Benito. Su madre, deseosa de reconciliación, se plegó de buena gana al capricho. Más tarde, a tiempo de servir la comida, se le afiló la mirada y se le enrojecieron las mejillas de vergüenza cuando oyó a su hija protestar en voz alta porque le había tocado un plato sucio. Terció Lalo con ánimo de atajar discordias, ofreciendo a la niña el suyo que no necesitaba, puesto que sentía, según dijo, ardor de estómago y se le habían ido por ello las ganas de comer. Benito, más rápido, se apoderó del plato.

–Trae, que yo vea.

Comprobó que, efectivamente, había unas rebañaduras secas de harina o quizá de pan rayado adheridas al fondo y las arrancó sin dificultad con la uña. Se quedó él con el plato, dio a la niña el suyo limpio y ésta se lo agradeció minutos después acariciando como al descuido, con su pequeña mano pálida, la rosa que tenía Benito tatuada en el antebrazo.

Al término de la comida, Benito y Ainara se recogieron de nuevo en el dormitorio de la niña, donde, tras retirar algunos juguetes y prendas que estaban desparramados por el suelo y arreglar la cama juntos, prosiguieron ensayando con la trompeta. De vez en cuando una nota retumbaba en la vivienda como un quejido desangelado, y en otras ocasiones era Benito quien de manera enérgica se arrancaba con unos cuantos compases de alguna pieza de su repertorio.

Hacia las cuatro de la tarde salieron los dos al corredor. A voz en cuello anunciaron su propósito de llegarse a la heladería de Pereda. Rota la siesta, Nines y Lalo se asomaron en paños menores a la puerta.

–¿Qué pasa?

–Que nos vamos ésta y yo, colegas –respondió Benito a su modo campechano–. No nos hace falta compañía. Para gozar de las cosas ricas de la vida nos las apañamos solos, ¿verdad, muñeca?

La niña asintió con un rotundo cabeceo. Después, ofendida porque su madre tuvo la indelicadeza de ordenarle delante del invitado que se lavara la dentadura antes de salir, declaró en un tono infantil de desafío:

–Me voy con Benny Lacun.

Al poco rato, cogidos de la mano, bajaron los dos al sol de la calle. Desde la ventana de la cocina, Nines Ganuza los vio doblar la esquina convencida de que sus ojos la estaban engañando. Se volvió hacia Lalo en la esperanza de que éste pudiera proporcionarle alguna explicación; pero a Lalo, en aquel instante, las rachas de quemazón que sentía en el estómago no le dejaban pensar.

En el establecimiento de Pereda, Lacunza y Ainara coincidieron en la preferencia por los mantecados. Goloseando cada uno su ración, recorrieron por aceras en sombra varias calles, y luego que hubieron bordeado el convento de Santa Clara entraron en el Paseo de Los Llanos con acuerdo de fumarse unos cigarrillos donde no los viera nadie. Los lametones al helado de Pereda devolvieron a Lacunza una sensación de delicia, que de repente se convirtió en placer intenso cuando comprendió que estaba disfrutando del sabor predilecto de sus años tiernos. «Lo guay que yo tengo», pensó, «es esa facilidad mía para volverme crío.»

Así persuadido, condujo a la niña hasta un lugar, en la orilla del río, donde antaño solía él esconderse con sus amigos para fumar colillas recogidas del suelo de los bares. Allá, sentados en la hierba, a la sombra de un sauce, Lacunza refirió a la niña historias sobre su infancia y mocedad, sobre juergas y accidentes, sobre sus años de estudiante calavera y sobre las noches turbias de Madrid. Ainara lo escuchaba arrobada, fumando en silencio cigarrillos de un paquete que Lacunza había colocado en medio de ambos para que cada cual se sirviese de él a su antojo. En un momento determinado se descalzó con el fin de mostrarle a la niña su tobillo maltrecho. Le dijo: «Toca». Y ella tocó sin asco ni temor.

–Lástima, Puerqui, que no seas santa para que me lo cures.

Pasadas las siete y media de la tarde, la devolvió a su casa. Por el camino le instruyó en la manera de quitarse de encima el olor a tabaco. En primer lugar la invitó a una Coca-Cola, convenciéndola para que la bebiera poco a poco y se enjuagara bien la boca con el líquido antes de tragarlo. Luego le hizo lavarse las manos en el retrete de un bar y le compró media docena de chicles azucarados con el fin de que los fuera mascando por la calle.

–Mañana volveré a Madrid –le dijo mientras subían el último tramo de escalera–. A lo mejor me hago farero. ¿No te pondrás triste, eh?

La niña se encogió de hombros.

–¡Ah, cómo? –replicó él con guasa–. ¿Te da igual que Benny Lacun se pudra de aburrimiento en un faro? ¡Vaya una amiga de los huevos!

Nines Ganuza los sintió venir y se apresuró a abrir la puerta antes que llamaran.

–Lalo –dijo con gesto de preocupación– se ha marchado hace como una hora a su piso. Le dolía el estómago. Me acaba de llamar por teléfono. Tiene algo urgente que comunicarte.

Delante del espejo ovalado del corredor, Benito intentó en vano despegar con ayuda de dos dedos los párpados de su ojo estropeado.

–Lalo, cataplasma, ¿la estás palmando o qué?

–Me ha llegado un emilio de tu amiga de Madrid.

–¡Ondia, la Pauli! Se me había olvidado por completo. Seguro que me manda a la mierda. ¿A que sí? Pues no le falta razón.

—Parece bastante enfadada.

—Lalo, majo, hazme el favor de contestarle que iré mañana sin falta y que le dé un toque al Ciri para que sepa que puede contar conmigo el lunes. De paso le mandas un par de besos de mi parte.

—Hermano, ¿no crees que deberías llamarla tú?

—Lalo, joé, anoche me rompieron la crisma. Anoche me saltaron dos piños. Anoche me dejaron un labio tonto. Anoche me pusieron un ojo a la virulé. ¿Tú te piensas que yo ando ahora con moral para exponerme a una conversación con la Pauli? Justo lo que me faltaba: escapar de los lobos para caer en las zarpas del tigre. Macho, tú estás mal de la calavera, a mí que no me digan.

Ni un gramo de alegría

Lalo dejó caer la azada sobre la grava del sendero.

—Ya ni puedo cavar ni puedo nada.

Llevaba largo rato en silencio, con las facciones tensas y el entrecejo adusto. Soltó la queja como hablando para sí y volvió a callarse.

Su hermano, en cambio, mostraba un aire complacido, absorto, mientras paladeaba un cigarrillo, despatarrado sobre la losa de la tumba contigua. Tenía entre los pies un cubo negro de goma y a su lado un saco de cemento.

El sol matutino transmitía a Benito Lacunza una sensación de caricia en el semblante. Sus hematomas habían empezado a remitir. «Pauli, maja, ábrete de piernas, que ya voy para allá a que me consueles.»

La víspera se había acostado temprano y sobrio por vez primera después de mucho tiempo, y tras dormir sin sobresaltos ni pesadillas durante más de nueve horas, se había levantado libre de dolores. Luego de una ducha larga, había preparado su bolsa de viaje silbando melodías de jazz y hacia las nueve, sobre poco más o menos, había ido a regalarse con un desayuno copioso en una pastelería de la calle Mayor. Allí, mientras esperaba el momento de reunirse con su hermano, había estado ojeando el periódico del día con más ganas de parecer un señor que de informarse.

Con el descanso había recobrado parte de la sensibilidad de su párpado magullado. Ahora lograba moverlo lo suficiente para percibir unas a modo de hebras luminosas a través de las gafas de sol. «Pues es lo que me faltaba», se dijo delante del espejo, «que encima de cojo me hubiera quedado tuerto.» La mejoría que experimentaba, el cielo radiante y la certeza de que le quedaban sólo unas horas para emprender el viaje de regreso a Madrid lo habían puesto de buen humor.

Se levantó de la losa y, acercándose a su hermano, dijo en tono confianzudo:

—Hierros, quita de ahí. Yo, como ande de mal temple, soy el trompetista más chungo del planeta. En serio, puede que hasta las piezas chupadas se me resistan. Pues me huelo que lo mismo te está pasando a ti con la azada. Algo te jala el coco, hermano. No me lo niegues. Te lo juno en la cara. ¿Qué te duele hoy? ¿El hígado? ¿Los dientes de leche? Deja que yo me encargue del agujero, que para eso y para follarse a las hembras maldita la ciencia que hace falta. Anda, sal de ahí y termina tú la masa si te queda fuelle para sostener la paleta.

Lalo se apartó sin levantar la vista, como si un peso invisible le impidiera enderezar el cuello.

—La radio —dijo de pronto en un barboteo tan confuso que Benito se tuvo que volver para entenderle— ha dado la noticia.

—¿Qué pichorras ha dado la radio? La radio, para que te enteres, no es más que un tío como tú y como yo con el morro pegado al micrófono. Desconfía. Le pagan por rajar.

—Lo encontraron ayer, a última hora de la tarde.

—¿A quién?

—De sobra lo sabes. Lo anduvieron buscando todo el día. La Guardia Civil y gente del pueblo. Por lo visto la cabra alertó a la familia. Volvió a casa sola. Menos mal que los animales no hablan, que si no...

Benito tiró con rabia la colilla por encima de la hilera de tumbas.

—Suerte charra. Ya no hay remedio.

La mirada de Lalo se paró vidriosa y angustiada en las gafas negras de Benito.

–Hermano –se le quebró la voz–, ¿por qué me mentiste? Si atropellé al pequeño apecho con las consecuencias y santas pascuas.

–¿Ah, sí? ¡Jodo, qué valiente! ¿Te importaría explicarme qué entiendes tú por apechar con las consecuencias?

–Indemnizo a la familia, paso una temporada en la cárcel, yo qué sé. Me conformo con cualquier castigo. Te juro que no es por falta de ganas que no me entrego a la Guardia Civil.

–Ni se te ocurra.

–Lo hago.

–Y yo te rompo la crisma, fíjate. Aparte que me metes en el bollo y eso no te lo perdono ni borracho.

Se quedaron quietos durante varios segundos, sin hablarse ni mirarse.

–Te llevo unos cuantos años –dijo de pronto Benito con ademán sosegado–. O sea, para que me entiendas, he vivido más, he corrido más mundo. En muchas movidas te podría endosar una manta de lecciones. Así que bájate de la nube y escúchame bien porque te conviene. Tienes delante de tu jeta guapa un trecho grande de vida. Tienes proyectos, tienes amigos, tienes un puesto guay en Agni. Me ha soplado un pajarico que te quieres casar con la Ganuza o la Ganuza contigo, y me parece de puta madre. Yo ahí no me meto. Pero eso sí, colega, hazme el favor de no tirar tu futuro por la ventana. Quien dice tu futuro dice el futuro de los que viven a tu lado, ¿vale?

Lanzó a continuación un grueso salivazo al cuenco de sus manos y se las frotó. Mientras se remangaba, se esforzó por formar algún tipo de pensamiento. Le habría gustado discurrir unas palabras con letras de neón, azules y amarillas como las del rótulo del Utopía; palabras coherentes que le transmitieran la ilusión de hallarse lejos de aquel lugar de muertos y al mismo tiempo terminaran con la sensación de vacío que notaba en la cabeza desde su llegada a Estella la semana anterior. Pero lo cierto es que por más que escarbaba en el cerebro no hallaba otras piezas disponibles de lenguaje que unas pobres palabrotas.

Empezó a cavar con fuerza, con furia incluso, dentro del círculo de tierra que Lalo había marcado previamente en un extremo de la tumba paterna. Lalo, por su parte, había ido al grifo en busca de agua. Al volver traía en los labios un temblor de conversación a solas. Sin demora se puso a preparar el mortero en el cubo. Los dos hermanos estuvieron largo rato atareados en silencio. Aparte ellos no había en el cementerio más gente que dos mujeres enlutadas. Se les veía charlar apaciblemente a ochenta o noventa metros de distancia, junto a la entrada principal. No se oía otro sonido que el trinar incesante de los pájaros.

–Yo creo –dijo el menor de los Lacunza en el instante de hincar la estela funeraria en el hoyo– que teníamos que haber hecho algo. Cualquier cosa menos dejar a la criatura allí tirada y escapar. Eso no me lo quito de la cabeza. Nos escapamos, Benito. Imagínate que hubiéramos metido al niño en la furgoneta y lo hubiéramos llevado a toda prisa al hospital. A lo mejor lo habríamos salvado. Ahora somos unos asesinos.

–Alto ahí. Asesino lo serás tú, que eras el que conducía. ¡No te jode!

–Sí, pero tú tampoco moviste un dedo para salvar al chaval.

–No se podía salvar nada, Lalo, rediós. ¿Cuántas veces quieres que te lo diga? El crío estaba hecho polvo. No me hagas contar detalles. Lo encontré pajarico total. Créeme.

–Pero es que yo sí quiero que me cuentes detalles. Yo quiero saberlo todo. Yo no puedo ignorar, Benito. ¿Será posible que no lo entiendas?

—Tú la gozas sufriendo, a mí que no me digan. Todo quisque te aseguraría que fue un accidente. Y es que además fue un accidente. Está más claro que el agua. No hicimos más porque no se podía. Mala gente no somos. ¿Somos mala gente? No. Somos tíos legales. La gente legal no se carga a un ajeno, menos a una criatura en la flor de la vida. No le des más vueltas, hostia. Nos ha ocurrido esta putada que ya no se puede arreglar. Suerte charra. Lo mejor es que olvidemos. Y desde luego, chitón.

Lalo torció el gesto, como que no le terminaba de convencer la propuesta de su hermano.

—No me pongas carita de monja con dolor de tripa, ¿vale? —prosiguió Benito—. Echa un vistazo a tu alrededor. Mira qué buena pinta tiene este aparcamiento de difuntos. Mira qué maja está la mañana, con ese azul tan chachi que parece que lo ha sacado mi costilla de un cartel de su oficina. Mira aquellas viejas allá abajo, qué tranquilas cotorreando. Mira el monte, mira los arbolicos. ¿Para qué coño quieres joder con preocupaciones y mandangas tantas cosas buenas que te da la vida?

—Yo no veo nada, Benito. Ni colores, ni montes, ni nada de nada. Yo estoy como quien dice ciego. Y sé que lo voy a estar siempre y que nunca sentiré ni un gramo de alegría mientras no sepa lo que ocurrió en la maldita curva. Necesito saberlo. Si no me lo cuentas tú iré a enterarme por mi cuenta. Soy capaz de ir a la casa del crío a preguntar, fíjate.

—No hay nada que contar, te digo.

—Sí lo hay. Lo tiene que haber por fuerza. ¿Cómo se explica que los rastreadores tardaran tantas horas en encontrar el cuerpo? Siempre hay tráfico en la carretera de Zudaire, también los domingos. Algo hiciste para que los conductores no pudieran ver al niño. Para mí que lo escondiste o lo tapaste con ramas o con algo por el estilo.

—¿Conque te apetece escuchar la verdad? Bueno, Hierros, allá tú. Lo tiré al río, eso es todo.

–¡Benito!

–Tú has insistido en saberlo. A ver, dime, ¿qué otra cosa podía hacer? ¿Esperar a que pasara un mogollón de testigos y nos cayera a ti y a mí un puro de órdago? El chavalico ya no respiraba. Estaba muerto a tope. Conque nada, lo agarré y, sintiéndolo mucho, lo eché al agua. Como lo oyes. El río cubre poco por allí. Me imagino que se debió de quedar donde cayó. Tampoco me asomé a mirar. ¿Para qué?

–¡Lo cuentas con una flema! Yo no te entiendo.

–Lo cuento como me sale de los cojones. ¿Qué crees? ¿Que me gusta lo que pasó? Joé, la misma pena me da el chavalín abajo en el río que donde pudiera verlo todo dios.

–¡Los cicloturistas! Benito, pasaron unos cicloturistas. Me acuerdo perfectamente. Eran unos cuantos. Seguro que se dieron cuenta.

–¿Quién, ésos? ¡Bah! Me puse de espaldas para esconder la cara y además me agaché como para atarme los cordones. Pierde cuidado. El peque ya estaba fuera de pantalla para entonces.

–¿Y la cabra qué? Seguro que la vieron.

–La cabra se había espantado. La vi un poco antes de largarme en el fondo del ribazo, comiendo hierba con toda naturalidad.

Benito, un cigarrillo encajado en un cabo de la boca, sujetaba la estela funeraria con las dos manos mientras su hermano vertía poco a poco la masa en el agujero. Lalo se arrodilló después para alisarla con la llana. Estando en aquella postura, le vino de golpe una náusea que le obligó a interrumpir el trabajo.

–¿Quieres que siga yo?

Lalo meneó la cabeza en señal negativa y, tras unas cuantas tomas profundas de aire, reanudó la tarea como si tal cosa. Benito, enternecido, no pudo resistir la tentación de acercar la mano a la cabeza de su hermano y acariciarle los cabellos del cogote. En las yemas de los dedos notó una vibración repentina, como si al contacto de su mano Lalo hubiera sufrido una descarga eléctrica.

A este punto, Lalo, a cuatro patas, arrancó a sollozar de forma aparatosa.

–Tranqui, Hierros. Ya verás como el mes que viene ni dios se acuerda de lo ocurrido.

–Necesito llorar –respondió Lalo cuando por fin se hubo calmado lo suficiente para articular unas palabras–. Perdóname.

–Tú llora. Llorar ayuda a sacarse las penas. Conque no te preocupes. Vacíate bien vaciado y cuando estés bien nos vamos a casa.

–Nines se ha tomado la mañana libre y quiere pasar a despedirte. Te tiene preparada una tortilla para el viaje y pan y no sé si café. En fin, ya lo verás.

–No hay como una hembra que se enrolla. Yo las adoro. Por cierto, que no se me olvide comprarle en la estación de Pamplona una chuchería a mi Pauli. La tengo un pelín abandonada últimamente, pero yo espero que comprenda. Han sido unos días duros para mí. No hace falta que te explique. Para ti tampoco han sido fáciles.

Tras los retoques finales a la superficie de cemento, la estela funeraria con el nombre de Simón Lacunza quedó instalada en el sitio previsto. Lalo se puso de pie y se limpió las manos con un trapo que llevaba anudado al cinturón. Benito le arreó una palmada amistosa en la espalda.

–Bien chulo ha quedado el cacharro, sí señor –dijo–. Se me hace a mí que va a ser la envidia del cementerio.

Los dos hermanos permanecieron inmóviles cosa de diez segundos, cada uno a un costado de la estrafalaria escultura. Se miraban con ceño serio, como tratando de adivinarse los pensamientos. De repente, igual que si hubieran recibido por detrás un empujón al mismo tiempo, se lanzaron el uno hacia el otro y se fundieron en un largo y efusivo abrazo encima de la tumba de su padre.

Reinaba en la casa la misma atmósfera de luto que los días anteriores. Los resquicios de las contraventanas apenas dejaban pasar unas hebras de luz. Los cuadros del vestíbulo seguían cubiertos con paños negros. Tan sólo el equipaje de Benito Lacunza, depositado en el suelo, cerca de la puerta de la calle, rompía aquella monotonía de muebles y adornos viejos resignados a su destino de polvo en la oscuridad.

Lacunza había puesto sobre la bolsa de viaje el estuche con la trompeta y ahora conversaba con su hermano en la cocina. Los dos tenían previsto partir hacia Pamplona en cuanto llegase Nines Ganuza con las provisiones prometidas. Aún podía verse bajo la alacena la Virgen del Puy de terracota y, junto a ella, la vela consumida y las dos postales de san Francisco Javier. Tictaqueaba el reloj en la pared. Las once y veinte. Lalo preguntó:

–¿Vendrás de vez en cuando a Estella?

–Vendré, pero eso sí, lo menos posible. Primero porque en Madrid vivo muy liado. Ya sabes, mi carrera musical, la hembra... Y segundo porque, la verdad, a mí este pueblo no me tira. No me tira ni en fiestas. Yo aquí me ahogo. Y además no creas que no me ha bajado la moral la somanta que me arrearon aquellos cabrones en Eulate. Conque vendré por si hay que hacer algo con las tierras y eso. Pero, vamos, lo mínimo. Llegar y adiós.

–Hermano, deseo de todo corazón que la fortuna te sonría.

–Tú también deberías cambiar de aires, Hierros. Hay mucho abismo entre ser escultor aquí o en una ciudad grande. Tú puedes exponer en Madrid para un público jamón. La prensa te hace caso. Con un poco de folla igual te llega la fama. En Estella, ¿qué futuro te espera? Aquí todo dios, de que juna tus cacharros, piensa que estás majara.

Sonó el timbre. Lalo acudió a abrir y se encontró ante la puerta con un mensajero que traía tres paquetes para el señor Benito Lacunza.

–Pues cumpleaños no tengo –dijo con guasa el destinatario de las cajas.

–Me firme aquí por favor.

Benito firmó en la hoja, y entre su hermano y él metieron los tres bultos en el vestíbulo.

–¡La madre que me parió! ¡Pues sí que pesan los armatostes! Como sean paquetes bomba –bromeó–, revienta la comarca entera. El caso es que... Yo diría que la letra parece la de mi Pauli. Pero ¡quiá! ¿Para qué coño me había de mandar a mí la Pauli nada si nos vamos a ver hoy mismo? Claro que como es tan rumbosa, vete tú a saber. A lo mejor me ha querido dar una sorpresa.

–¿Te traigo un cuchillo?

Encendida la lámpara, Benito cortó la cinta adhesiva de uno de los paquetes con el cuchillo de cocina que le trajo Lalo, metió la mano y, «¡ahí va Dios!», empezó a sacar calcetines, calzoncillos y demás ropa suya que tenía o creía tener guardada en el piso de Paulina de la Riva. Allí estaba su camiseta de rayas azules y blancas que se solía poner a menudo cuando tocaba la trompeta en el Utopía; allí sus chanclas caseras y su americana raída, huérfana de varios botones; allí también el sombrero de cuero, idéntico al que lleva Chet Baker en algunas fotografías. Abrió a continuación otra caja que contenía discos, zapatos, los utensilios de afeitar y otras pertenencias suyas; y al final, todavía sin comprender, abrió la tercera, en cuyo interior encontró una nota escrita a mano, que decía: «Ahora hay otro hombre en mi vida. Corrijo: ahora hay un hombre en mi vida. No vengas. No me llames. Mi novio se podría cabrear. Tu ex».

En un arranque de coraje, Benito Lacunza estrujó el papel y lo lanzó con todas sus fuerzas contra la puerta de la calle, como si pretendiera devolvérselo a quien se lo había mandado. Después se ensañó a patadas con las cajas. Saltaban por los aires las prendas de vestir mezcladas con jirones de cartón, y en esto se oyó el ruido de un objeto metálico al romperse.

—Lo que faltaba. He jodido el transistor.

—Cálmate, hermano.

Benito se agachó a recoger las trizas desparramadas por las baldosas.

—Mi transistor... ¿Te acuerdas? La madre me lo regaló cuando empecé a estudiar. Siempre lo he tenido a mi lado. En mogollón de pisos, en viajes que he hecho por ahí. Y ahora, mira. ¡Qué suerte charra! La de noches que el chisme este me habrá quitado las penas. Cuántas veces, créeme, estaba solo, con la moral en las pezuñas. Entonces sintonizaba una emisora, qué más daba cuál, y zas, echando leches me volvían la alegría y las ganas de tirar para adelante en la vida. Le tenía yo al transistor un cariño que no veas. ¿Has visto la patada que le he pegado?

—Calma, Benito. No te tortures.

—Qué calma ni qué ocho cuartos. La patada se la debía sacudir a la Pauli, sólo que más fuerte. ¡Hembras de marras! Ya es la tercera que me bota del nido. Te juro que han nacido para amargarnos. Joé, si es que es verdad... Las pierdes de vista un par de días porque te ha venido un apuro y se pegan al primero que pasa. Ya no les gustas, ya no les interesas. En serio, Lalo. Yo sé lo que me digo. Las he conocido a porrillo y están todas hechas del mismo paño. ¡Como para fiarte de ninguna! Pues la Pauli me va a oír, ¡vaya que sí! ¿Que no la he llamado por teléfono? Bueno, se puede figurar que si he venido a enterrar a mi viejo no ando con gaita de amoríos ni de mierdas de conversación. ¿No te parece? Tú no dices nada. ¡Como no es tu novia! Yo a la Pauli esta noche le tiro la puerta. Eso seguro. Me toca los cojones si está metida en el sobre con un karateka. ¿Sabes lo que me dijo una vez un colegui en el bar? Me dijo: Desde que se inventó el pumpún no hay machote que valga. Hasta la fecha no me he cargado a nadie, pero por si acaso que no le soben los huevines a Benny Lacun. ¡Menuda mala hostia tengo yo cuando me hinchan!

–Cálmate, te lo pido por favor.

–Ni me calmo ni me dejo de calmar. Hierros, no te metas, no te metas. Porque, claro, la pedorra se piensa que leo su papelucho y ahueco. Así de imbécil es la pobre. Pues lo tiene claro. Salimos enseguida para Pamplona, hermano. Me la refanfinfla total dónde me voy a acostar por la noche. El Ciri me presta su garaje y, si no, me busco la vida en alguna pensión, que para eso he heredado, ¡no te jode! ¿Comprendes la jugada? Ella cree que con ponerme de patas en la rúe me vuelvo palomica. Así son las hembras. Su pensamiento es dominar y sacarte la sustancia, pero como les falta puño se valen de la zorrería, de la mala uva que tienen todas, mecagüenlá, y de las puñaladas traperas. ¿A que tengo razón?

–Cálmate.

–Soy capaz de alquilarme un cuarto en el Ritz. Venga, el más caro, aunque cueste un riñón. Luego cito a esa bruja en el bar del hotel y, cuando llegue, me voy a ella con un traje y una corbata del copón y le suelto muy chulapo a los morros: Pauli, te quería ver por última vez para echarte a la jeta el humo de mi habano. Le pego una calada al puro y, ñaca, le soplo toda la nube a esa napia afilada que tiene, que parece que le ha mangado el pico a un mochuelo.

Mientras desahogaba su malhumor, Benito Lacunza no paraba de empujar con los pies sus prendas y los trozos de cartón esparcidos por el suelo, y todo lo iba amontonando en un hueco que quedaba entre la pared y una cómoda.

—Yo tengo un defecto, Hierros. Bueno, tengo muchos, pero hay sobre todo uno que me parte por la mitad. Y es que me cuesta putear al prójimo. Así, claro, no hay quisque que te respete. Tú le haces a un tío mil perrerías hasta machacarlo bien machacado y que no pueda dormir de los nervios. Y vas un día y le das un abrazo por las buenas, toma, julái, y el tío se emociona. Se te derrumba de puro agradecido. En cambio, si siempre le estás haciendo favores se piensa que eres tonto y se aprovecha, que es lo que me pasa a mí. No le des más vueltas. Yo soy tonto y punto. Benito Lacunza es tonto. Vete y cuéntaselo a todo el que encuentres por la calle. Paso de ponerme colorado. Aún te voy a decir más. Yo, hasta cuando soy listo, soy tonto. Tonto de los pinreles a las orejas. Pues haga lo que haga y diga lo que diga, los tiros me salen siempre por la culata y así me va.

A este punto sonaron golpes en la puerta de la calle. Lalo se apresuró a arrastrar a su hermano hasta el umbral del corredor. Allí le susurró al oído que seguramente era Nines quien llamaba. Benito no comprendió su excitación.

—Joé —dijo—, pues ábrele. ¿No la estamos esperando?

Lalo, el semblante demudado, le suplicó que hablara más bajo.

—¿A qué vienen estas escuchitas, Hierros?

—Tienes que hacerme un favor. Prométemelo.

—¿Tú te quieres quedar conmigo o qué? ¿Qué pichorras te pasa? ¡Tío, ni que te hubiera picado una avispa!

Nines Ganuza llamó de nuevo, esta vez con más energía.

—No le cuentes nada del accidente —dijo Lalo con un temblor de angustia en la voz—. Ni una palabra. ¿Me lo prometes? Es una mujer muy frágil, Benito. Compréndelo.

—Bueno, bueno.

–Si le contaras lo ocurrido la destrozarías.

Benito Lacunza movió la cabeza en señal afirmativa y luego hizo un ademán enérgico como de pedir paz y tranquilidad. Se dirigió hacia la puerta. Apenas hubo comenzado a abrirla, Ninés Ganuza la empujó desde fuera y entró en la casa con tal precipitación que los dos hermanos se alarmaron pensando que venía perseguida. En su rostro se traslucía una viva inquietud. Tenía los ojos enrojecidos y en el labio inferior una insinuación trémula de llanto. Sin decir palabra le plantó a Benito en el pecho una bolsa de plástico con las provisiones para el viaje. Acto seguido enristró hacia Lalo, que la esperaba petrificado al fondo del vestíbulo, junto al arranque de la escalera. Antes de llegar a él, Ninés Ganuza se detuvo en seco y, envuelta en la luz amarillenta de la lámpara, se quedó mirándolo aterrada. A Lalo lo sobrecogió una sospecha atroz. La abrazó sin fuerza, temeroso de contagiarle no sabía qué.

–Ainara... –dijo ella, pero el sofoco le impidió continuar.

A Lalo el corazón le martillaba dentro del pecho.

–¿Qué ocurre con Ainara?

Benito intervino:

–Un accidente no, ¿no?

Ninés Ganuza negó rotundamente con la cabeza. Instantes después, no bien hubo recobrado un poco el aliento, añadió entre balbuceos que le habían llamado de la escuela para comunicarle que la niña no había ido por la mañana a clase.

–Ah, bueno –terció Benito–. La enana nos ha salido novillera. No te preocupes, yo era igual.

–No es eso, no es eso. En casa tampoco está. La he buscado por los alrededores de la escuela. La profesora me ha contado que la semana pasada también faltó. Me ha venido entonces a la cabeza que el otro día alguien le hizo unas coletas. Yo no sé. Yo estoy muy preocupada. Yo tengo un mal presentimiento.

Lalo seguía quieto, el ceño caviloso, la mirada extraviada en las baldosas.

–Lalo –le sacudió ella de una manga–, ¿no dices nada?

–¿Qué hacemos? –reaccionó visiblemente desconcertado.

Entonces Benito Lacunza se metió entre los dos, cogió a cada uno de un hombro y les dijo:

–Ahora mismo salgo a buscar a la pequeña. Como me llamo Benito que la voy a encontrar aunque haya de escarbar en el fondo del río.

–¿Y cuándo te llevo a Pamplona? –preguntó Lalo–. Ya sabes que por la tarde tengo que trabajar.

–Tú tranqui, Hierros. Primero hay que encontrar a la enana, luego ya veremos.

Llegándose a la puerta de la calle, reviró la cara y, a tiempo que encendía un cigarrillo, dijo:

–Además –la palabra le salió envuelta en una densa bocanada–, olvídate de llevarme hoy a Pamplona. Ni iré hoy, ni mañana, ni nunca, pues he decidido que lo mejor es que le den por el saco a Madrid.

Así diciendo, salió –gafas negras, chupa de cuero– a la calle; pero antes de llegar a la esquina con la calle Ruiz de Alda, volvió sobre sus pasos y llamó al timbre.

–Perdona, Nines, maja –se disculpó sonriente al entrar y coger la bolsa de plástico depositada en el suelo–. Un poco más y me voy sin tu tortilla.

Debajo de la cama

El gato se lamía el pelambre dentro de su cesta, a la luz del sol que entraba por la ventana.

Nines Ganuza, sentada en el suelo de la cocina, con la espalda reclinada contra una pata de la mesa, lloraba lágrimas lentas que le escocían como ácido en los ojos. Lloraba en silencio por su hija, esforzándose por imaginarla fuera de peligro. Lloraba al oír en el fondo de su conciencia la voz de la niña, que sonaba con un timbre extrañamente grave, como de persona adulta. La voz susurraba desde la oscuridad: «No eres una madre buena». Y entonces a Nines Ganuza se le volvía a crispar el semblante y le empezaba de nuevo la llorera.

Lloraba también por causa de Lalo, a quien nunca desde que salían juntos había visto tan furioso. A Nines le costaba creer que aquella mirada cuajada de reproche, aquellos labios apretados, aquel entrecejo adusto, aquella dureza en el lenguaje perteneciesen al hombre tierno y bondadoso con quien pensaba casarse antes de terminar el año. Con los nervios de punta, los dos habían recorrido en furgoneta las calles de la villa. A ruego de ella se habían llegado a algunos pueblos de los alrededores. Subiendo a Bearin, Nines Ganuza se dio un susto de muerte al confundir una bolsa de plástico abandonada en la cuneta con un vestido infantil. De vuelta en Estella, Lalo perdió la compostura, se despachó de mala manera con Nines, dejando escapar un chorro de palabras ofensivas, y se marchó sin besarla ni despedirse. Y todo porque ella había sugerido la conveniencia de notificar a la Guardia Civil la desaparición de la niña.

–Lo que tenías que hacer es cuidarla mejor –fue lo último que dijo Lalo–, así no ocurrirían estas cosas.

A punto de dar la una y media, unos nudillos medrosos golpearon en la puerta. El gato aguzó las orejas y se quedó mirando hacia el corredor en actitud expectante. Nines Ganuza se levantó de un brinco. Antes de abrir se enjugó las lágrimas con un cabo de la blusa. En el descansillo estaba Ainara, la mirada gacha, el vestido y los zapatos sucios de tierra. Tenía una pequeña herida con sangre seca en una rodilla y varias pajas enredadas en la melena.

Nines Ganuza sintió tentaciones de asentarle la mano; pero se contuvo al recordar la voz que hasta poco antes la había estado reputando de mala madre. Al fin se acuclilló para ponerse a la misma altura que la niña y estrecharla contra su pecho. Ainara esquivó el abrazo. Sin decir palabra, corrió a esconderse debajo de la cama de su cuarto, de donde su madre intentó en vano sacarla, primero con palabras dulces; después, perdida la paciencia, con gritos y amenazas.

En esto, sonó el timbre del teléfono.

–Nines, maja –a Benito Lacunza se le notaba intranquilo–, llevo dos horas pateando el pueblo. He mirado en Los Llanos, he subido más allá del campo de fútbol y todo a pinrel. Me sale el sudor hasta por donde no hace falta que te diga. Yo no sé a cuánta gente he preguntado. No hay dios que me sepa decir dónde se ha metido la cría. Esto no me gusta. Hazme un favor. Llama a los picoletos.

–No es necesario. Ainara ya está en casa.

–¿Que está en casa?

Lacunza dio un resoplido.

–Pues menos mal, oye, porque llevo encima una carpanta que me truenan las tripas.

–Si quieres ven. De paso que comes me ayudas a sacar a la niña de debajo de la cama. Yo no puedo con ella.

204

–¿Cómo? ¿Que se ha metido debajo de la cama? Meca-güenlá, ahora mismo voy.

Cosa de veinte minutos más tarde, Lacunza entró en el piso de Nines Ganuza. Venía jadeante, envuelto en sudor, con la frente empapada y grandes corros de humedad en la camisa. Se agachó al pie de la cama.

–¿Vas a salir enseguida –preguntó en un tono neutro, ni brusco ni cordial– o es mejor que coma primero?

–Come –contestó la niña con apenas un hilo de voz.

En el corredor, Lacunza se topó con la mirada estupe-facta de Nines Ganuza.

–No te preocupes –le dijo al par que le arreaba un ca-chete amistoso–. Luego te la saco. Ahora hazme la caridad de servirme un papeo si no quieres que la espiche en tu casa. Lo que tengas.

Se lavó la cara, los sobacos y el cuello junto al lavabo del cuarto de baño, tarareando *Stella by Starlight*. «La bas-ca del Utopía», pensaba, «me va a echar de menos. O a lo mejor no, vete tú a saber. Los madrileños son muy tarugos para la música.» Cerró la puerta con la idea de que no le sintieran mear de pie. «Que se sienten los maricas.» Pero luego, el pantalón ya desabrochado, cambió de opinión. «No quiero que la enana ponga el culillo encima de mis go-tas.» Se acomodó entonces sobre el inodoro y, aprovechan-do la postura, se vació a un tiempo por todos los conduc-tos inferiores.

En la cocina, desnudo el torso, comió un plato raso de lentejas.

–Buen pan –dijo–. ¿Lo traes de tu panadería? Eso que ganas.

Nines Ganuza aclaraba la camisa de Lacunza dentro del fregadero. Ella misma se había ofrecido a lavarla en la cer-teza de que, tendida al sol, no tardaría en secarse.

–Se me acaba el contrato laboral esta semana –dijo. En su tono de voz se traslucía una sombra de despecho–. No sé si sabes que ocupo el puesto de una chica que está de baja por maternidad. Vuelve el día uno.

—Tranqui, ya encontrarás algo.

—De momento me apañaré con el subsidio del paro. No es la primera vez. Ya estoy acostumbrada.

—¿Por qué no pruebas de cocinera? Las lentejas te han quedado de puta madre.

—Son de lata, Benito.

—Joé, pues a mí me parece que tienen un toque muy tuyo. Igual es por el plato.

Tras escurrir la camisa, Nines Ganuza fue a colgarla a pleno sol en el tendedero de la ventana. Mientras la mujer se estiraba para alcanzar la cuerda, Lacunza la estuvo examinando por detrás. Paró la mirada en una abertura estrecha que se había formado entre el borde del pantalón y el bajo de la blusa. A su vista surgió una parte del lomo pálido, salpicado de lunares, en la que se marcaba sobremanera el espinazo. «¡Qué flaca! ¿Andará con cagaleras de sidosa? El Hierros, como no ponga cuidado al chingarla, la va a partir.»

Poco después se sentó ella a la mesa, frente a él, y con unos ojos lánguidos y vidriosos le dijo:

—Envidio tu entereza, Benito. ¡Con todo lo que has pasado estos días! Tu padre, el entierro, los golpes que recibiste, ahora lo de tu chica de Madrid... Me da vergüenza que me mires a la cara. En serio. Por mucho menos de lo que tú has soportado vivo yo tirada en el suelo.

—Pues levántate, guapa. Deja de jalarte el coco y hazme un café si no te importa.

Se puso de pie. Le incomodaba la franqueza de ella, su proximidad, su flequillo.

—Voy al cuarto de la enana. Enseguida vuelvo.

Por el corredor iba pensando: «¿Mi chica de Madrid? ¿Yo tenía una chica en Madrid? ¿O sea que yo he vivido en Madrid? ¡Vaya carraca de memoria la mía! No me acuerdo de nada. Ni me acuerdo ni me quiero acordar. Y ésta me viene ahora con su depre y sus rollos pataeteros. San Dios, la gente ¡cómo tira de uno para abajo!».

A Lacunza por poco se le salta la carcajada cuando se quedó con el pomo de la puerta en la mano. Entró con expresión risueña en el cuarto. Al punto le picó en la nariz un tufillo a aire estadizo. Se veía sobre el colchón un revoltijo de sábanas y ropa de niña. Lacunza se tumbó en el suelo y reptó hasta meter la cabeza debajo de la cama.

—Se está guay aquí, ¿que no?

La niña asintió.

—Puerquita...

—Ainara.

—Contestona. Tú tienes folla de que yo no sea tu viejo. Fíjate, te meto un mes en el armario y que te zurzan. Todos los días coliflor superfría para comer. Por la mañana y por la tarde, aunque llores.

La niña no dudó en replicar.

—Me gusta la coliflor.

—Pues cebolla.

—También me gusta.

—Pues, ¿qué pichorras no te gusta a ti? Algo habrá que no te guste.

La niña guardaba silencio, barruntando la trampa que Lacunza le tenía preparada; pero luego temió que éste perdiera las ganas de hablar y susurró con candidez:

—Los chipirones.

—Ajajá. Pues eso te daría yo para comer y para cenar y al día siguiente por la mañana si fuera tu padre. Chipirones hasta reventar. Blandos y viejos, rellenos de gato muerto. Conque elige: o sales echando puñetas de este jodido escondite o chipirones. ¿Que me dices? ¿Salimos?

—No.

Un cuarto de hora más tarde, el pecho rebozado en polvo, Lacunza regresó a la cocina.

–¿Me has hecho el café?

Nines Ganuza tomó la jarra de la cafetera y la colocó junto a una taza, un azucarero y un cacillo con leche que estaban sobre la mesa.

–¿Y Ainara? –preguntó.

–Dice que vendrá si no le riñes. Para mí que vive acojonadilla. Se conoce que te mola echarle la bronca cada dos por tres. ¿Qué, la vas a reñir o no?

–Pues –respondió ella vacilante–, la verdad es que no tengo intención ninguna de...

Sin dejarle terminar, Lacunza dio una voz que debió de oírse por toda la vecindad.

–¡Enanaaaaa! Que vengas, que no te va a hacer nada.

Segundos después llegó la niña con pasos sigilosos. Fija la vista en sus pies descalzos, se quedó parada en el umbral. Tampoco Nines Ganuza se decidía a acudir a su encuentro. Lacunza le pegó un sorbo sonoro al café.

–Chiquilla –dijo–, no me seas desapegada. Ya le estás dando a tu madre un abrazo o se acabó lo que te he prometido. A ver si aprendes a quererla, coño.

Y mientras las dos se abrazaban de forma un tanto mecánica en el centro de la cocina, él aprovechó para sacarse con disimulo una pelotilla de la nariz. La amasó entre el pulgar y el índice, y en cuanto la hubo redondeado a su gusto la arrojó con fuerza y pensamiento de encestarla en la yacija del gato.

Tomó otro sorbo. Volviéndose hacia la niña, le dijo:

–Cuéntale a tu madre adónde vamos a ir esta tarde después del colegio.

–¿Vais a ir a algún sitio?

La niña asintió con una sacudida entusiasta de cabeza. Nines Ganuza no salía de su extrañeza.

–Pero si es lunes...

–Te guste o no –terció Lacunza–, me la voy a llevar a Alloz. Le he dado mi palabra. Ahora que soy terrateniente

208

quiero junar de cerca los sitios donde sudaré la gota gorda. Yo labriego, manda cojones. Si me lo dicen hace una semana me troncho de risa. En fin, la cría me acompaña. Si no encontramos el huerto seco igual te traemos un mazo de puerros. ¿Qué te parece?

–Benito, seguramente le pondrán deberes para mañana.

–Ya los hará, mujer. No te preocupes.

–Sola no podrá.

–Que ya los hará, joé. ¿No entiendes que va conmigo? Mientras esperaban el momento de ponerse en camino hacia el colegio, Lacunza y la niña se sentaron en la sala a mirar la televisión. De vez en cuando se arrancaban los dos a un tiempo con una andanada de risas que resonaban por todo el piso. En una de esas, Lacunza encendió un cigarrillo.

–¿Me das? –le preguntó la niña.

Él se la quedó mirando con un gesto de fingido desdén antes de contestarle:

–No.

Nines Ganuza planchaba la camisa ya seca de Lacunza en la cocina. Planchaba y lloraba en silencio, mirando con una pena abrasadora las paredes mugrientas, los muebles humildes, los geranios medio agostados en el antepecho de la ventana.

–¿Me das una calada?

–No.

–Porfa.

–Puerqui, ¡qué bien se te da poner carica de dolor! ¿No estarás preñada, eh? Toma una calada y vas que chutas. Después, a lavarte los piños a tope. Paso de líos con la Nines, ¿vale?

Salieron de casa con tiempo. El colegio quedaba a no más de cinco minutos de camino. Como a Lacunza le pareciese que la cartera pesaba demasiado, decidió ahorrarle a la niña el esfuerzo. Desde la ventana, Nines Ganuza los vio dirigirse hacia la esquina del fondo. Iban cogidos de la mano por la sombra. Al rato enfilaron la calle Lizarra y se ocultaron al abrigo de un contenedor de escombros que se hallaba depositado junto al borde de un solar. Desde allí podía observarse la entrada del colegio. Afluían los colegiales solos o repartidos en pequeños grupos de conversación. Ainara señaló con el dedo a uno de aproximadamente su edad que venía por la acera dando patadas a las piedras.

—¿Ese es el que te levanta las faldas?

La niña asintió.

—Tú espera aquí.

Lacunza cruzó la calle, agarró al pequeño de un brazo y a viva fuerza lo llevó hasta detrás de una pila de maderos resecos que había en el interior del solar.

—¿Así que tú eres el hijo de puta que amarga la vida a mi sobrina?

Y sin decir más ni esperar respuesta alguna del chaval, plis plas, le llenó las mejillas de bofetadas.

Con idea de hacer tiempo para recoger a la niña a la salida del colegio, Lacunza se metió en un bar de la calle Navarrería, donde formó propósito de localizar por teléfono a algún conocido que se prestase a llevarlo en coche a Alloz. Comoquiera que mientras consultaba la guía telefónica se viese la cara hinchada en un espejo que había detrás de la barra, pensó en las preguntas que habrían de dirigirle y en las explicaciones que no tendría otro remedio que ofrecer, y entonces se convenció de que le traía más cuenta realizar el viaje en taxi.

Nada más montarse en el vehículo echó un vistazo a los deberes de la niña.

—Si no es mucha tarea —dijo— nos la podemos ventilar por el camino.

Ainara le tendió una hoja cuajada de problemas matemáticos.

—¡Ondia, quebrados! —exclamó Lacunza—. Desde chavea les tengo fila. ¡La de mangazos que me habrá zumbado mi viejo por culpa de los quebrados! Averigua —leyó con la frente arrugada— el denominador común. ¿Tú sabes cómo se hace esto?

La niña estaba entretenida contemplando el paisaje por la ventanilla. Al oír que le hablaban, reviró la vista y por toda respuesta se encogió de hombros.

—Bueno, ahora guarda la papela. Como comprenderás, con el meneo del coche no hay manera de ayudarte. Necesito una mesa para poder pensar. Pero descuida, que te ayudaré. ¡Joé que si te ayudaré! Aunque del esfuerzo se me chamusque la chola.

El taxi se detuvo ante la cancilla de un huerto tapiado, casi al final del pueblo. Hacía calor. En el aire flotaba el aroma de los campos circundantes. Nada más poner los pies en el camino, Lacunza se vio envuelto en un episodio inesperado.

—No te jode —le habría de contar de anochecida a Nines Ganuza, cuando se llegó a su casa a devolverle la niña—, resulta que vamos a la entrada del huerto. De repente sale mi tío Eulogio con su boina de pueblerino y un capazo lleno de tomates perucos. Así de grande, te lo juro. ¡Vaya morro! Lo menos llevaba veinte kilos el cabrón y puede que me quede corto. Coge y me suelta: Ah, eres tú. Quién si no, le digo. Sin más ni más deja los tomates en el suelo, y cabreado como si yo le hubiera hecho algo, ¿sabes?, agarra al macho por el cabestro y se larga cagándose en Dios por la calle arriba. Dos mulos y aún no sé cuál era el más animal.

—No hay derecho —terció Nines Ganuza—. Lo deberías denunciar.

—¡Quiá, si yo los tomates me los paso por el forro! Espera que te cuente. Sabrás que he ido a Alloz a reconciliarme con ellos. Son más raros que la calentura, pero en fin. Ya que somos poca familia, ¡qué menos que hablarnos! Con toda mi santa paciencia me cargo el capazo al hombro. Pesaba una barbaridad. Total, que lo llevo hasta casa de mi tía. Da la casualidad de que vive en la otra punta del pueblo. Qué más da. Tu pequeña al lado, un sol de niña, y las viejas por la calle enrollándose como de costumbre: Benito, majo, cuánto tiempo, qué penica lo de tu padre y tal y cual.

Lacunza se paró ante una casona de paredes encaladas. Cerca de la puerta había un poyo sobre el que se alineaba media docena de geranios floridos. Un pastor alemán dormitaba encima del felpudo. Se incorporó al oír voces y pi-

212

sadas, aguzó la orejas y fijó una mirada escrutadora en las piernas de la niña.

–Yo al chucho ese no lo he visto en mi vida. Como se conoce que apesto a pariente, enseguida se ha echado para un lado.

Lacunza depositó la carga en el suelo. Levantó a Ainara en brazos para que alcanzase la aldaba. La niña sacudió con timidez el instrumento. Nada. Por orden de Lacunza arreó un aldabazo más recio y a continuación un tercero francamente ruidoso, que, pese a todo, no sirvió para que los de la casa se dignasen abrir la puerta. Fue entonces cuando Lacunza empuñó el chisme y sacudió tales golpes con él contra la chapa que el perro se puso a ladrar como un descosido.

–Por fin aparece la Encarna con la cara más larga que un calamar. ¿Qué quieres? Vaya recibimiento, ¿no crees?

–Y que lo digas –asintió Nines Ganuza–. Yo en tu lugar me habría dado media vuelta.

La tía Encarna vestía de luto riguroso.

–Pues ya lo ves –le respondió Lacunza con sorna–, lo primero de todo vengo a traerte los perucos que ha perdido tu marido. Y lo segundo, a hablar de negocios si no me aplastas la puerta en las narices. Soy un indio en son de paz.

–Pues por la pinta que traes –replicó la tía Encarna–, se me figura que vienes bien vapuleado. La última vez que te vi no te faltaba ningún diente.

–Es que mordí un cacho del queso que dejaste en mi casa.

–Muy gracioso. ¿Tendrías la amabilidad de decirme quién te acompaña?

Al ver a la anciana, Ainara se había apresurado a esconderse detrás de Lacunza. El perro se acercó por detrás con intención de olisquearle las piernas. A la niña, asustada, no le quedó más remedio que dejarse ver.

213

–Le explico que es la futura hijastra de mi hermano, pero me da que ya la conocía y a ti también. Con el palique noto que se le empieza a bajar el mosqueo. Nos hace seña de que entremos. Aún tiesa, no te vayas a creer. Tiene un orgullo que se lo pisa.

Ardía un velón sobre la mesa de la cocina, delante de una urna de madera laqueada en blanco. A través del vidrio de la portezuela podía verse una Virgen María de yeso con los bajos del manto hundidos en un ovillo de margaritas artificiales.

–Le ha sacado a tu cría unas rosquillas de anís y un tazón de leche. Mi tía puede que peque de estirada, puede que de rencorosa y rezadora. Pero no tiene en toda la cocorota una cana de roñica, las cosas como son. Ainara se ha quedado en la cocina merendando. Mientras, el aquí se ha ido con la Encarna a sentarse en un salón enorme que si lo vieras fliparías. Es, ¿cómo te explicaría yo?, tan grande como el piso este y no exagero, palabra. Allí le he contado a la vieja mis planes y le he dicho la verdad. O sea, que mis conocimientos de agricultura se reducen a agarrar una azada y sacudirle hostias al suelo hasta molerlo. Bueno, igual sé un poco más, pero muy poco. Conque les cedo en usufructo las tierras, el olivar y la viña de la bisabuela como les había prometido Lalo. Pero... porque joé, de algo hay que vivir..., repartimos las ganancias a partes iguales. Por un lado ellos, que también tienen campos de labranza yendo a Arizala, a mí que no me vengan luego haciéndose los tristes, y por el otro tu futuro marido, mi hermana y el aquí. Ellos trabajan, nosotros cobramos nuestra parte. Parecía que me quería racanear una respuesta, pero yo ya le he dicho sin pelos en la lengua: Tía, me la suda si te cuadra o no. ¿Que sí? Pues cojonudo. ¿Que no? Pues igual. Vendo hasta el último terrón y con la pasta abro un chiringuito de instrumentos musicales en Pamplona. Cosa que, me cago en diez, me mola cantidad. Lo que pasa es que no se me había ocurrido antes.

–Entonces tu tía, ¿está de acuerdo con la idea?

–Naturaca. ¿Cómo no iba a estar? En el fondo es lo que deseaban todos ellos. Saben que más no pueden sonsacarnos, aparte que la Encarna anda de un pelma subido con el rollo de que las propiedades continúen en manos de la familia. Luego sí, luego se ha puesto blanda y convidadora. Me ha ofrecido papeo, café y todo el copón, y encima me ha regalado esa ristra de ajos que te he traído. Eso sí, al despedirme he bajado al corral a junarle de cerca la jeta al Eulogio, que me huelo que se había escondido entre las jaulas de los conejos, allá él. Eulogio, le digo, haz con el huerto lo que te salga de los cataplines, pero el tractor me lo llevo. Porque, joé, Nines, comprenderás que no puedo estar un día sí y otro también pendiente de que fulano o mengano me lleven en coche. ¡Pues eso faltaba!

Lacunza prefirió ocultar a Nines Ganuza que había empleado más de media hora en encontrar quien ayudase a la niña con los deberes.

–A mí me dieron poca escuela –se excusó la tía Encarna– y mi Eulogio... Bueno, ya sabes que a habilidoso y trabajador no le gana ni el alcalde, pero se me hace que a Dios Nuestro Señor se le agotaron las existencias de cerebros el día que creó a mi marido. Más me cuesta entender que tú, Benito, con lo que has estudiado, no puedas echar una mano a la chica.

–Tía, por poder claro que puedo. Ahora, hace mogollón de años que no me ocupo de esas gaitas. Me falta seguridad. Lo mejor para la cría es que alguna persona con los quebrados todavía frescos en la calavera venga y se los aclare.

Dicho esto, Lacunza preguntó por sus primos en la esperanza de que alguno de ellos dominase la materia; pero tanto el uno como el otro se hallaban ausentes de Alloz. Salieron tía y sobrino a la calle y, llamando de puerta en puerta, dieron en casa de un vecino con una muchacha del lugar que estudiaba medicina en Pamplona, la cual se prestó al instante a ayudar a la niña.

Caía la tarde cuando Lacunza y Ainara emprendieron el camino de vuelta a Estella. Iban los dos fumando en el tractor, la niña con el rostro encendido de deleite. En esto, como se le atorase el humo en la garganta, empezó a toser.

—No sé para qué pichorras fumas —dijo Lacunza— si no sabes.

De pie entre las piernas de él, Ainara se encargó de manejar el volante a lo largo de un tramo de carretera comarcal. Hicieron concierto que si venía algún coche ella se acurrucaría en el suelo. Al entrar más tarde en la nacional 111, Lacunza mandó a la niña que se colocase en un costado y se agarrara con fuerza a una de las barras. Ella se emperraba en seguir conduciendo.

—Que no, Puerqui.

—Porfa.

—Tú no carburas. Te pillan los picoletos al volante y me cascan un multazo que te jiñas.

Mientras cenaba en casa de Nines Ganuza un tazón de polenta endulzado con mermelada (manjar que le indujo a evocar con entusiasmo las papillas de su niñez), Lacunza dio su palabra de contarle a Ainara una historia en su cuarto antes de apagar la luz. Ilusionada con la promesa, la niña se apresuró a limpiarse los dientes. No menos deprisa se puso el pijama y se acostó.

Nines Ganuza no salía de su asombro.

–Benito –le susurró al oído, a solas los dos en la cocina–, tú debes de tener magia. A nadie le hace Ainara tanto caso como a ti.

Lacunza ni siquiera se percató de que le hablaban. Estaba absorto pensando que cuentos, lo que se dice cuentos, él no sabía ninguno salvo «joé, la horterada de Caperucita y rollos por el estilo, y aun de ésos me da que sólo cachos sueltos».

Así que al final, sentado en el borde de la cama, optó por ensartar unas cuantas peripecias relativas a su época de camarero nocturno en Madrid, con las cuales dejó a la niña encandilada. Al tiempo que le daba las buenas noches, le estampó un beso en la frente. Apagó la lámpara de la mesilla y a oscuras salió al corredor.

–¿Y el Hierros? –preguntó en voz baja.

–Yo pensaba que vendría a cenar –respondió Nines Ganuza con un dejo de extrañeza–. Seguro que sigue de morros y de la fábrica se ha ido directamente al piso.

Caía la noche cuando Lacunza se dirigió en tractor a su casa, donde estuvo el tiempo justo de arreglarse la coleta y vestirse el atuendo habitual de sus actuaciones en el Utopía. Con la trompeta bajo el brazo, dentro del estuche, sus gafas de sol y sus botas de puntera picuda que le habían llegado en uno de los paquetes de Paulina de la Riva, se encaminó a los bares del centro de la villa. A los dueños respectivos les preguntó si consentían en dejarle tocar el instrumento. Le bastaban, según dijo, un rincón y un par de parroquianos. Lacunza había formado propósito de proseguir en Estella su carrera musical interrumpida hacía una semana, de modo que aunque no cobrase un duro, al menos al principio, podría ir juntando alguna fama que le sirviese para dar el salto a Pamplona y, una vez allí, ya se vería.

Con esa esperanza tentó la suerte en unos cuantos locales. En todos ellos recibió la misma negativa. Un tabernero le espetó:

–Mira, macho, me soplas aquí el chismico a estas horas y en un voleo se me llena el bar de vecinos con palos y garrotes. Lo mejor es que te vayas con la música a la era.

De bar en bar le dieron las once de la noche. «Pobre Benny Lacun», se decía. «¡Tener que suplicar a unos paletos!» Por despecho no consumía, aunque le apretaba la sed y le repetía la polenta. Tan sólo hizo una excepción en una cafetería de la plaza de los Fueros, donde tomó un café con un chupito de coñac para entonarse. Dudoso entre seguir perdiendo el tiempo y recogerse, decidió probar fortuna en los alrededores de la estación de autobuses. Suponía que en aquella zona hallaría más juventud y comprensión. Se juró, eso sí, que si en el plazo de veinte minutos no lograba concertar una actuación se marcharía a la cama.

Iba fumando una faria por la calle y al llegar al paseo de la Inmaculada se topó con Pistolas, que venía cogido del brazo de Gema Sembroiz, una mujer de entre treinta y treinta y cinco años, robusta, ancha y roja de mofletes. Lacunza se soltó de pronto con un «viva los novios» a voz en cuello que abochornó a la pareja.

–¿Todavía en Estella? –preguntó Pistolas pidiendo calma con las manos.

–Me he vuelto aldeano.

–¿Qué te ha pasado en la cara?

–He reñido con mi novia. Las mujeres de hoy día se las traen. Espero que tú tengas mejor suerte con ésta.

Gema Sembroiz terció sonriente:

–Se agradece la flor. Me da que sigues siendo el de siempre. Por cierto, acabamos de ver a Tuboloco en el George. No sabíamos que le pegara al jarro.

–¿Mi hermano en un pub? Imposible.

A ella se le ensombreció la expresión.

–Yo en tu lugar me acercaría a sonsacarle qué mosca le ha picado al mozo. Por la tarde nos ha dejado a todos de piedra en la fábrica. Nunca le habíamos visto gritar como hoy. De repente se ha sentado en el suelo. ¿Qué le ocurrirá? No quería ni hablar ni que le hablasen. Para mí que lo han cambiado. Ése no es el Lalo que cae bien a toda Estella. Creo que le convendría un poco de charla amistosa. Y aún más que te lo lleves a dormir la mona.

A Lacunza se le arrugó el ceño.

–Bueno –les dijo en tono lúgubre, a modo de despedida–, que tengáis una boda chachi. Porque os casáis, ¿no?

Pistolas y Gema Sembroiz se miraron el uno al otro con ostensible desconcierto, sin saber qué responder. Para cuando quisieron darse cuenta, Lacunza ya se había alejado una docena de pasos en dirección al George.

Allí tomó asiento a la mesa que ocupaba su hermano, al que encontró en un estado lamentable, mascullando incoherencias con la frente apoyada sobre un brazo.

–¿Qué haces aquí, capullo? –le regañó.

Lalo se incorporó con dificultad. Un hilo de baba amarillenta le colgaba de la boca. Incapaz de mantener inmóvil la cabeza, recostó la coronilla en la pared. Tampoco atinaba a abrir los párpados por completo. Formaban éstos entre sí una estrecha abertura por la que asomaba una mirada desvalida, turbia, de hombre amedrentado.

—Me duele mucho detrás de los ojos —dijo con tal seguridad y fluidez de palabra que por un instante Lacunza pensó que la borrachera de su hermano era puro fingimiento. Enseguida lo sacó de dudas el tufo a alcohol que se desprendía del delantero mojado de su camisa.

—Tú tranqui. Nos largamos a casa echando puñetas.

—Pero yo quiero que me duela más, más, más...

Lacunza hizo una seña al camarero para que viniese con la cuenta.

—Si ves que ha bebido demasiado —le increpó—, ¿para qué hostias le sigues sirviendo? Mira, chaval, he trabajado la tira de años en un bar el doble de grande que éste y conozco los trucos.

Al otro lo picó la reconvención.

—Entérate —repuso— que ya estaba cogorza cuando ha entrado. Así que vete a tomar por el saco con tus quejas. ¡No te jode! No me extraña que te hayan inflado la cara, tío.

—¿Qué sabes tú lo que me ha pasado?

—Ni lo sé ni me importa, pero procura no sobarme la paciencia.

Lacunza arrojó de mala leche un billete sobre la mesa. El camarero se desdeñó de recogerlo.

—La casa invita. Para que te enteres, bocazas, de que no nos ganamos el sueldo con malas artes.

Lacunza, manso, conciliador, le guiñó un ojo.

—Venga, colegui, que tampoco es para tanto.

En la calle, Lalo no acertaba a recordar dónde había aparcado la furgoneta. Creía, dijo, que cerca del río, por Sancho el Fuerte o así, pero que no le hiciera mucho caso porque a lo mejor la había dejado en otra parte. Lacunza, ajustado al cinto el estuche con la trompeta, se pasó un brazo de su hermano por la nuca. Al mismo tiempo lo agarró de la cintura y poco a poco, descansando a trechos, consiguió llevarlo hasta la parada de taxis.

Cerca de la medianoche se apearon los dos en la calle Gebala. Dentro del portal, Lacunza se echó a su hermano al hombro y cargó con él por las angostas escaleras. Arriba lo sentó en el suelo para poder abrir la puerta. Una mariposa zumbadora restregaba sus alas en el globo de la lámpara. Sonaban en algún lugar del edificio las risas chillonas de una presentadora de televisión. Lacunza metió a Lalo en el piso guiándose por la luz tenue del descansillo. Lo descargó después con cuidado sobre el sofá de la sala. Como se percatase de que le venían arcadas, lo llevó sin pérdida de tiempo al cuarto de baño. Allí lo colocó de rodillas ante el inodoro. Mientras Lalo vomitaba, él se llegó a la cocina y puso agua a hervir en la primera cacerola que encontró. Al cabo de un rato estaban los dos hermanos sentados en la sala, uno frente a otro. El mayor, aire indolente y gafas negras, fumaba repantigado en el sillón; el menor tomaba sorbos pequeños y espaciados de manzanilla, acomodado en el sofá.

Después de vaciar el estómago se sentía mejor y dijo:

–Daría todo lo que poseo por una maquinica que echara el tiempo atrás. La estoy viendo, Benito, así de grande –extendió los brazos con vehemencia–, del tamaño de una cabina telefónica. Me metería dentro y la programaría para volver a la madrugada del domingo. A mí no me importaría repetir mi vida hasta esa hora. ¡Qué me va a importar! A gusto nacería otra vez en Estella, en la misma familia, en el mismo año, trabajaría en Agni y me conformaría con ser la poca cosa que he sido hasta la fecha. Pero desde el momento, ¿te acuerdas?, en que salimos tú y yo de aquel hotel de Zudaire y subimos a la furgoneta, intentaría impedir que se repitiera lo que pasó. Conduciría más despacio, eso seguro. ¿Te imaginas? ¿Te das cuenta de que si hubiese tomado la curva a treinta o cuarenta, y no a más de setenta, ahora estaría yo durmiendo como un tronco, con la mente repleta de sueños y proyectos? Me duele la cabeza, pero yo te digo una cosa, Benito. ¡Qué pena que no me duela más!

–Hierros, tú lo que necesitas es una máquina de no jalarte el coco.

Lalo no prestó atención a las palabras de su hermano. Luego de un trago rápido de manzanilla, continuó hablando como hasta entonces, con la mirada extraviada en la rueda de carro que colgaba en la pared, entre la guadaña y el rastrillo.

–Circulaba demasiado deprisa y me distraje. Ésa es la verdad que me punza. ¿Cómo no caí además en la cuenta de que había salido de casa sin el inhalador? Un fallo imperdonable. Ni tú ni nadie me puede negar que si no hubiera sido por mí el crío seguiría vivo. ¡Quién lo duda! No existe porque yo existo. Así de claro. Si Lalo Lacunza no hubiera nacido, el chavalico dormiría ahora tan campante en su cama y mañana se levantaría temprano para ir al colegio. ¿Qué decir de la aflicción que estará pasando su familia? ¿Te haces una idea de lo que sentirán ahora su madre, su padre, sus hermanos y hermanas si los tenía? Figúrate, perder un hijo. ¿Puede concebirse mayor desgracia? Un ser humano en la flor de la edad, que corretea con otros como él por la plaza del pueblo, que grita, se ríe y juega a la pelota, y al día siguiente, pumba, lo ves tendido en una caja de madera. No hay derecho, no hay derecho.

Se le saltó de pronto un sollozo.

–Lalo, san Dios –Benito Lacunza se enderezó de golpe en el sillón–, no seas tozudo. Aquello fue suerte charra. ¡Tú qué culpa vas a tener! Como si ahora se nos cae el techo encima y nos aplasta. Destino y punto.

Lalo se tapó el rostro con las manos, y apretaba, y gemía sobre las palmas de sus manos mientras Benito, clavado en su asiento, se decía para sí con la garganta atorada por un nudo de compasión: «¡Me cago en la puta, pues sí que le ha dado fuerte!».

Al menor de los Lacunza le costó varios minutos recobrar la calma. Las ojeras y una palidez extrema mermaban su lozanía. Arrugas ceñudas ensombrecían ahora sus rasgos suaves, agraciados, de hombre que después de rebasar los treinta todavía conserva intactos los atributos de la juventud.

Pidió en tono brusco un cigarrillo.

–¿De qué vas? –le replicó, flemático, su hermano–. No te he visto fumar en la vida.

–Dame uno. ¡Que me lo des, hostia! –se impacientó.

Benito, impresionado, le tiró el paquete.

–Fumando y diciendo tacos... Hierros, ya no sé quién eres. ¡Cómo has cambiado!

–¿Quieres saber lo que yo soy? ¿Te lo digo? ¿Sí? –En su timbre de voz se traslucía una vibración de cinismo–. Yo soy un desperdicio humano.

–¡Venga ya!

–Yo soy basura fétida.

–No empieces otra vez, ¿vale?

Lalo dio una calada torpe, como de adolescente aún no avezado a tragar el humo.

–Basura con piernas, con brazos, con jaqueca. Basura que los empleados municipales deberían llevar cuanto antes al vertedero.

–Joé, macho, ¿qué pretendes? ¿Ponerme la carne de gallina o qué? Serénate, coño.

–Yo –dijo Lalo, escrutando la brasa de su cigarrillo como si buscara algo dentro de ella– no merezco gozar del sol, del aire, de las cosas maravillosas que alberga la naturaleza. Hasta ayer por la mañana creía que todo hombre está obligado a ennoblecer la vida en la medida de sus fuerzas. La vida que le ha sido regalada. A mí, te lo juro, no me ha im-

223

portado nunca mi propia felicidad. Aún menos el placer, la diversión, los bienes de consumo. Nunca he sentido la urgencia del éxito, pero sí la de la creación y la justicia. No tengo otras piernas para caminar. Por eso encuentro en la escultura y en el amor de Nines el suelo firme que me sostiene. Sencillamente me dan la paz. Al mismo tiempo me permiten vivir agradecido de vivir. No sé si me comprendes. En fin, perdona que te esté endilgando un sermón.

–Ah, no, no. Tú raja, que para algo somos hermanos.

–Me veo incapaz de crear nada. Desde el sábado no he vuelto a subir al desván. Por no aguantar no aguanto ni la música, conque figúrate. Y lo peor de todo, ¿cómo voy a mirarle a Nines a los ojos sabiendo que en una casa de Artabia hay un niño muerto porque yo lo atropellé? ¡Ni me atrevo! No digamos ponerme delante de Ainara. Por ahí no paso ni aunque me amarren. Por más que discurro y discurro en busca de un remedio, a mí, chico, no se me alumbran las ideas. Pero algo habré de hacer porque, si no, acabaré reventando. ¿Se te ocurre a ti una solución?

Benito cambió de postura en su asiento, al par que emitía unos cuantos carraspeos y se rascaba el cogote con el propósito impensado de ganar tiempo mientras ideaba una respuesta.

–Lo primero de todo –dijo al fin–, pásate una temporada lejos de Estella. Sí, eso. Pide vacaciones y te piras con la Nines a Italia o aún más allá. Pelas no te faltan.

–Imposible. En Agni no me pueden dar libre cuando a mí me apetezca. Y a Nines no le hables de dejar a la niña sola.

–De la niña se hace cargo el menda. En cuanto a Agni, bah, seguro que el tío Eulogio conoce a algún tipo que te saca las castañas del fuego con un simple toque de teléfono. Venga, hombre, decídete. Te vas dos semanas al extranjero y vuelves como Dios.

–¿No le habrás mentado a Nines lo del accidente?

Benito hizo una mueca como que le indignaba ser blanco de aquel recelo.

—Ni se te ocurra —añadió Lalo, tensa, amenazante la expresión—. Si no le has dicho nada, entonces ¿por qué me miras así? ¿Por qué te callas?

—No me callo. Es que, joé, tú lo dices todo. ¡Si no dejas meter baza!

—¿Lo sabe, sí o no?

—Por mí no lo sabe. Aunque como sigas portándote así de chungo se va a oler la tostada. Las hembras tienen mucha astucia para diquelar secretos. Hazme caso, Hierros. Saca el petate del armario y márchate echando virutas al extranjero. Pero antes acuéstate. Se me hace que necesitas ya mismo un descanso.

—¿Descanso? ¡Tú estás bien! La última noche no pegué ojo y hoy sé que será igual.

A este punto, comenzó Lalo a referir pormenores de la mala noche que había pasado el día anterior. Contó que durante horas había estado deambulando de una punta a otra de la sala, y que no había parado de temblar, y que a cada rato le venían escalofríos por el miedo que le daba la idea de dormirse de repente. Se le figuraba que dormido perdería de vista al niño de Artabia. Cerrar los ojos era como matarlo de nuevo al angelico. Y eso que no conservaba de él sino un recuerdo borroso, vamos, apenas una imagen de un segundo, una invención quizá de su fantasía que no alcanzaba ni para ponerle cara al infeliz. Aquello se repetía de modo obsesivo en su cerebro, por lo que no le extrañaba que, entre los pensamientos que lo atormentaban y la falta de reposo, hubiese terminado pillando una jaqueca de padre y señor mío. Le preguntó después a Benito si se hacía cargo de su situación. Seguro que no, porque de lo contrario no se explicaba que le hubiese aconsejado acostarse. Apenas hubo lanzado el reproche, se apresuró a retirarlo y, con sincero arrepentimiento y un temblor de llanto

225

en la voz, suplicó a Benito que lo disculpase. Abrigaba la convicción de que los nervios le andaban jugando malas pasadas.

—A veces pienso que no sé ni lo que digo.

Le formuló dos o tres preguntas más clavándole una mirada grande, encendida de amor fraterno, en los ojos ocultos tras las gafas oscuras. En vano aguardó una respuesta. Muy avanzada la noche, cesó de dirigir la palabra a su hermano, pues se percató de que éste se había quedado dormido en el sillón.

Lacunza se despertó pasadas las diez de la mañana. Tenía el cuello rígido, la boca seca y un brazo tan entumecido que durante treinta o cuarenta segundos no se lo pudo despegar del costado del cuerpo. Lo primero que vieron sus ojos fue el estuche de la trompeta encima de la mesa. «Es majo el cacharro, ¿a que sí?», se dijo. Luego vio el sofá vacío y entonces lo incomodó el silencio luminoso que había en la vivienda.

–Hierros –llamó con voz potente–, haz café y saca galletas. Benny Lacun *and his orchestra* quieren entrar en acción cuanto antes.

No hubo respuesta. En el cuarto de baño, Lacunza se lavó la cara con agua fría. Luego, sin secarse, estuvo haciendo jeribeques delante del espejo, complacido de que por la noche le hubiera bajado notablemente la hinchazón. «Lástima la gatera que me han hecho en la dentadura.»

Lo sorprendió que Lalo no estuviese en la cocina. No menos extrañeza le produjo hallar el suelo sembrado de hojas de periódico. Cosa rara, había una desplegada encima de la mesa, sujeta por las cuatro esquinas con sendas cucharillas, como cuando se desea evitar que el viento arrastre un objeto liviano. A Lacunza le pareció que su hermano había montado una especie de altar. «Este pipiolo, ¿cree que vive dentro de una novela o qué?» Advirtió que había ceniza de cigarrillo sobre una de las páginas. Al acercarse para comprobar la fecha del periódico, descubrió la noticia.

–En el río Urederra... –leía bisbiseando–, el niño J.M.L., de once años de edad..., Artabia..., probablemente atropellado..., equipos de rescate durante el domingo..., se cree que..., la Guardia Civil..., pesquisas..., por si hubiera testigos se ruega...

–¡Hierros! –esta vez la llamada se expandió por el piso con un retumbo de reconvención.

Lacunza subió a toda prisa al ático en busca de su hermano; pero tampoco lo encontró en aquel tupido bosque de metal roñoso. «¡Es para partirle la cara! Al tontaina le mola sufrir, mecagüenlá.» Se encaminaba hacia la puerta, dispuesto a volver a la cocina, cuando reparó en que el ordenador estaba encendido. Sintió de buenas a primeras la tentación de mandar un mensaje de recochineo a Paulina de la Riva. «Pauli, me he enamorado de mi tractor. Ya no echo en falta tus caricias.» No pudo, sin embargo, poner en funcionamiento el correo electrónico. Sentado ante la pantalla, cayó en la cuenta de que ignoraba la clave de acceso.

Hasta las once, sobre poco más o menos, estuvo en la sala repasando su repertorio de costumbre con la trompeta. Cansado de esperar el regreso de su hermano, bajó caminando al centro de la villa. En una librería del paseo de la Inmaculada solicitó un libro «fácil de entender y no muy flaco». Abrigaba el propósito de dedicar el resto de la mañana a la lectura. De ese modo haría tiempo para recoger a Ainara ante la puerta del colegio, tal como le había prometido la tarde anterior. Se sentó con una novela de Pérez Reverte en un bar; pero como le molestasen la música y el parloteo de la radio decidió cambiar al poco rato de sitio. En el siguiente local ni siquiera terminó de tomarse la consumición. No bien oyó al tabernero hablar con un cliente acerca del chavalillo atropellado el domingo en la carretera de Zudaire («hay cada gentuza», «y que lo digas, no sé adónde vamos a ir a parar»), pidió la cuenta y salió a la calle mascando palabrotas. Minutos después llegó por azar a la entrada de una tienda de comestibles. Entró sin dudarlo, «porque, joé, al paso que llevo», se dijo, «para Navidad habré pulido la herencia en restaurantes y tabernas, y tampoco es legal apuntarse todos los días a papear en casa de la Ganuza».

La sopa de sobre no le pudo salir más pastosa ni más salada. No conforme con la idea de que su esfuerzo hubiera sido en vano, se obligó a tomar directamente de la cazuela unas cuantas cucharadas. Una tras otra las ingirió haciendo muecas de repugnancia. «Esto no lo comerían ni los cochos», se dijo. Y se resignó a verter la bazofia en la taza del retrete.

Poco después se desquitó de su fracaso echándose entre pecho y espalda obra de tres cuartos de kilo de ciruelas aguanosas mientras leía en el balcón del segundo piso, sentado en el sillón que fuera de su padre. Los rayos del sol le bañaban la cara. Del gusto se le cerraban a cada instante los párpados protegidos por sus gafas negras. De vez en cuando sacaba con parsimonia de goloso una ciruela de la bolsa de papel de estraza. Mordía la fruta despacio a fin de deleitarse en la sensación de los dientes que se hundían en la pulpa blanda y dulce, y una vez despachado lo comestible escupía el hueso a la calle.

Ante su vista se explayaba un panorama de tejados con buhardillas y antenas de televisión. A lo lejos se divisaba el campanario de San Pedro de la Rúa, con su remate postizo de ladrillos recortado sobre un fondo verdeoscuro de pinar. Flotaba en el aire cálido de junio un aroma musgoso, lento, de agua fluvial remansada en la sombra. «Esto es vida», murmuraba Lacunza cada dos por tres, perdida la mirada en el azul impoluto del cielo matinal. «Todo quisque dando el callo y yo aquí tumbado a la bartola podrido de parné. Mi viejo no se figura el favor que me ha hecho palmando.»

Salió de su casa con tiempo para saborear sin prisas un

carajillo y una faria antes de subir al colegio en busca de Ainara. A punto de meterse en un bar de la calle Navarrería, vio que por la cuesta del frontón Lizarra bajaba a su encuentro el gordo Pilón, enfrascado en animada charla con dos amigos. Temeroso de exponerse a un interrogatorio de choteo, Lacunza se volvió de inmediato sobre sus pasos. Tras cruzar el callejón de la Cuchillería, se encaminó a las escalinatas de San Miguel decidido a subir sin demora, dando un rodeo, al colegio de Ainara y a fumarse delante de la entrada un cigarrillo tranquilamente. Acababa de renunciar al coñac y el puro que tanto le apetecían. «Si acaso», pensó, «tomaré café más tarde en el piso de la Nines. Sabrá a cloro del grifo, pero es mejor que nada.»

Al entrar en la plaza, oyó a su espalda una voz que lo llamaba por el nombre. El lugar estaba solitario. Lacunza no tuvo más remedio que girarse. Desde la puerta de la iglesia, el cura le hizo señas con la mano para que se acercara.

—Hombre, Benito, ¿qué es de tu vida? Te hacía en Madrid a estas horas. ¿Algún problema?

—¿Problema? ¿Quién, yo? Ninguno. ¿Por qué lo dice?

—Parece como que te hubieras golpeado la cara contra una puerta.

—Contra varias, padre. No me sea irónico.

—Dios me libre de tomar a la ligera el sufrimiento de mis semejantes.

«Este cabrón», pensó Lacunza, «¿se quiere quedar conmigo o qué? ¡A ver si me voy a poner borde!»

El cura era un hombre de algo más de cincuenta años, alto y bien apersonado. Vestido como cualquier seglar, con una camisa de cuadros y unas zapatillas deportivas con suela de goma, mostraba un aire grave que no se compadecía en absoluto con el tono abiertamente socarrón de sus palabras. Tenía la mirada punteada por una chispa de astucia, y unas manos grandes, pálidas e inquietas.

—¿Así que has fijado tu residencia en Estella? Vaya, vaya.

Lacunza decidió cortar por lo sano. Dio al eclesiástico una palmada confianzuda en la espalda y le dijo:

—Le ahorraré preguntas. Pienso criar canas en el pueblico. De momento estoy con la cosa de aclimatarme. Y como me falta currelo, ando de canguro de la futura hijastra de mi hermano. Más que nada por espantar el muermo, ¿sabe? Ahora mismo iba ahí arriba a recogerla. Conque ya me tiene fichado, padre. Le acabo de contar mis pecados. Joé, hacía la tira de años que no me confesaba. ¿Me da la absolución?

El cura escuchó impertérrito la broma.

—Lo cierto —dijo con repentina seriedad— es que te he llamado por otra causa. Cuando te he visto aparecer por las escalinatas he creído que era designio de Dios Nuestro Señor traerte hasta mí. Te aseguro, hijo, que estaba a punto de ir a tu casa. Eso sí, me gustaría convencerte de que no me mueve el propósito de hurgar en vidas ajenas. Digamos que estoy preocupado.

—¿Ah, sí? ¿No será por la somanta que me arrearon el otro día unos desalmados?

—Pues no, hijo, no. Aunque, la verdad, deploro la violencia venga de donde venga y la sufra quien la sufra. A mí quien de veras me preocupa es tu hermano Lalo.

Lacunza trató de disimular su turbación refugiándose en la guasa:

—No me diga que el puñetero falta a misa.

El cura posó una mano afable sobre el hombro de Lacunza.

—Caminemos un poco por la plaza. Tengo algo que contarte.

«Hierros, capullo, ¿no te habrás ido de la lengua? Me das el coñazo con que no le cuente nada a la Nines y luego resulta que... ¡Hombre, no me jodas!»

Las palabras del cura sacaron a Lacunza de sus cavilaciones.

–Por la mañana estaba yo probando los altavoces que arregló ayer el técnico. Aún no habían sonado las campanadas de las nueve. En esos instantes no había nadie dentro de la iglesia salvo yo. De repente siento que la puerta se abre, miro y distingo en la penumbra la silueta de un hombre joven que toma asiento en el último banco, justo debajo del coro. En fin, uno que viene a rezar, pienso, o a contemplar el retablo. Algunos ni siquiera se recatan de sacar fotos con flas. Yo no me enfado. Por lo menos así entran en la casa del Señor, ¿no te parece?

–Como usted diga. ¡Por mí!

Lalo Lacunza tiende la mirada a todos lados y lo alivia la convicción de que el templo se halla vacío. Una de las columnas le impide ver al cura cerca de una de las paredes laterales, donde acaba de sustituir las velas gastadas de un candelero por otras nuevas. Al cura, en cambio, no le ha pasado inadvertida la llegada sigilosa del hombre, y aunque al pronto no atina a reconocerlo se queda escudriñándolo desde la penumbra, asombrado de que camine de puntillas como ladrón que viniera con malas intenciones.

–Y que te conste, Benito, que jamás albergué un natural receloso.

Los dos se detuvieron un instante a la sombra de una morera.

–¿Mi hermano rezando? Eso sí que es mosqueante.

–No estés tan seguro –prosiguió el cura– de que Lalo haya venido a la iglesia a rezar. Yo lo miraba desde el rincón sin saber quién era. Se había tapado la cara así. –Hizo una demostración–. De pronto me doy cuenta de que tiembla todo él y se pone a llorar con unos sollozos tan sentidos que me partían el alma. Dios bendito, ¿qué le pasará a este señor?

Encogido en su asiento, Lalo aprieta la cara contra las manos y derrama en las palmas la desesperación que lo consume. Un sudor frío cubre su frente.

–Te aseguro, Benito, que no he hecho más que tocarle un poquico con el dedo en un hombro. ¡Menudo susto se ha llevado! Y entonces, al levantar la cara, he visto quién era. Lalo, hijo, ¿qué tienes? ¿Qué te ocurre? ¿Estás mal? El pobrecico me ha mirado con una expresión de pasmo que me ha puesto la carne de gallina.

Lalo se apresura a arrodillarse a los pies del cura. Le toma las manos, se las besa con trémula vehemencia.

–Eso ha sido lo último que yo hubiera esperado.

–Padre –dice Lalo balbuceante–, me tiene que perdonar. Dígale a Dios o a quien sea que me perdone.

Lacunza dejó atrás la sombra de la morera. El cura apretó el paso hasta colocarse a su costado y de este modo reanudaron ambos el paseo sobre los adoquines soleados de la plaza.

–¿Y qué quería mi hermano que le perdonaran? Bueno, supongo que usted no se va a chivar, por lo del secreto de confesión y esas mandangas.

–El caso es que no paraba de implorar perdón sin declararme qué falta ha cometido. ¿Deseas que te escuche en el confesionario?, le he preguntado. No, que no, que no es eso, padre. Lo repetía en un tono que daba lástima, como esperando que yo adivinara por mi cuenta el motivo de su congoja.

El cura junta las manos en actitud de recogimiento. Al mismo tiempo dirige la mirada hacia los arcos del techo, musitando una plegaria, y cuando, tras breve súplica en voz baja a Dios para que lo ilumine en tan extraño como difícil trance, se dispone a bendecir al menor de los Lacunza, éste se levanta de un brinco y, sin decir palabra, sale de la iglesia a todo correr.

–Por eso te he llamado, Benito. Por si tú me supieras decir qué sufrimiento atormenta a tu hermano, a fin de que yo le pueda proporcionar algún consuelo en la medida de mis capacidades. Me he estado preguntando toda la mañana si es que le habrá afectado tanto el fallecimiento de vuestro padre. La semana pasada parecía más sereno. El mismo día del funeral, mientras instalaba su aparato de música en el coro, me reveló con total entereza sus planes para el futuro. En todo momento se mostró la mar de tranquilo y cordial, dentro de la comprensible tristeza se entiende.

–No se coma el tarro, padre. Ya se le pasará. Lalo es así, un tío sensible. Me acuerdo de que siendo crío, al menor grito del padre o de la madre, se echaba a llorar. Joé, ni que seas una niña, le decía yo. Conque créame. De aquí al jueves o el viernes se le habrá acabado la murria. Entonces volverá a ser el tío majo que conocemos.

El cura hizo un gesto maquinal de aprobación y se quedó como pensando. Lacunza aprovechó para mirar con disimulo su reloj. En silencio llegaron ambos al extremo de la plaza. Allí se despidieron.

–Sea como fuere –dijo el cura, mientras apretaba una mano de Lacunza entre las suyas–, hazle saber cuando puedas que aquí me encontrará, lo mismo de día que de noche, si necesita ayuda. Entretanto, tú que eres de la familia, a ver si nos lo confortas, hombre, y le levantas el ánimo.

–Por supuesto, padre. A mandar.

Lacunza se alejó unos pocos pasos en dirección a la calle del Mercado Viejo. En esto, oyó que el cura le decía por detrás:

–A veces el dolor adopta formas misteriosas, ¿no crees?

Antes de volverse, Lacunza puso los ojos en blanco.

–Déjese de rollos macabeos, padre. El dolor, que yo sepa, tiene el mismo misterio que una pata de pollo. El dolor duele y eso es todo.

234

Reflejos en un cántaro

El miércoles, cuando sonó el timbre a eso de las diez y media de la noche, Lacunza se hallaba en el sótano, adonde había bajado un rato antes con el propósito de echar un vistazo a los reteles. Los encontró cubiertos de telarañas dentro de una oquedad que había en la parte alta del muro, vestigio de un pequeño respiradero cegado quién sabe cuándo con ladrillos. Los reteles tenían los aros roñosos. A Lacunza, nada más tocarlos, se le tiznaron los dedos de orín. Los hilos de las redes, por el contrario, habían resistido bien la larga exposición a la humedad. Al comprobarlo, Lacunza se convenció de que no habría problema en cumplirle a Ainara el capricho de llevarla a pescar cangrejos cualquier día.

Hasta poco antes había estado ensayando con la trompeta en su habitación del primer piso. Por la mañana, resignado a hacer concesiones al gusto local, había adquirido en un comercio de Pamplona un grueso libro con partituras de piezas musicales autóctonas. «Me hago pachanguero como Louis Armstrong», se dijo. «Lo mismo toco el *Cara al sol* que el *Eusko gudari*. ¡Qué cojones! De algo hay que comer.» Sin un cambio estratégico en su repertorio veía sobremanera difícil que los taberneros le dieran una oportunidad de demostrar sus habilidades. La víspera le habían hablado, además, de la existencia de una Banda de Música en Estella, fundada apenas un par de años atrás. Al punto había concebido esperanzas de ser admitido en sus filas.

Por el trayecto de vuelta, sin importarle poco ni mucho el peligro en que se ponía, condujo a trechos el tractor con una mano, mientras que con la otra pulsaba los pistones de su instrumento, atacando compases de pasacalles, jotas y demás aires de la tierra. Aquella música le producía repugnancia. A ratos se complacía en destrozarla por el procedimiento de trastrocar las notas o de romper la melodía con largos chorros de pitidos y disonancias. De vez en cuando lanzaba en medio de la soledad campestre un trompetazo que espantaba a los pájaros.

En Puente la Reina faltó como quien dice un pelo para que se saliera de la calzada. Aun así continuó tocando como hasta entonces, porque le traía cuenta dominar una docena de aquellas composiciones antes de embarcarse en una nueva ronda nocturna por los bares. Sin embargo, como avistase desde lo alto de una cuesta, nada más pasar el pueblo de Cirauqui, un vehículo de la Guardia Civil estacionado en el arcén, se apresuró a esconder el instrumento y en adelante prefirió prestar atención a la carretera.

Tras la siesta dedicó el resto de la tarde a aprender de memoria algunas piezas tradicionales. Conocía tres o cuatro por haberlas interpretado recientemente con sus compañeros de la murga. No lo arredraron melodías de zarzuela ni zorcicos veloces que requerían mucha destreza en su ejecución. Se atrevió asimismo con *Estella*, de Marino Apesteguía, cuya partitura lo anduvo sacando de quicio largo rato, hasta que de buenas a primeras se percató de que si ralentizaba el ritmo podía con ella. «Suena hortera», se dijo, «pero suena.»

Tan sólo se permitió una interrupción de quince minutos pasadas las nueve de la noche. Despachó entonces en un voleo varias lonchas de chorizo con pan duro y un trago de agua del grifo para empujar. Otra cosa no cenó. Después siguió ensayando hasta el anochecer, persuadido de que aquel repertorio de melodías populares con el que más o menos había logrado familiarizarse camelaría de fijo a algún tabernero del lugar.

En esto, como se acordase de que le había prometido a Ainara llevarla a pescar al río, dejó la trompeta sobre la cama y bajó al sótano a efectuar una revisión de los reteles. De camino entró en el cuarto de baño. Le escocían los labios. La falta de dos dientes le creaba dificultades para tocar el instrumento, pues le obligaba a apretar los labios contra la boquilla con más fuerza que de costumbre. De ahí el picor y la hinchazón que él intentó mitigar untándose las zonas irritadas con pasta de dientes. El truco se lo había enseñado en cierta ocasión un amigo saxofonista de Madrid.

Cuando sonó el primer timbrazo, Lacunza supuso que algún vecino pulguillas venía en son de queja. Por ahorrarse una discusión determinó hacer oídos sordos a la llamada. «Que le den por el saco», renegó mientras colocaba los reteles en su sitio. «¡A ver si necesito permiso para estar en mi casa como me salga de los mismísimos!» Pero los dindones persistieron alternados con fuertes aldabazos y puñadas a la puerta, de suerte que al final Lacunza, «¡será petardo el tío!», acudió a abrir.

—Bueno, aquí me tienes —le soltó de sopetón Nines Ganuza, la cara tensa, los ojos achinados como por efecto de un odio feroz.

Lacunza se apresuró a limpiarse los labios con el dorso de la mano, incapaz de apartar la mirada del gesto hosco de la mujer. No menos que su imprevista llegada lo extrañó el tono abiertamente hostil de sus palabras.

—Acabemos cuanto antes. Mañana tengo que madrugar.

—¿Qué pasa?

—Pasa lo que tú quieras. Eso pasa. He dejado a la niña sola. Conque tú verás.

Nines Ganuza se encaminó con resolución hacia la escalera de madera que conducía a los pisos superiores. Subidos unos pocos peldaños, se detuvo en el círculo de luz de una lámpara de pared y se volvió como en espera de que Lacunza tomase algún tipo de iniciativa. Con una mano se aferraba al barandal, con la otra se cogía la cintura en actitud desafiante.

Desde una distancia de cinco o seis metros, Lacunza, parado en la oscuridad del vestíbulo, pudo observarla de cuerpo entero. Lo colmaba de confusión su pinta de pordiosera. Por unos instantes lo inquietó la sospecha de que no tenía delante a la persona que veían sus ojos, sino a una extraña, a una especie de vagabunda enfurecida que se había metido en su casa por las buenas.

Nines Ganuza llevaba unos pantalones ajados, con un bolsillo trasero descosido que colgaba como un muñón oscilante, los bajos deshilachados y un roto a la altura de la rodilla que tenía toda la traza de un tijeretazo reciente. Llevaba asimismo una blusa astrosa, cuajada de lamparones y de arrugas. Al menos tres botones estaban a punto de desprenderse. Para rematar el miserable atuendo, calzaba unas alpargatas de suela de esparto, tan feas, tan gastadas y polvorientas que Lacunza no podía mirarlas sin repulsión. Sus cabellos cortos, cubiertos de un brillo de suciedad, parecían embadurnados de sebo. Huellas paralelas de grasa negra le cruzaban la garganta de parte a parte. De su cuerpo flaco emanaba un olor hiriente.

Lacunza avanzó hacia ella con pasos vacilantes. «Yo no sé cómo puñetas se puede gustar el Hierros de esta chalada.» A punto de llegar a su lado, Nines Ganuza dio un respingo, como que se sobresaltaba, y a toda prisa subió reculando los peldaños que le faltaban para alcanzar el primer descansillo.

—¿Adónde vas? —preguntó él, quieto de asombro, desde el arranque de la escalera.

—Me imagino que a la cama. Y, si no, a donde tú mandes. Por mí hasta echamos una partida de parchís en el tejado con tal que me dejes marchar pronto.

–¿Te importaría explicarme qué rollo te traes entre manos? Es que me da como que no te entiendo. ¿Tú eres tú o yo me he pegado con la frente contra un poste y estoy flipando?

–No me vengas con cinismos, ¿eh, Benito? Déjate de conversación y de hacerte el tonto y el galante. A mí no me engañas. Conque acaba rápido. Me esperan en casa tareas más importantes que abrirme de piernas delante de un tío asqueroso.

–Debería zumbarte cuatro hostias bien zumbadas. ¿Por quién me tomas?

Dicho esto, Lacunza subió un peldaño. A ella la acometió un golpe de terror.

–¡No te acerques o grito!

–Entérate de que la novia de mi hermano es coto vedado para mí.

–¡Menuda pieza! ¿Quién te cree?

A Lacunza le sobrevino un pujo de risa desdeñosa.

–Lo que hay que oír, la madre que me... Antes que ponerte una mano encima me desfogo, fíjate, con una rueda de mi tractor. A lo mejor se te ha pasado por la chola que saco a tu hija a pasear porque quiero cazarte.

–No he dicho eso. Deja tranquila a Ainara, te lo ruego.

–Este capullo se hace el padrazo para que yo se lo premie con unos buenos polvos. ¿A que es así como te lo figuras? Te lo juro en la jeta, hembra retorcida y malpensada. Me une una bonita amistad con la niña. Eso es todo. En cambio, tus teticas y lo que quiera que tengas debajo de las bragas me la refanfinflan total. Me interesan lo mismo que las piedras de la calle, ¿vale? Tú eres para mi hermano. Asunto concluido. Conque no me vengas con fantasmas ni con muermos. Mejor búscate un psiquiatra.

Mientras Lacunza mascaba maldiciones, Nines Ganuza se apretó las manos contra la boca y por unos momentos su semblante quedó petrificado en una mueca de estupor. Después se apresuró a tragar una cápsula blanca que guardaba en un bolsillo de los pantalones. Los dos se escrutaron durante varios segundos en silencio. En la quietud de la casa podía oírse el tictaqueo del reloj de la cocina. De pronto ella dijo con voz sosegada:

—A ver si nos entendemos. ¿Tú no le has pedido a Lalo que me mande echarme en tus brazos?

—Cuidadico, cuidadico. Le tengo un cariño del copón a mi hermano. No me gusta que nadie lo critique.

Nines Ganuza lanzó un suspiro de resignación, acaso de fatiga, antes de tomar asiento sobre uno de los peldaños del tramo siguiente. Por más que estiraba el cuello, Lacunza no alcanzaba a ver desde abajo sino una parte reducida de su espalda.

—Pagaría dinero por saber la verdad, Benito. ¿En serio que no ha sido ocurrencia tuya que yo viniera esta noche a calentarte la cama?

A Lacunza lo amansó la tristeza lenta con que Nines Ganuza le hablaba ahora. «En el fondo es una pobre diabla», pensó. Y al punto se sirvió de la locuacidad para congraciarse con ella.

—Joé, pues claro que no. Si quieres te lo juro por lo más santo. Nines, me has pillado en casa de chiripa. Ya me iba en busca de un curro de trompetista por los bares del pueblo. De pronto llegas, yo no te esperaba, qué coño te iba a esperar, y me armas un circo que se caga la perra. Sólo te ha faltado colgarte de la lámpara. Me mosquea mogollón que me conozcas tan mal. ¿He dado yo motivos alguna vez para que se me tenga por un canalla? Mira, si me entra la urgencia de follarme a una tía, voy y se lo planteo a la cara. ¿Que responde que sí? Pues de puta madre. Y si hay que pagar, pago, o les paso la aspiradora a las alfombras de su casa o lo que sea. ¿Que no le molo? Me quedo tan campante. Ya no soy chavea para padecer de los nervios por unas chorradas así. ¡Eso faltaba! Cierto que una vez me prometiste una paja y no has cumplido. No te hagas la desentendida, que si yo he sido balarrasa tú pasas de vaca voladora. Pero ya qué más da. Aquello fue una chiquillada, supongo. Que cada cual haga cuentas con su pasado. Yo lo único que te digo es que te veo como la futura mujer de mi hermano. Vamos, carne prohibida, para que te aclares. Joé, y es que además, lo siento mucho, pero no me tira nada acostarme contigo. Ni contigo ni con nadie. Yo, hoy por hoy, la herramienta para mear y santas pascuas. El varón que quiera paz que se corte los huevos. Ésa es mi filosofía.

–Entonces no lo entiendo.

–¿Qué es lo que no entiendes?

A una seña de ella, Lacunza subió a sentarse a su lado, en el mismo peldaño de la escalera. Fingiendo rascarse las aletas de la nariz, procuró mal que bien resguardar su olfato del hedor agrio que envolvía a la mujer. Delante, a poca distancia de la punta de sus respectivos calzados, adosado a la pared del descansillo, había un cántaro de adorno, esmaltado de azul oscuro, en el cual se reflejaban largas y finas las siluetas de ambos. Y era allí, en la superficie pulida que reverberaba bajo la lámpara, donde se miraban el uno al otro mientras Nines contaba y Lacunza escuchaba tapándose con disimulo la nariz.

–Lalo me ha esperado esta tarde a la salida del trabajo. Ya me queda poco, dicho sea de paso. El próximo sábado será mi último día. Pero a lo que iba. Salgo y allí estaba él, pegado a una columna de los soportales. No nos hemos visto desde el lunes. ¿Tú crees que hay derecho?

Lacunza se apresuró a darle la razón.

–Que me tiene que comunicar –prosiguió ella– algo importante. No veas cómo le apestaba el aliento a vinazo. Le propongo que suba a casa a cenar. Que no puede porque le duele la cabeza. Entonces, ¿para qué bebes? Yo no te he visto nunca beber alcohol. Que no le haga preguntas, que él tampoco me las hace a mí. Que me contente con escuchar.

Necesita estar solo una temporada. Que por favor lo comprenda. Que me quiere más que nunca, pero que se siente igual que un tren descarrilado y le hace falta un tiempo para enderezar su vida. No te entiendo, le digo. Tranquila, Nines, me responde. Con uno que sufra, basta. Pero, Lalo, ¿qué te pasa? ¿Por qué no me hablas claro? Que no puede, que todavía no puede, que a lo mejor más adelante. Pero, Lalo, por Dios, no me asustes. Y él, que ya me contará lo que me tenga que contar a su debido tiempo. Me temblaban las piernas. Intento abrazarlo y me rechaza.

—No puede ser.

—De verdad. Va y me planta las manos delante para que no me acerque. Que me quiere pero que ahora un beso sería como quemarle la cara con la llama del soplete. Yo me muerdo un labio para no llorar. Él me dice que no se cree digno de mis besos. Con estas mismas palabras, Benito. ¡Digno de mis besos!

—Oye, ¿a qué hora habéis hablado?

—Pues a las ocho o por ahí.

—Pero ¿no está de tarde? ¿Qué pichorras hace mi hermano en horas de currelo por la calle?

—Ay, Benito. Algo pasa con Lalo, algo gordo y yo no sé qué es. Parece ido. Le dices algo y enseguida explota y se le ponen unos ojos horribles. Justo él, a quien siempre que me aprieta un bajón de ánimo acudo para que me levante la moral. ¡Con lo cariñoso y atento que suele ser! Hoy me daba miedo, te lo juro. Yo es que sentía escalofríos viendo sus muecas y el tembleque de sus manos y esa manera espantosa de hablar, que parece como si no pudiera gobernar la mandíbula.

Lacunza se tentó los bolsillos de la camisa. «Mecagüenlá», se dijo. «¿Dónde pollas habré puesto el tabaco?»

—Y al final me ha pedido que viniera aquí sin falta a lo que ya sabes. Pedir es poco. ¡Me lo ha suplicado! Entonces le he cogido de una manga, lo único que me ha permitido tocar. Le he mirado dentro de los ojos y le he preguntado: Lalo, ¿si lo hago salvaré nuestra relación?

—Jodo, ¡qué valiente!

—¿A que no sabes qué ha respondido?

Lacunza se rascó el cogote.

—Cualquier sandez. A mí estas escenas de amantes y lloricones me parecen sacadas de una novela barata. A ver, ¿qué te ha dicho el pipiolo?

—Que si lo hago me amará hasta el último segundo de su vida.

—Ah, en plan tango. Ya entiendo. Cuando lo agarre se va a enterar.

—Lo ha repetido varias veces. Luego ha dado media vuelta, ha cruzado la plaza de Santiago a toda pastilla y yo me he quedado como una idiota haciendo pucheros junto a la columna. Imagínate.

—Me lo imagino.

—En casa, mientras le servía la cena a la niña, el corazón me andaba pumba que pumba. De nervios y de rabia pensándome víctima de una cabronada tuya. Y desde luego no tenía la menor intención de venir. Pero veía a mi hija tan desvalida, tan flaquita la pobre, masticando unos muslos de pollo que compré ayer de oferta, porque para lujos mayores no está mi economía, y me acordaba de los ojos suplicantes de Lalo y al final me he dicho: A la porra escrúpulos, Nines, debes luchar y salir adelante. Es tu obligación, aunque te repudra. Traga aire y vete a casa de ese cerdo. Perdóname, Benito. ¡Yo estaba tan confundida! ¿Has visto qué aspecto más horrible tengo?

—Y que lo digas, maja. Ni que curraras en la mina. ¡Y hay que ver cómo te canta el cuerpo! Me están entrando unas arcadas de la órdiga.

Por primera vez desde que se habían sentado uno junto a otro, Nines Ganuza reviró el rostro hacia Lacunza y le obsequió con una sonrisa repleta de dientes.

–¿Te ríes?

–No lo puedo remediar, Benito. O me río o me muero de vergüenza. Piensa que hasta hace un rato me ardía dentro del pecho una furia que no veas. Te deseaba muerto, aplastado por un camión y lleno de gusanos. Nada más acostar a Ainara, he subido al desván a buscar entre los zarrios que guardo para el trapero los peores, los más repelentes y miserables. Tenías que haberme visto pisotearlos. Luego los he arrastrado por el suelo y los he escupido. ¿Y para qué? Pues para que al tomarme en tus brazos se te revolviera el estómago.

–¡Qué pasada!

–Ah, pues mira la raja que les he metido a los pantalones con las tijeras. Ris ras. Cuanto peor, mejor, me decía. Del desván he ido a la cocina y allí, con el aceite de freír el pollo, me he embadurnado el pelo a base de bien. ¿Te gusta mi fijador? Además me he echado todo el vinagre de la botella como si fuera perfume. Por los brazos, por las tetas, por la entrepierna. Me movían las ganas de aguarte el rijo. Al bajar a la calle, he visto por casualidad la bici de la niña en un rincón del portal. ¿Y sabes qué? Pues que me he pringado los dedicos con grasa de la cadena y me los he pasado por el cuello y por donde no hace falta que lo sepas. Ya ves cómo las gasto.

–¡Huy, qué miedo! –replicó Lacunza haciendo un cómico mohín de pavor–. Yo creo que si un tío que está que se sale quiere juerga contigo, no te lo sacas de encima ni aunque te tires de cabeza a la cloaca. Va detrás seguro. La naturaleza no perdona.

A este punto, Lacunza se puso de pie.

–Ya que hablamos de la naturaleza –dijo mirando su sombra acrecida en la superficie curva del cántaro–, me parece que es hora de que vayas a cuidar a tu hija y a ducharte con estropajo y lejía. Por mi parte, probaré fortuna en unos cuantos tascucios. Hoy salgo armado hasta los dientes de música cutre. ¿Qué apostamos a que esta noche me levanto un curro por mi santo morro? De paso me las arreglaré para seguirle la pista al Hierros. Preguntaré. Alguno me dirá. Mi hermano me debe algunas explicaciones. Si hace falta le enseño cómo debe tratar un hombre legal a su costilla.

De camino hacia la puerta de la calle, Nines Ganuza le preguntó si, en caso de encontrar a Lalo, no podría sonsacarle qué le pasaba y por qué estaba comportándose de modo tan extraño.

–Tranqui, chata –la padreó Lacunza–. Eso está hecho.

Ella dio un brinco repentino y le estampó un beso veloz en la mejilla que a Lacunza, en un primer instante, le pareció un picotazo.

–¡San Dios, qué mal hueles! –le espetó.

Y cuando ella acababa de poner el primer pie en la acera, añadió desde la oscuridad del vestíbulo:

–No te comas el coco si andas mal de pasta. Tú llámame con confianza. Benny Lacun os echará siempre que haga falta una mano. A ti y a la Puer..., o sea, a Ainara.

245

Bajó hasta la primera esquina haciendo sonar en la calle desierta sus botas de grueso tacón. Sonaba la una más fuerte que la otra por causa de la cojera. El cielo empezaba a puntearse de estrellas, y en el aire tibio, quieto, flotaba un aroma de tierras de sembradura. Una sombra rauda que pasaba por la acera de enfrente le deseó buenas noches. Lacunza correspondió sin tomarse la molestia de averiguar a quién dirigía la palabra.

El inesperado saludo lo sacó de sus cavilaciones. Igual que si se le hubieran hundido los pies en el suelo, le fue imposible dar un nuevo paso. «¿Cómo voy a tocar jotas ni mierdas», se dijo, «si no tengo tranquilidad?» Parado bajo la luz de una farola, dudó entre seguir y volver. Al fin se convenció de que era mejor dejar la trompeta en casa y así lo hizo.

Poco más tarde, el gesto hosco, enfiló la misma calle montado en su tractor. Estaba dispuesto a encontrar a Lalo costase lo que costase. «Todo el día ensayando para nada. Hierros, primero te arrearé una paliza y luego te abrazaré, que para eso eres mi hermano. ¡No te jode!»

Subió hasta la calle Gebala tan deprisa como permitía el pesado y traqueteante vehículo. En vano estuvo un rato pulsa que pulsa el timbre del portal. Aprovechando la llegada de un vecino, entró en el edificio. Arriba, antes de llamar, pegó la oreja, primero a la puerta de la vivienda, después a la del ático, en la esperanza de que algún ruido delatase la presencia de Lalo en el interior. «Si hay folla andará asmático y me enteraré.»

–Hierros, abre. Ya sé que estás ahí.

Sintió tentaciones de derribar la puerta a patadas. Perdida la paciencia, sacudió unos manotazos tan fuertes que se lastimó los nudillos.

Una mujeruca alarmada por los golpes salió del piso de al lado.

–Su hermano –dijo con voz débil y atiplada– se fue anoche y me parece a mí que no ha vuelto. Si quiere que le diga algo cuando lo vea... Esta mañana han venido unos mozos a llevarse los muebles. Les ha tenido que abrir el hijo del casero.

–¿Muebles? –preguntó Lacunza extrañado, mientras se mojaba con saliva los dedos doloridos.

–Lalo es un hombre generoso. ¡Qué bueno es! ¡Un santo! Fíjese lo que le digo. Su hermano es un santo, aunque a veces le da por armar estropicio con las esculturas. Uf, sobre todo anoche. Temblaban las paredes, se lo aseguro. Yo no sé lo que pasaba. De pronto dio un portazo y bajó las escaleras como si corriera delante de las vaquillas.

–Señora, perdone que la interrumpa, pero es que le he hecho una pregunta. ¿Me responde o qué?

–¿Qué me ha preguntado?

–Lo de los muebles.

–Sí, pues eso, que ha regalado el tresillo y la camica y lo demás a un colegio de huérfanos de por cerca de Pamplona. No sé cuántos de la Misericordia se llama el sitio. Bueno, eso es lo que me ha contado el mozo del camión. Mi marido dice que dónde va a dormir ahora el pobre Lalo. A lo mejor en el suelo. Quiá, le he dicho yo. Seguro que...

Lacunza dejó a la anciana con la palabra en la boca. Pasó por su lado sin despedirse ni mirarla. Con unos andares desgarbados, un meneo chulesco de los hombros, las manos en los bolsillos y la cabeza convertida en una olla de juramentos bajó las escaleras pisando los peldaños como si aplastara en cada uno de ellos un bicho repugnante. «La cosa se pone superchunga. Hierros, no te lo tomes a mal cuando te coja y te mate a puñetazos. Es que ya basta de sobar los huevines al personal, ¿vale?»

Conducía despacio, pero tan distraído que al doblar la calle Carlos VII, camino al centro de la villa, se subió al bordillo y con una de las ruedas traseras del tractor volcó un contenedor de basura, que salió despedido con violencia hacia el centro de la calzada. A Lacunza no le pasó inadvertido el estrépito. Enfurruñado como iba, no le dio la gana de volver la vista atrás.

Hasta horas avanzadas de la noche anduvo de bar en bar preguntando por su hermano. Abordó a no menos de treinta personas; ninguna pudo ayudarle. Algunos conocidos, advirtiendo su preocupación, prometieron que le avisarían tan pronto como tuviesen noticias de Lalo.

Pero la mayoría, achispada, se guaseó de Lacunza sin miramientos.

−¡A ver si ha ido al monte a clavar una cruz! −le soltó, en medio de un coro de risas, un fulano de por la parte de Arróniz−. A lo mejor se le ha enganchado la braguetica y está colgado allí como un Cristo, esperando a que lo bajen.

Las burlas, el sueño, el coñac ingerido en abundancia y el fracaso de sus pesquisas mermaron poco a poco la resistencia de Lacunza. Eran cerca de las dos y media cuando se retiró a su casa tambaleándose y desvariando a media voz por las calles vacías. Nada más entrar en el callejón de los Gaiteros, estuvo a punto de caer de bruces a causa de un traspié. En el último momento logró enderezarse mediante un tirón instintivo del torso hacia atrás; pero, perdido de nuevo el equilibrio, no pudo evitar que el cuerpo saliese impelido hacia un costado, de suerte que se dio un fuerte coscorrón contra un saliente de la pared.

A raíz del golpe, un fogonazo estalló en el centro de su cerebro. Se dijo para sí, impertérrito, como quien constata un hecho trivial: «Será que el dolor, en vez de doler, alumbra». Cuando al cabo de un rato se le redujo el aturdimiento lo suficiente como para apartarse las manos de la cabeza y estirar el cuello, entrevió por casualidad, durante medio segundo, el rostro de una mujer al final del callejón. «¡La Pauli!», pensó. «Ya me lo olía. No puede vivir sin mí.» Afianzó su sospecha la rapidez con que ella, al saberse descubierta, se había ocultado tras la esquina de la casa.

Lacunza avivó el paso con idea de alcanzar a la mujer. Apenas hubo llegado a la calle Mayor, miró en la dirección en que había visto desaparecer la sombra de Paulina de la Riva, sin encontrar otra cosa que silencio, farolas encendidas y un gato solitario que hurgaba en una pila de bolsas de basura. Cerca de un minuto estuvo Lacunza dando vueltas sobre sí mismo en busca de una boca del metro, hasta que cayó en la cuenta de que había sufrido una alucinación y, muerto de cansancio, reanudó la marcha.

El jueves madrugó. Por la noche, su último acto consciente antes de echarse a dormir con la ropa y las botas puestas había consistido en colocar el despertador encima del armario, fuera del alcance de su mano, en la inteligencia de que al amanecer, cuando sonara el desagradable repique, no le quedase a él más remedio que desacostarse, como así fue.

Con el estómago vacío, la cabeza cargada y la cara sin afeitar se apresuró a subir a casa de Nines Ganuza antes que ésta hubiese salido para el trabajo.

Lo alentaba el propósito de pedirle prestada la llave del piso de Lalo.

—Me huelo —dijo chascando la lengua con disgusto— que el cabrón no quiere abrirme la puerta.

—Por favor, Benito, no riñáis los hermanos. Y menos por mi culpa. El problema ya lo solucionamos ayer tú y yo. Si te parece bien, cuando venga le hablamos de buenas para que comprenda su equivocación.

–No quiere abrirme a mí, ¿comprendes? Al tío que más cariño le tiene. ¿Me lo puedes explicar?

A este punto paró la mirada en los ojos expectantes y atemorizados de Nines Ganuza, como si tratara de escrutar en el fondo de ellos, y mordiendo las palabras con repentino coraje, añadió:

–Es que, ¿sabes?, ya se puede ir a freír churros el mundo con toda la gente dentro, que yo no pienso descansar hasta que encuentre al Hierros.

–Benito, ¿qué ocurre? Dímelo. Esto no es normal. Yo estoy confusa. Todo se me tuerce desde hace unos días. Se me acaba el trabajo, mi hija me rechaza continuamente, mi novio se esconde y, cuando por fin aparece, me manda acostarme con...

Rota la voz de golpe, los sollozos le impidieron continuar. Lacunza envolvió a la mujer entre sus brazos, «no huele mal la chorba», y mientras la sentía estremecerse y gemir con la cara aplastada contra su pecho, aprovechó para lanzar un rápido vistazo al reloj de pulsera.

–Tú, tranqui. Déjame la llave, que esto lo arreglo yo en un periquete. Ah, y sin discutir ni montar broncas, te doy mi palabra.

A escasa distancia de donde ambos permanecían abrazados, Ainara untaba galletas en un tazón de leche, sentada con aire indiferente a la mesa de la cocina. Haciendo una mueca dulce, pidió a Lacunza que la acompañara al colegio. Éste condescendió.

–Pero salimos ya mismico, enana, porque tengo una prisa que te cagas.

Cinco minutos después, cuando se disponían a salir, la niña preguntó de sopetón:

–¿Se ha muerto el Lalo?

A su madre la acometió un escalofrío.

–¡Ainara!

Lacunza terció, flemático:

–Tú lo que pasa es que junas demasiado la tele. Venga, agarra los libros y a educarte, descarada.

Apenas un cuarto de hora más tarde, Lacunza recibió un beso de la niña junto a la entrada del colegio.

–Pinchas.

–¡Y qué! A tu madre, que no pincha, no la besas. A lo mejor se tiene que dejar barba para que la quieras. Puerqui, me da que eres una descastada. ¿Sabes lo que significa descastada?

La niña, sonriente, se encogió de hombros.

–¿Te has tragado la lengua?

Tras negar con la cabeza, fijó una mirada cándida en los ojos legañosos de Lacunza y volvió a preguntar, sin mostrar la menor emoción, si Lalo había muerto.

Lacunza se acuclilló a fin de poner su cara a la altura de la de ella.

–¿Por qué preguntas eso otra vez? ¿Tú quieres que se muera?

La niña asintió sin vacilar.

–Puerqui, no jodas. Lalo es un tío cojonudo. Y muy cariñoso, no lo olvides. Cae bien a todo quisque. Además, ahora que tu madre se va a quedar sin curro, Lalo ganará guita para ella y para ti. ¿O es que te crees que la ropa, tus juguetes y lo que papeas se lo dan a tu madre gratis? ¡Anda ya! Dentro de poco tendrás una familia como Dios manda, en cuanto el Hierros y tu madre se casen. ¡Menuda suerte cuando el Hierros sea tu padre! Te comprará mogollón de chucherías y no te reñirá nunca. De esto último me encargo yo. De esto y de que no te pongan chipirones para comer. Los tres viviréis la mar de chachi juntos. ¿O es que no te mola que el Hierros se venga a vivir con vosotras?

–No.

Lacunza se irguió, pensativo. Durante diez o doce segundos estuvo mirando a la niña en silencio y sin pestañear. Por fin le dijo:

–Anda, corre, que vas a llegar tarde.

Ainara se incorporó corriendo a saltos a la riolada de escolares que en aquellos momentos entraba en el patio del colegio. A Lacunza, encendido un cigarrillo, le complació sobremanera verla alejarse velozmente, seguida del gracioso bamboleo de su cola de caballo, con su falda azul marino de tergal y su cartera de piel atiborrada de bártulos. No se movió de la calle hasta que la niña se volvió para hacerle adiós con la mano desde la puerta del edificio.

No bien la hubo perdido de vista, Lacunza se encaminó hacia la parte baja de la villa. Absorto en sus preocupaciones, dejó que los pies lo llevaran solos hasta los aledaños de la estación de autobuses. Al llegar a la plaza Coronación experimentó un sobresalto que le vació la cabeza de pensamientos. Y es que, en contra de lo que suponía, su tractor no estaba allí. Casi media hora anduvo vagando por la zona sin poder acordarse de dónde lo había aparcado la noche anterior. Finalmente lo encontró por azar en Sancho el Fuerte, junto a las obras del puente nuevo.

A la luz del día comprobó que las ruedas delanteras distaban cosa de un palmo del ribazo, como si, en la oscuridad nocturna, la mano de un ángel protector lo hubiera detenido un segundo antes de precipitarse al cauce del Ega. A Lacunza aquella circunstancia apenas lo inmutó. Inquieto por otras razones, se apresuró a poner en marcha el motor, echó el tractor con cuidado hacia atrás y a las nueve y media de la mañana, sobre poco más o menos, entró silbando *Stella by Starlight* en el piso de su hermano.

–¡Lalooo! –voceó, campechano, desde el umbral de la sala–. Aquí Benny Lacun, que viene a desayunar.

No hubo respuesta.

La vivienda presentaba un aspecto ordenado. Junto a la puerta de la cocina, una fregona apoyada dentro de un cubo con agua permitía deducir que los suelos habían sido lavados recientemente. Colgaban en las paredes los adornos de costumbre. Los muebles, en cambio, salvo alguna que otra pieza de escaso valor, habían desaparecido de su sitio, los electrodomésticos de la cocina y la lavadora del cuarto de baño inclusive. Lacunza dedujo que Lalo planeaba cancelar el contrato de alquiler, alentado a buen seguro por el propósito de instalarse en el piso de su futura esposa. El que se hubiera desprendido del moblaje se le figuró un gesto propio de un hombre a quien creía tan dominado por la generosidad como otros por sus vicios. La idea de la mudanza se le impuso con tal naturalidad que enseguida la apartó de sus reflexiones.

Su extrañeza subió, sin embargo, de punto cuando llegó al ático y encontró las esculturas destrozadas, con sus restos desparramados en caótica mezcolanza por el suelo. Le fue imposible adentrarse más allá de dos o tres pasos. Costaba creer que aquel recinto semejante a un vaciadero de chatarra había sido apenas unos pocos días atrás el taller de un artista.

Las lámparas del techo estaban encendidas; el ordenador, completamente roto, arrojado sobre un montón de planchas y barras oxidadas. Y allí junto, el escáner, la impresora y la cadena musical reducidos a un triste revoltijo de cables, añicos y esquirlas del que sobresalía un martillo de forja, instrumento probable de aquella destrucción. En la memoria de Lacunza resonaron las palabras que había dicho de víspera la mujeruca: «Temblaban las paredes, se lo aseguro».

Tan sólo la mesa escritorio seguía en su lugar, adosada al tabique. A Lacunza el corazón le dio un vuelco cuando descubrió sobre ella el parachoques de la furgoneta de su hermano. Al lado había un soplete, un mazo con el cotillo de acero, una herramienta parecida a un escoplo y destornilladores de diversos tamaños. Lacunza constató a continua-

254

ción que Lalo había intentado, con poca habilidad por cierto, hacer desaparecer la abolladura en el costado del parachoques.

Pasó el resto de la mañana fumando cigarrillos mientras deambulaba de un extremo a otro de la sala. Su inquietud fue creciendo por momentos. Al sonar la campanada de la una en San Pedro de la Rúa, salió a escape del piso. Apenas un cuarto de hora más tarde se apostó con su tractor junto a la entrada de la fábrica Agni, en la esperanza de interceptar a su hermano cuando llegase con los demás trabajadores del turno de tarde. Allí supo de boca de Gema Sembroiz que Lalo había faltado al trabajo el día anterior.

–No te preocupes –añadió–. A lo mejor lo han mandado a algún cursillo de formación, vete tú a saber.

Lacunza volvió a la fábrica poco antes de las diez de la noche. Tampoco entonces distinguió a su hermano entre los que salían. Vio a varios conocidos, pero no les quiso preguntar. Se fue a su casa pesaroso, cenó con desgana una pequeña cosa y a una hora desusada para él se metió en la cama.

Por la mañana temprano lo despertó el teléfono. Era Gema Sembroiz.

–Oye, que me ha dicho Pistolas que su cuñado acaba de ver a tu hermano con una escultura al hombro, allá por la carretera de Zudaire. En fin, para que estés tranquilo.

La furgoneta estaba aparcada a la sombra de los árboles, en el borde de la carretera que sube a Zudaire. Al verla, Lacunza se palmeó la frente. Por el trayecto había concebido la esperanza de encontrar el vehículo de su hermano en cualquier lugar que no fuera justamente aquél. «¡Menudo mosqueo! Todo dios que pase por aquí», pensó, «se preguntará qué hace ese tío en la curva donde palmó el chavalín.» Continuó adelante por la cuesta sin atreverse a mirar a la izquierda; orilló el tractor cosa de trescientos metros más arriba, junto a una roca que había a la entrada de un camino de herradura, y luego bajó por la carretera con aire de paseante, mordisqueando un palito amargo que acababa de arrancar de un arbusto.

El sol lucía sobre las cumbres, en el azul intenso de la mañana.

Cada vez que sentía ruido de motor, Lacunza se paraba a contemplar la ladera cubierta de vegetación al otro lado del río. De esta forma ocultaba su semblante a los conductores. Al fin llegó a la curva. Con la respiración contenida escudriñó el quitamiedos en busca de huellas delatoras. Como no hallase ninguna se tranquilizó.

Abajo, cerca del río, su hermano se afanaba por hincar en la tierra una barra de no más de medio metro de altura, rematada en un aro roñoso. La escultura formaba parte de una hilera de cinco piezas similares que ya tenía colocadas. Al verlo enfrascado en la tarea, Lacunza no lo quiso llamar enseguida por darse el gusto de observarlo a sus anchas. Sentía viva admiración por sus movimientos ágiles, su porte esbelto, sus brazos delgados, pero recios, y por el agraciado perfil de sus rasgos todavía juveniles.

Al cabo de un rato le dijo desde el borde de la carretera:

—Hierros, ¿qué? ¿Plantando arbolicos?

A Lalo no pareció inmutarlo la aparición de su hermano. Esperó a que bajase a la orilla y se llegara a su lado para responder, sin apartar la mirada del suelo, que aquellas esculturas no representaban árboles sino niños.

Los dos hermanos se fundieron en un abrazo.

—Conque niños, ¿eh? —dijo al separarse el mayor de los Lacunza.

—Un homenaje a la infancia. Será mi última obra. No pienso crear ninguna más.

—¿Y se puede saber por qué pichorras has venido a poner aquí los trastos? ¿No se te podía ocurrir un sitio mejor? Yo qué sé, un kilómetro más abajo o más arriba.

Lacunza se sintió incómodo al percatarse de que hablaba a su hermano en tono de reconvención. Apenado de sus ojeras, de su frente triste, del barro seco de sus zapatos, se rascó el pescuezo mientras, con la vista perdida en el verdor del paisaje, buscaba la manera de volver a la situación afectuosa del principio. No se le ocurrió qué decir y entonces, mostrando una sonrisa socarrona, optó por guiñarle un ojo a Lalo para que éste comprendiese que su enfado era cosa de poco momento.

Lejos de contagiarse de aquella jovialidad y ligereza, Lalo tensó los músculos de la cara. Acto seguido agrandó la mirada, revestida de un brillo turbio, y empezó a contar haciendo nerviosos ademanes con las manos:

—Ayer por la mañana fui a verlo. Necesitaba hablarle. Necesitaba decirle quién soy, explicarle. Ésa es la verdad, hermano. Explicarle: Mira, chaval, conducía demasiado deprisa, te atropellé, lo siento. Yo, Benito, no deseo ni al hombre más ruin el tormento que me ha tocado soportar. Es probable que no me entiendas, que nadie me entienda. ¿Acaso me entiendo yo a mí mismo? No. ¡Pues entonces! Pero a lo que iba. Entré en el cementerio de Artabia. Enseguida vi la tumbica. Tampoco es que haya tantas como para andar buscando. Bueno, pues la vi al poco de entrar. Aún no le han puesto piedra ni nada. No hay más que un montón de tierra y, encima, coronas de flores. En una de las cintas se podía leer su nombre. Once añicos tenía el infeliz. ¡Once! ¿Te das cuenta?

—Eso son ganas de sufrir, a mí que no me digan. Y de llamar la atención, macho. ¿Quieres que te trinque la bofia o qué?

—Te juro, hermano, que mientras estuve en el cementerio no sufrí. Para mí fue como un desahogo. Por primera vez en lo que va de semana dejé de notar esa brasa que me arde por dentro a todas horas. ¿Cómo te diría yo? Me entró de repente una exaltación, una euforia, no sé cómo llamarlo. En serio, hasta tuve que cerrar los ojos para no caerme del vértigo. Un frescor me atravesaba las piernas y los brazos, como cuando a uno le corre agua por la piel, sólo que yo la notaba dentro de los huesos. ¡Y cómo me gustaba! Tenía al niño a dos metros de mí. Podía haber escarbado la tierra aún blanda y verle la cara. Uf, no creas que no me picó la tentación. Después de tantas pesadillas y de tantos pensamientos horribles, ¡por fin un poco de realidad! Había sentido tanto miedo por el camino a Artabia. Y, sin embargo, créeme, en cuanto dejé atrás la verja del cementerio todos mis temores desaparecieron como por ensalmo. Lloré hasta vaciarme. Lloré de lástima por el niño, de lástima por mí, de lástima por las toneladas de sufrimiento que comprimen a diario la superficie del planeta. Lloré mucho, hermano. No te lo puedes imaginar. Lloré hasta que me vino una gran serenidad. Entonces me senté en la hierba, cerca de la tumba, a dejar que el tiempo pasara. Que pasara como pasa el caudal de este río que se aleja en silencio, dejándonos aquí parados. Hacia la medianoche volví.

–¿Que volviste? La madre que me... ¿No serás un vampiro, eh?

–Pierde cuidado, sólo estuve un cuarto de hora en el pueblo, quizá un poco más. Volví para cumplirle al niñico una promesa que le había hecho por la mañana. Esta vez fui prudente, no te creas. Las calles estaban vacías, el cielo oscuro. Nadie me vio acercarme a la casa de sus padres.

–¡San Dios, Hierros! No me vengas ahora con que...

–No llamé a la puerta, si es eso lo que estás pensando.

–¡Ah, bueno!

El mayor de los Lacunza resopló visiblemente aliviado.

–Cuéntame –prosiguió–, ¿qué clase de promesa te llevó a la casa?

–Dejé a esa pobre gente cierto dinero encima del felpudo.

–Bien hecho –dijo Benito, acompañando sus palabras con un gesto de rotunda aprobación–. Al final uno siempre encuentra un arreglo, ¿verdad que sí? Hasta para la suerte charra hay límites. Ahora colocas aquí esta fila de críos metálicos y poco a poco irás recuperando tu vida normal.

Lalo agregó en un tono de helada gravedad:

–Fui al banco y llené una bolsa con billetes. Ocho millones exactos. Le prometí al muchacho que me mostraría generoso.

–Mucha pasta es ésa.

–Tienes que comprenderlo. Te pido que no me juzgues hasta que conozcas los detalles. Para empezar, el dinero ya no significa nada para mí. En cambio, para los padres del angelico puede ser una ayuda. Piensa, si no, en los gastos del entierro. Acuérdate de lo que nos costó el ataúd de nuestro padre y todo lo demás. No creas que soy tonto. Me doy perfecta cuenta de que el dinero no resucitará al chavea ni acabará con la aflicción de sus familiares. Pero tampoco es cuestión de dejar a éstos en la estacada.

—Vale, tío. ¿Y quién te asegura que un vecino espabilado no afanó el parné cuando te piraste?

—Pensé también en esa posibilidad. Para evitarla utilicé el teléfono móvil. Por la tarde había consultado la guía. Fue fácil encontrar el número. Al poco de llamar vi desde detrás del remolque de un tractor que se encendían las luces de la casa.

—¡Cojonudo! Y entonces se puso alguien al aparato y tú dijiste: Muy buenas, aquí Lalo Lacunza, aunque todavía es junio les he dejado el aguinaldo de Navidad delante de la puerta. Pipiolos como tú dan de comer a los hospederos en el limbo.

—No pronuncié mi nombre. Tan sólo dije que había depositado una bolsa encima del felpudo.

—Ingenuo, que eres más ingenuo... ¡Dios!

—Cuatro o cinco palabras, Benito. Ni una más y con la voz cambiada. Ni siquiera justifiqué mi acción, aunque luego pensé que debí haberlo hecho. Me habría quedado más tranquilo. En fin, ya no hay remedio. Enseguida corté la comunicación. De lejos vi salir a un hombre de la casa. Detrás apareció una mujer. Les calculé cuarenta y tantos años a cada uno, no me hagas mucho caso. Él sacó un puñado de billetes, se lo tendió a ella y luego sacó más. Cuchicheaban mirando a los lados de la calle, hasta que a una seña de ella entraron de nuevo en la casa. Ten por seguro que no me vieron. Esperé unos minutos y me fui.

Antes de encender un cigarrillo, Benito Lacunza ofreció el paquete a su hermano.

—¿Sigues fumando?

—Ya no.

—Mejor.

Se quedaron los dos callados junto a la orilla, dando el uno largas caladas a su cigarrillo con la mirada perdida en las alturas, donde revolaba en lentos y majestuosos círculos una pareja de aves rapaces; observando el otro con fijeza el manso fluir del río, cuyo caudal bajaba menguado a consecuencia del estiaje.

Benito Lacunza rompió de pronto el silencio para decir con el ceño arrugado:

—Pues no sé qué tienen las coronas fúnebres que no tenga yo. Vas al cementerio y les largas unas explicaciones pistonudas. Joé, ¿no se te ha pasado por el coco que a lo mejor me debes a mí también una explicación? ¡Que ya llevo aquí lo menos diez minutos y no rajas más que de ti, Hierros!

—¿A qué te refieres?

—Me ha contado un pajarico que últimamente no haces ni puto caso a tu costilla.

—Benito, ¡por lo que más quieras! Hay que intentar que a Nines no le salpique una gota de este asunto. Es una mujer admirable. Es buena y cariñosa hasta decir basta. Tiene un alma de seda, sensible, delicada, pero ¡tan frágil! Al menor contratiempo se derrumba. Además, de un tiempo a esta parte no la acompaña la suerte. Mañana se quedará sin trabajo, su padre no le dirige la palabra, luego Ainara, pobrecica. Piensa que Nines aguanta gracias a las pastillas, que si no... Desde que empezamos nuestra relación nunca le he ocultado un secreto. ¡Nunca! Muchas veces le he dicho: tú eres yo y yo soy tú; lo que a ti te aflige, me aflige a mí; tus dolores son mis dolores; tus alegrías, mis alegrías. ¿Cabe mayor fusión entre dos seres humanos? Ahora es distinto, Benito, porque tengo la certeza de que si le fuera con la verdad la destrozaría. Y eso es lo último que yo quiero hacerle a la mujer que amo.

—¿La amas?

—Muchísimo. ¿Acaso lo dudas?

—¿No será que sientes penica por ella? Porque, claro, no hace falta licenciarse en psicología para capiscar que una

262

cosa es pirrarse por una hembra y otra que te piquen los ojos porque la ves jodida a tope, ¿vale? La semana pasada, déjame que te cuente, en Madrid... Eran las tantas de la noche. Ya estábamos para bajar la persiana. Pues nada, me topo con una gacela con la que hacía buenas migas en mis tiempos de universitario. Leíamos poemas en la cama, Kavafis y el copón. El otro día, cuando la vi en el bar, ¡hostia!, me quedé de piedra. De verdad. Estaba la tía hecha polvo, con unos ojos de pescado rancio que daban para atrás. Llena de droga hasta las orejas, flaca, pálida y todo lo chungo que te puedas imaginar. La infeliz no se aguantaba de pie. Coge el Ciri que, claro, sólo mira para su negocio, y me manda echarla a la puta rúe. Así como quien vacía un balde de agua de fregar, ¿sabes? Yo aún no le había visto la jeta a la chorba. Joé, la miro. Mecagüenlá, pero si es la Maripocha. El corazón me pegó un zambombazo de la órdiga. Porque no te he contado que por los tiempos en que salíamos le coloqué un canijo en la barriga. En fin, un rollo feo que no viene al caso. Pues a lo que iba. Al verla para el desguace casi me derrito de compasión. En serio. Y eso que en el bar del Ciri he visto miseria a manta. Esta vez se me subieron los cataplines al gañote. Llevé a la Maripocha a su casa y, si me lo pide, me caso con ella antes del alba. Ahora, ¿tú llamarías a eso amor? ¡Anda ya! Lo que me sacaba de mi pellejo no era más que la puñetera compasión. ¿Captas? A mí no me vengas con sentimentalismos, Hierros, que no nací ayer por la tarde. He vivido más que tú. Por tanto, he visto más. Si yo amo a una tía como hay que amarla, con los huevos, con el alma y con lo que se tercie, no la mando como tú a acostarse con otro. Siento hablarte duro, pero es que te lo tenía que decir, macho. Y que conste que te disculpo porque sé que estás tocado del alica desde hace unos días. Y también porque eres mi hermano.

Ahora fue Lalo quien fijó la vista en el revolar lejano de

las aves y Benito el que observaba con la mente en blanco las aguas apacibles del Urederra.

Tras breve silencio, dijo el menor de los Lacunza:

–En un punto te concedo la razón.

–¿En uno sólo? Algo es algo. ¿En cuál?

–Me encuentro mal. Reconozco que ando confuso, que desde que atropellé al crío siento desagrado de mí mismo. Encima, no consigo dormir ni apenas probar bocado. Todo lo que hago es pensar. Pienso y pienso sin llegar a ninguna conclusión. Y cuando por fin parece que las cavilaciones me van a permitir un momento de sosiego, o me duele aquí o me duele allá. También en estos momentos. Quizá de pasar la noche en mala postura dentro de la furgoneta. El caso es que se me ha puesto un pinchazo en el costado. Antes de llegar tú me daba que no podría instalar ni la mitad de las esculturas.

–Eso son aires, Hierros, si lo sabré yo.

–Seguro que sí. En cambio, te equivocas de medio a medio al creer que mi noviazgo con Nines es pura consecuencia de la compasión. Semejante pensamiento me entristece profundamente, Benito. No dudo que lo has concebido sin mala fe. Escúchame sin interrumpirme, por favor te lo pido. La última vez que estuve con Nines los nervios me jugaron una mala pasada. Ella quería averiguar por qué estoy tan alterado. Me hacía preguntas con una mirada que me penetraba dolorosamente. Yo notaba su empeño por leer en el fondo de mis ojos. En una de tantas ocasiones bajé la cara. Dentro de mí bullía el espantoso secreto que me atormenta. De pronto sentí que me subía a la boca igual que un chorro de vómito. Temí no poder contenerlo. A punto de confesárselo todo, ella agarró con ternura una manga de mi camisa. El gesto me salvó de cometer una indiscreción que hubiera hundido a Nines en un estado que no me atrevo ni a nombrar. Comprendí que sigo sintiendo muy cercanos sus pesares, pero por nada del mundo deseo que ella cargue con la roca que actualmente me aplasta. ¿Cómo explicarle entonces nada? ¿Cómo darle a entender que mi compañía sólo puede ser para ella una fuente de infelicidad? A mi lado, lo vi claramente anteayer, le espera el infierno, Benito. ¡El infierno en vida!

–Anda, chalado, no te pases.

–Las cosas como son. De pronto me puse brusco, no sé por qué. Una cobardía de varones, supongo. Me sentía como el apestado que teme contagiar su mal a las personas que más quiere, ¿me comprendes? Fue por amor que decidí irme de su lado. Por amor también, Benito, aunque te cueste creerlo, le rogué que fuera sin demora a tu casa y te procurara placer físico. En aquellos instantes me daba igual que no entendiera por qué se lo pedía, por qué le pedía aquello que muchos tendrían por una monstruosidad. Pero piensa que hoy por hoy eres el único que puede ayudarnos. Ayudarnos a todos. A Nines para que no sucumba a la soledad, sin empleo, sin medios de sustento y con la responsabilidad de criar a una hija difícil. A Ainara porque es la que más te necesita. Yo creo que te necesita más que a su madre. La niña te adora, hermano. Desde que llegaste a Estella la semana pasada parece otra persona. Más alegre, más sociable, ¿cómo te diría yo?, menos encerrada en su cascarón. Te felicito por el milagro que has obrado en ella.

–De vez en cuando le echo una manica a Dios. El pobre tronqui no da abasto con tantos clientes.

–También –dijo Lalo con la voz entrecortada– podrías ayudarme a mí. A mí también, Benito.

–Para servirle a usted.

–Yo quiero...

Un pujo de llanto le impidió continuar.

–No llores, joé –lo padreó Benito al par que lo envolvía entre sus brazos.

–Yo quiero amar a Nines a través de ti.

Se quedaron los dos mirándose como quien se examina

a sí mismo de cerca en un espejo. Asió de pronto Benito Lacunza la cara de Lalo entre sus manos y, sin mediar palabra, le estampó un beso violento entre las cejas, seguido de unos suaves cachetes en señal de afecto. A Lalo se le dulcificó al instante la expresión. Una sonrisa desangelada asomó a las comisuras de sus labios.

–Hermano –susurró mientras trataba a duras penas de dominar sus emociones–, ¿tú también estás llorando?

Benito Lacunza se apresuró a llevarse los dedos a los párpados.

–Coño, pues es verdad. Me habrá dado el viento en los ojos. Será mejor que los proteja.

Así diciendo, sacó del bolsillo interior de su chupa de cuero las gafas de sol y se las puso. Desvió a continuación la mirada hacia un grupo de pajarillos gárrulos que disputaban dentro de un arbusto, junto a la orilla; pero ni entonces ni poco después, cuando empezó a fumar de nuevo y expelió las primeras bocanadas, dejó de advertir de refilón que su hermano lo observaba con inquietante detenimiento.

–Bueno, pues sí –reconoció–. Me has arrancado una lagrimica. No pasa nada. Hala, hinca el cachivache ese y vamos a almorzar por ahí un par de huevos fritos con jamón. A las dos tienes que estar en el currelo, ¿no?

–No.

–¿Cómo que no?

–No volveré a la fábrica, tampoco al piso. Esa etapa de mi vida se ha terminado para siempre, Benito. En mi interior suena una voz desde hace varios días. Ni siquiera necesito cerrar los ojos para oírla. Me manda de continuo que me vaya. Vete, me dice. Vete lejos, no importa adónde con tal de perder de vista el lugar de tu desgracia. Se lo prometí al chavalico y lo cumpliré. Nadie logrará disuadirme. Pensaba esperar a las vacaciones de agosto. En mi situación actual, un mes y medio representa un plazo insoportable. Una eternidad. Entrar en Agni es verme rodeado, no ya de compañeros de profesión, sino de padres y de madres. Si me encierro en el ático a trabajar me taladran las risas de los niños en la calle. Pongo la música a todo volumen para apagar sus voces, pero la misma música me trae un recuerdo de luto y funeral. Cualquier cosa que ocurre a mi alrededor me devuelve a esta curva de la carretera. Me da la sensación de que lucho y lucho por subir un poste embadurnado de brea, como la cucaña que colocaban antaño por fiestas en Alloz, ¿te acuerdas? Trepas un metro, quizá dos, y purrrrr, vuelves de todas todas al punto de partida. Para mí, Benito, te lo juro, y esto no es un poema de Kavafis ni de san Dios bendito, el tiempo ha dejado de correr. Yo sigo quieras que no clavado igual que una estaca en el domingo pasado a primera hora de la mañana. Haga lo que haga, resbalo de continuo hacia esa hora y este paisaje. ¿Tú crees que así se puede vivir? Esto no hay hombre de hierro que lo aguante. Conque, lo dicho, colocaré la última escultura y sin tardanza dispondré de todo lo necesario para un largo viaje. Además, ¿qué crees? ¿Leíste el periódico de ayer? ¿No? Entonces no sabes que a uno de los cicloturistas le suena haber visto una furgoneta del color de la mía parada en el borde de la carretera. Cuando lo leí noté como si me clavaran un cuchillo. La Guardia Civil, ¿te das cuenta?, ya ha encontrado la punta del hilo. Ahora sólo tiene que tirar de él. ¿Quién te asegura que a algún vecino de mi calle no le ha llamado la atención la abolladura del parachoques, eh? Ay, hermano, hermano. Hasta las cosas me apuntan con el dedo. Ese chopo, aquellas aulagas, cada brizna de hierba, todo me señala murmurando: Ése, ése ha sido, cogedle, que no se escape. Aunque, si quieres que te diga la verdad, me importa un rábano que me condenen. Por mí iría de buena gana al paredón, fíjate. Pero ¿y Nines? Me entran escalofríos sólo de pensar en el mazazo que supondría para ella la noticia de mi detención. O de pensar en que la someten a un interrogatorio en el cuartelillo. O que en Estella, donde como tú sabes no es posible la vida privada, todo cristo la mira con desprecio, cuchicheando a sus espaldas: ¿No es ésa la amiguica de aquel que...?

–Para mí que exageras, Hierros. Lárgate al culo del mundo si te da la gana. Manda todo a la mierda, descansa, olvida. Me parece de puta madre. Pero escucha. Nadie sabe nada del accidente. Ni lo sabe ni lo sabrá. ¡Nadie! No me entra en el coco que te preocupes tanto.

–Me preocupo porque yo sí lo sé.

–Dame un abrazo –replicó Benito Lacunza en tono imperioso.

Lalo se avino dócilmente a que su hermano lo apretara con fuerza contra su pecho. Se miraron los dos durante unos segundos sin hablar. Luego el mayor de los Lacunza, refunfuñando, subió el ribazo y, no bien hubo pasado al otro lado del pretil, volvió la cabeza y dijo:

–Si llego a saber antes que eres tan tozudo no lloro.

El sábado por la mañana, Lacunza compró por poco dinero kilo y medio de carnaza.

—Que cante bien si puede ser —le dijo al carnicero—. Y si me la pones viscosica, mejor que mejor.

—¿Tú no irás al cangrejo por casualidad?

—Voy, colegui. ¿Pasa algo?

—Pues que como te falte el permiso te enganchará la pareja. Ya no es como antes, Benito. Hoy día hay mucha vigilancia.

—Tranqui, que hay permiso. Me lo he dado yo mismo al levantarme de la piltra.

Volvió a casa a dejar el paquete de despojos al solazo del balcón para que con el calor se encarroñaran y formasen tufo de allí a la noche siguiente, que era cuando le tenía prometido a Ainara llevarla a pescar al río.

—A los cangrejos lo que más les mola es el gato muerto —dijo de víspera a la niña, que lo escuchaba con los ojos quietos de fascinación—. Una vez cebé con gato y ¡menuda! Sacaba los bichos por racimos. ¿Qué tal si le cortamos el pescuezo al tuyo en la fregadera y lo hacemos cachicos?

Ainara no comprendió la burla. Fruncido el ceño, volvió la mirada hacia el felino que, confiado y soñoliento, se lamía el pelambre bajo la mesa de la cocina. La niña escudriñó en busca de respuesta las facciones de su madre; pero era como si su madre no prestara atención a lo que se decía a su lado o como si no tuviera otro interés que guardar silencio todo el tiempo y mantener la cabeza gacha.

–Bueno, ¿qué? ¿Lo matamos, sí o no?

Ainara negó sin apenas convicción.

–Vale –concluyó Lacunza–, entonces no tendré más remedio que ir mañana a la carnicería.

Se sentaron los tres a cenar bajo la luz pobre de una bombilla que colgaba desnuda de un cable. La niña sorbía con apetito ruidoso su tazón de caldo. Nines Ganuza, absorta en sus tristezas, callaba mientras Lacunza, remangado hasta cerca de los hombros, no paraba de hablar y gesticular con la boca atorada de comida. Por iniciativa suya convinieron en reunirse el sábado a las dos y cuarto de la tarde en la estación de autobuses. Las invitaba, dijo, a merendar en Pamplona a cambio de que lo ayudasen a renovar su vestimenta.

–Paso de ponerme todos los días los mismos trapos. Mi vieja, que en paz descanse, cuántas veces me decía: Hijo, tú ve limpico, que no nos tengamos que avergonzar si te ocurre un accidente y en el hospital han de quitarte la ropa. En Madrid me vestía la hembra. Pero aquí, mecagüenlá, como no me echéis un capote entre las dos la gente me tirará calderilla creyendo que soy un vagabundo. A ver, que levanten la mano las que quieran acompañarme mañana a Pamplona.

La niña se apresuró a estirar el brazo. Hasta se puso de pie para darle mayor altura a su decisión. Vio a todo esto a su madre desmarrida y como ausente y sorda al otro lado de la mesa, y acercándose a ella intentó en vano levantarle un brazo. Nines Ganuza ni colaboraba ni se resistía. Al fin, conmovida por las buenas intenciones de la niña, arqueó los labios, insinuando en medio del gesto mustio una sonrisa de circunstancias. A una seña encubierta de Lacunza, la niña se lanzó a estampar un beso en la mejilla de su madre y entonces ésta, con los ojos turbios, imprecisos, lánguidos, secundó la chiquillada.

El sábado, resuelto a pagar de su bolsillo los billetes de ida y vuelta, Lacunza llegó a la estación con más de treinta minutos de adelanto. Deseaba evitar a toda costa una disputa de cortesía con Nines Ganuza delante de la taquilla. Lo inquietaba que ella se pudiera sentir humillada. «Si me pregunta, ¿qué le digo? No te preocupes, todo arreglado. Y si se pone pelma, pues no sé, cualquier cosa menos dejarle apoquinar ahora que está sin sueldo. Sería un putadón.»

El sol pegaba con fuerza. Del asfalto recalentado se desprendía una vibración de humo transparente. Lacunza afrontó aquellos inicios caniculares envuelto en su atuendo de noches madrileñas: la chupa de cuero, la gorra, las gafas negras y un fular rugoso, no muy limpio. No era hombre sudador ni friolero, sino de esos que están igual de bien o igual de mal haga el tiempo que haga.

Compró chucherías en abundancia, un cuaderno de pasatiempos y un tebeo para la niña, y después se metió en un bar cercano a regalarse con una copichuela de coñac y una faria. Desde la calle lo avistó la pequeña, que al punto se soltó de su madre y entró corriendo en el local a colgarse del cuello de Lacunza.

Partió el autobús a la hora prevista. El pasaje combatía la calorina abanicándose con revistas, con periódicos, con cualquier objeto útil para mover un poco el aire delante de la cara. A la vuelta de la primera esquina, madre e hija se enzarzaron en una desavenencia por el reparto de los asientos, pues las dos apetecían acomodarse al lado de Lacunza. La pequeña quería ventanilla y que Lacunza le fuera leyendo el tebeo durante el viaje. Se aferraba al brazo de él en demostración de que no pensaba ceder el sitio que ya ocupaba. A los chillidos de su terquedad giraban la cabeza cada vez más viajeros. Le tomó a Nines Ganuza por este motivo un arrechucho de ira; pero, sabiéndose mirada, se lo tuvo que aguantar.

Acercó a todo esto la boca al oído de Lacunza para secretearle que necesitaba contarle una cosa sin que Ainara se enterase.

–Es importante –añadió haciendo una mueca cargada de misterio que Lacunza, embargado por el cosquilleo de beso que le había quedado dentro de la oreja, no entendió.

Barruntaba él una conversación atestada de cuitas, de quejas, de problemas.

–¿Qué más te da si rajamos con el pasillo en medio?

–Preferiría que estuviéramos juntos. Así no hay que levantar la voz.

–Es que le he prometido a la enana leerle el tebeo. La tarde es larga, mujer. Hablamos en Pamplona todo lo que quieras, ¿vale?

A Nines Ganuza no le quedó otra opción que sentarse junto a un hombre de aspecto rústico, muy armado de panza y papo, el cual cada dos por tres se secaba el sudor de la frente con un pañuelo y otras veces, creyéndose quizá a salvo de miradas, se hurgaba la nariz con aplicación, hasta que poco antes de llegar a Lorca se quedó dormido de repente con la boca abierta.

Por puntillo, Nines Ganuza no soltó palabra en todo el trayecto. Indiferente al paisaje, se frotaba de continuo las manos finas, bien dibujadas, como si se las estuviera lavando lentamente bajo el chorro de un grifo imaginario. A ratos daba vueltas a una punta de hilo que colgaba de una costura de su pantalón vaquero. Mantenía la mirada fija en el respaldo del asiento anterior.

–Tu madre, ¿qué tiene? –preguntó Lacunza callandito a la niña, que por toda respuesta se encogió de hombros–. ¿Ha llorado en casa antes de salir?

Ainara asintió con gesto risueño.

–¿Mucho?

La niña repitió el gesto.

–Normal, ¿no crees? ¿A quién le gusta perder el curro?

Siguió leyéndole historietas del tebeo. Se paró de golpe para susurrarle, muy serio, a la oreja:

—Puerqui, a ver si entre los dos le levantamos la moral a tu madre.

En Pamplona, Lacunza se apeó del autobús dispuesto a colmar de atenciones a Nines Ganuza. Con muchas ganas de complacerla le preguntó si le apetecía beber un refresco antes de salir al calorazo de las calles. Sin esperar la respuesta de su madre, Ainara salió disparada en dirección a la cafetería de la estación, distante apenas una veintena de pasos, sacudiendo latigazos al aire con su larga trenza. No hubo más remedio que seguirla.

De pie junto a la barra, Lacunza se llevó un cigarrillo a la boca. Sacó otro para Nines Ganuza, que, distraída y lenta de reflejos, tardó unos instantes en percatarse del ofrecimiento. Como vacilase en aceptarlo, Lacunza optó por clavarle el cigarrillo con suavidad entre los labios. Después, mientras le acercaba la llama, le rogó, deseoso de mostrarse dócil, que decidiese a qué tiendas debían ir. Adujo que hacía la tira de años que no venía a comprar ropa a Pamplona. Tenía, además, la sospecha de que sin la ayuda de ella lo iban a engañar como a un borrego.

—Los hombres, ¿por qué sois tan torpes?

—Bueno, Nines, yo no es que sea torpe. Yo es que, como me saques de lo mío, me quedo paralítico, y que me perdonen los paralíticos. A mí ponme una trompeta en el morro. Echando virutas me arranco con unas melodías que se jiña la perra. Ahora, mándame a buscar pantalones... ¡San Dios! A lo mejor lo primero que hago es meterme a preguntar en una pescadería. Yo soy así. Para lo que valgo, valgo, y para lo que no, juláis de narices.

Aquellas chirigotas, largadas con abundancia de muecas y ademanes, trajeron unos asomos de vivacidad al semblante de Nines Ganuza. Animado por el éxito de su labia, Lacunza se soltó con una retahíla de dicharachos a cual más desatinado, que movieron a risa incluso al empleado de la barra, y de pronto, sin darse cuenta de adónde se le iba la mano, le apretó a Nines Ganuza la nuca en plan cordial, en plan cariñoso y porque sí, gesto que ella recompensó mediante una sonrisa leve, casi imperceptible, pero sonrisa al fin.

«La Pauli», pensó él, «qué razón tenía la puñetera. Anda que no me las apaño yo para camelar a las hembras. Por lo menos hasta el día en que me mandan a la porra, tampoco vamos a exagerar.»

Al salir a la calle, Nines Ganuza se cogió de un brazo de Lacunza, la niña del otro, y así enlazados se encaminaron los tres hacia la plaza del Príncipe de Viana, él en medio, tieso de gusto. Allí torcieron hacia la calle San Ignacio. Andando por la acera que quedaba en sombra, toparon con una camisería de buena traza y en ella entraron.

Se estaba abotonando Lacunza una camisa de lino dentro del probador cuando oyó, a través de la cortinilla, la voz de la dependienta:

–¿Qué me dice de ésta? ¿Le gusta a su marido el rosa?

–No mucho.

Compraron, a propuesta de Nines Ganuza, tres camisas de manga larga con sus chalecos a juego y tres de manga corta. Todas aquellas prendas le parecían a Lacunza «pingos para carcas y tíos superferolíticos pasados de rosca», pero no se atrevió a decir lo que pensaba.

De nuevo en la calle, le preguntó con retintín a Nines Ganuza por qué le había dejado a la dependienta creer que estaban casados.

–Bah, qué le importa a nadie lo que somos.

A punto estuvo de repetirse el episodio media hora más tarde en una tienda de Carlos III, cercana al palacio de la Diputación Foral, donde les sacaron ropa interior y pantalones de marca bastante caros.

Dijo la dependienta a propósito de unos calzoncillos de algodón:

–Yo no sé su marido, pero el mío sólo los lleva de esta clase. Hasta ahora nunca le han dado alergia.

–No tengo marido –replicó Nines Ganuza ni amable ni seca, sino al modo de quien constata sin alterarse un hecho trivial.

Y Lacunza, desde el probador, se entrometió de coña con voz resonante que se expandió como un trueno por todos los rincones del local:

–Nos llevan a la misma guardería.

–¡Benito, por Dios, no grites! –le reconvino, abochornada, Nines Ganuza.

–Perdón –se disculpó él, bajando el tono de voz–. Es que me he enganchado con la cremallera y, como me ha dado mucha alergia, de alguna manera me tenía que desahogar, digo yo.

Terminadas las compras, Lacunza consideró llegado el momento de sufragar la merienda que había prometido la víspera. Sentía Nines Ganuza escrúpulos de aceptar el convite.

–Benito, piensa que ya has gastado mucho. Si cogemos la próxima Estellesa podemos estar en casa para las siete o siete y media y cenar allí los tres juntos.

–Yo tengo hambre –intervino Ainara con tono quejumbroso.

–¿Lo oyes? Tu hija reclama papeo. Mira a la pobre. ¡Cómo sufre!

–Pues que coma el bocadillo que le he traído.

–No seas piedra, mujer. Hala, no se hable más. ¡Todo cristo a merendar!

Se llegaron los tres cargados de bolsas a la plaza del Castillo. En la terraza de un café, a la sombra de una columna de los soportales, encontraron una mesa libre. La mesa tenía un tablero circular con poco espacio para albergar las consumiciones de tres personas. Se bailaba por añadidura. Nines Ganuza pidió a la niña que tuviera cuidado, pero la advertencia no sirvió de nada. Mientras masticaba distraída su bollo de azúcar, la pequeña derribó de un codazo el vaso de cacao con leche, y aunque estuvo ágil en levantarse de la silla, no pudo evitar que el líquido le salpicase el vestido.

Lacunza se apresuró a salir en defensa de la niña.

—No le riñas. La culpa es de la puta mesa. Joé, ¿no las podían fabricar más pequeñas? ¡Ni que fuéramos enanos los navarros!

Se fue la madre, seguida de la hija, renegando a los servicios, a tratar de quitar con agua el manchurrón. Volvieron pasados varios minutos las dos con cara de haber discutido. Lacunza propuso a la niña que se marchara a jugar al quiosco de música que se veía invadido de críos en el centro de la plaza.

—Oye, Benito, sólo faltaría que se perdiese.

—Tranqui, mujer. Yo la controlo desde aquí. Allá, al sol, se le secará el vestido enseguida.

La niña se alejó corriendo a saltos.

—Bueno, Nines, ahora me puedes contar eso tan importante que decías.

—Pues ya era hora.

—Va del Hierros, me figuro.

—Te figuras bien. Se conoce que nuestra relación ha terminado. Al menos eso es lo que me ha parecido entenderle.

—¿Cómo? ¿Os habéis visto? Entonces te habrá contado lo de su viaje...

—No nos hemos visto desde el día que fui a tu casa. Conque no sé nada de viajes ni de nada. Miento, una cosa sí sé. Sé que hay algo que tú sabes, algo que me podrías decir y sin embargo no me has dicho. Eso está ahora fuera de duda, Benito. Eso... y otra cuestión. Hasta esta mañana yo creía que le había hecho daño a tu hermano. Daño de palabra, se entiende, porque otra cosa no puede ser. Me puedo equivocar como cualquier bicho viviente, pero yo no valgo para aplastar una mosca. De alguna manera he ofen-

276

dido a Lalo y me rechaza, así lo pensaba yo a todas horas. ¿Cómo entender, si no, que un hombre, que me ha querido con una fuerza impresionante, de la noche a la mañana se comporte tan raro, se dé el piro, tire su futuro a la mierda y sus planes con los que estaba tan ilusionado y... y todo? Benito, te lo juro, esta semana he estado a dos dedicos de tragarme un puñado de pastillas y adiós muy buenas. Pero Ainara... ¿Qué será de ella sin mí? Sola en el mundo, esta niña no va de aquí a la esquina, bien lo sabes. Y aunque ya tenía yo desenroscado la otra noche el tapón del frasco y me subía a la nariz el olor de las pastillas, por mi hija, sólo por mi hija, créeme, lo acabé tirando contra la pared. Porque me decía: Ya le he fallado a uno, ¿cómo le voy a fallar también a la pobrecica? Gracias a ese pensamiento sigo viva.

«¡Ondia, entre el uno y la otra me van a volver tarumba!», pensó Lacunza. Encendió, nervioso, un cigarrillo y dijo:

–No te comas el coco, mujer. Al Hierros le ha entrado una confusión, un mareo de artistas, que ya sabes tú que son gente de hojaldre. ¿Quién no ha pasado por momentos chungos en la vida? Tú déjalo que se largue por ahí una temporadica a tranquilizarse. Ya volverá, no te preocupes.

–¿Que no me preocupe?

Se sirvió por su cuenta un cigarrillo del paquete abandonado por Lacunza entre las tazas. Después de darle unas cuantas caladas largas y profundas en silencio, prosiguió:

–Calculo que entró en el portal de mi casa anoche. Cuándo exactamente, no lo sé. Sería tarde y por eso no subió. Para no despertarnos, me imagino. O simplemente le entró una cobardía, aunque lo dudo. Lalo siempre me ha parecido agua limpia en asuntos sentimentales, sincero como él solo. No hay muchos de esa pasta. Claro que vete tú a saber. Ya una vez decidí no fiarme nunca de los hombres, hasta que en el momento menos pensado apareció tu hermano. En fin, ya qué más da.

Fumaba con ansia, con dedos y labios temblorosos.

–Pero a lo que iba. Salgo por la mañana del piso, la niña en la cama, yo a toda prisa por las escaleras para no llegar tarde el último día de trabajo, hay que fastidiarse... En el portal me doy cuenta de que alguien ha metido una cosa en mi buzón. Propaganda, me digo. Pero no, es una bolsa de plástico normal y corriente. La saco y ¿a que no sabes qué había dentro?

–No caigo.

–Un montón de dinero en billetes.

–El Hierros te habrá dejado la guita para que no pases apuros ahora que estás en el paro.

–Exactamente. ¿Te lo ha dicho él?

–No hace falta, conozco a mi hermano. Ya de chavea era así, legal a tope. Una vez, me acuerdo, subimos los dos venga y venga en bici hasta Guirguillano, que hay unas cuestas de morirse. Casi al llegar, en el primer repechico de bajada, va y se me jode la cadena, mecagüenlá. Pues nada, el Lalo me dejó su cacharro y volvió andando a casa. Joé, algunas tardes lo veía venir por el camino merendando tan campante un bocata de tocineta frita y yo, sin putas ganas de ir hasta casa a coger el mío, le decía: ¿qué, me lo das? Y él me lo daba y era feliz. Y es que es eso, mujer. Que el Hierros ha nacido para desvivirse por los demás. Te habrá dejado un par de millones. Como si los viera.

–No los he contado. En realidad no los pienso tocar. En cuanto pueda se los devolveré.

Aplastó la brasa del cigarrillo contra el fondo del cenicero. Enseguida cogió otro y se puso de nuevo a fumar.

–Dentro de la bolsa he encontrado esta nota.

Nines Ganuza sacó del bolso una hoja de papel doblada en cuatro partes y se la tendió a Lacunza para que leyese lo que en ella estaba escrito.

«Queridísima Nines:

»Te dejo un dinero en prueba de mi amor, que sigue

siendo tan grande y tan intenso como siempre, si no más. Con él no pretendo pagarte nada. El calor humano que me has mostrado en cada instante y los días de felicidad que pasé a tu lado no se podrían pagar con todas las riquezas de la Tierra. Perdona este sermón. No me sé expresar de otra forma. Quiero que sepas que sólo pretendo ayudaros a ti y a Ainara. Acepta el dinero, te lo suplico humildemente. Un dolor superior a mis fuerzas me impulsa a ausentarme de ti, de Estella y de tantas y tantas cosas que amo. Te pareceré un egoísta. Quizá tengas razón, pero lo cierto es que en los últimos días no he parado de pensar en ti un segundo, en ti y en la manera de mantenerte alejada de la desgracia que me ha caído sobre los hombros. Yo no te puedo explicar. Benito, sí. Dile de mi parte que ya te lo puede contar todo, que yo deseo que te lo cuente todo. Perdóname, Nines, si te he hecho sufrir. Perdóname por favor.

»Lalo.»

Leída la nota, Lacunza se levantó bruscamente de su silla.

—Espera aquí un momento —dijo.

Enristró a continuación, con veloz cojera, hacia el quiosco de música. Buscó a Ainara entre la bulliciosa chiquillería y la llamó a su lado para mandarle que no se moviera de allí hasta que él le indicase otra cosa desde la terraza de la cafetería o viniera a buscarla. La niña no vaciló en prometer que así lo haría.

—Dame un beso, Puerqui. Me parece que últimamente me besas poco.

De vuelta a la mesa, Lacunza guardó silencio durante dos o tres minutos, la mirada perdida en el gentío, en los balcones de las fachadas, en el azul intenso de media tarde. De pronto carraspeó a fin de aliviarse de un picor que le andaba molestando desde hacía un rato en la garganta; enjugó con las yemas de los dedos, antes que tomara dimensión de lágrima, una agüilla fina, triste, que enturbiaba su vista tras las gafas de sol, y empezó a contar de este modo:

–Habrás oído en la tele o leído en el periódico que atropellaron a un chavalico en la carretera de Zudaire. Pues verás...

Y con voz titubeante al principio, más firme y reposada a medida que iba sobreponiéndose al temor y vergüenza de confesarse, le reveló a Nines Ganuza, sin escatimar detalles, lo que les había sucedido el domingo anterior a él y a su hermano.

Pasaba de una hora que el sol lucía completo sobre la raya quebrada del horizonte. En las hondonadas, en las cárcavas sombrías, en los repliegues del terreno donde el relente de amanecer busca a diario su último refugio, se había disipado ya la neblina matinal. La gárrula pajarería trinaba sin descanso en las filas de chopos que bordean el río. Las campanadas de la iglesia de Abáigar traspasaban el aire diáfano, atemperadas por la lejanía. La mañana se aquietaba con pereza dominical en las ondulaciones del paisaje, olorosas a tierra reseca, amarillas de cereal sediento de lluvia.

A la orilla del Ega, Lacunza, entumecido, decepcionado, estaba por retirar los aparejos y marcharse a casa a dormir. Cinco cangrejos esmirriados y uno pasable constituían la exigua recompensa al cabo de siete horas de empeño paciente. «Al río este lo han pelado con algún veneno, a mí que no me digan. Si llego a saber que me esperaba semejante muermo me quedo en la cama.» Recordaba haber hecho de joven, con amigos, en aquel mismo tramo, pescas de hasta cuatro kilos en una sola noche. Sus buenos cuartos ganaban vendiendo los cangrejos a los bares de Estella. «Ahora no sacaríamos ni para pipas. ¡Menos mal que no vivo de esto!»

Había llegado a altas horas de la noche en compañía de Ainara. Como los reteles salían las más de las veces vacíos, la niña pronto perdió el interés por la pesca. Para distraerse había pasado el resto del tiempo yendo de un lado para otro con la linterna encendida. Al clarear había descubierto en la linde del trigal contiguo al río una liebre con su camada retozona. Apretó a correr espoleada por el cándido antojo de conseguir un animal de compañía. Las liebres, espantadas, se metieron raudamente en su madriguera. Desde entonces, acuclillada junto al agujero en actitud expectante, Ainara no se había movido del lugar.

Así entretenida, golpeó su atención el ruido de un motor procedente del camino que, por la falda de una loma, conducía a la carretera de Murieta. Por allí venía un coche levantando polvo. Ainara no esperó a ver quién se apeaba del vehículo. Adentrándose en las matas, corrió a dar aviso a Lacunza.

–¡Puerqui, la cagamos! Seguro que los picoletos han junado el tractor. Hay que hundir los reteles. Si preguntan, tú no hables. Déjame a mí. Intenta soltar todos los lazos que encuentres y luego tiras las cuerdas al agua.

Una ráfaga de bocinazos rompió la paz de la mañana. Oculto en la vegetación, Lacunza divisó un taxi detenido al par de su tractor, como a unos doscientos metros de distancia. «Pues sí que es raro», pensó. «¿Andará la Guardia Civil sobrada de fondos o qué?»

Una mujer delgada que había descendido del taxi lanzó una voces incomprensibles en dirección al río. Lacunza, no bien supo quién era, salió al campo raso y entonces ella, al verlo, empezó a hacerle señas frenéticas con los brazos.

–Puerqui, tira el cigarro y enjuágate la boca con la limonada que quede en la botella. Tu madre ha venido. ¡Ojo, que no huela que has fumado!

Al rozar el agua, la brasa de la colilla emitió un breve siseo. Ainara se quedó como paralizada de fascinación mirando el cigarrillo que se alejaba empujado por la corriente. Todavía le duraba la lentitud de pensamiento cuando se asomó al borde de las matas y vio a su madre y a Lacunza abrazados de una manera extraña dentro del trigal, como si pugnaran por meterse el uno dentro del otro.

Los trigos les cubrían hasta la cintura. De repente se soltaron, enseguida se volvieron a abrazar o por mejor decir a apretarse con mucha fuerza, y luego, cuando volvieron a separarse, Lacunza la emprendió a patadas contra las mieses. Lanzando juramentos las desmochaba, las partía, las pisaba con tanta rabia que la niña prefirió permanecer en su escondite, creyendo que su madre sabía que ella había estado fuma que fuma durante la noche y ahora, por esa razón, se habían liado a reñir los dos mayores.

A todo esto, Lacunza se dirigió al tractor dando largas y enérgicas zancadas de cojo enfurecido. Se sentó al volante, puso en marcha el motor y en menos de un minuto se perdió de vista por el camino polvoriento.

Nines Ganuza, mientras tanto, se llegó a la orilla en busca de su hija.

—Ainara —le susurró, al encontrarla, con los ojos encendidos y la voz rota por la emoción—, tienes que venir a casa conmigo. Ha ocurrido una cosa muy triste, la más triste que puedas imaginarte.

Estrechó a la niña contra su pecho, le cubrió la cara de besos y por último, dulcificando el tono de voz con el fin de mitigar el efecto previsiblemente brutal de sus palabras, le dijo:

—Lalo ha muerto.

En la mirada de la niña se espesaba una apatía impenetrable, como la de un sordo que no se percata de que le están hablando. Su madre, por mejor hacerse entender, agregó con pronunciación reposada y ademanes que pretendían dibujar en el aire el significado de las palabras:

—El Lalo, que tanto nos quería, ya no vive.

Nines Ganuza la zarandeó un poco, en la confianza de que el meneo sacase a Ainara de su indiferencia y la indujese a manifestar algún sentimiento. Se habría conformado con un simple pestañeo.

—Hija mía, hoy es un día de mucha pena para todos nosotros.

En vano escudriñó los rasgos impasibles de su hija en busca de un indicio de gesto.

–Hala, vámonos.

La niña no se movió del sitio.

–Las cosas de Benito –dijo de pronto, señalando hacia la orilla.

–Tienes razón.

Entre las dos recogieron los aparejos y el resto de los bártulos. Devueltos los seis cangrejos al río, arrojaron tras ellos lo que quedaba del cebo y, cargadas con los bultos, regresaron en silencio al taxi.

A primera hora de la tarde, Lacunza se reunió con ellas en su piso. Necesitaba, según dijo al entrar, compañía.

–En casa no aguanto. La noticia ha corrido que se las pela por toda Estella. Y, claro, ya anda la basca con la pelmada de darme el pésame. Joé, son peor que moscas. En cuanto huelen el fiambre, zas, se te echan encima con sus caricas de sufrimiento. He intentado dormir la siesta. ¡Figúrate lo hecho polvo que andaré después del madrugón de anoche! Pues nada. Riiin, el teléfono. Amigos, amigos del Hierros, los de Alloz. Dejo el chisme descolgado. Hala, jódete, pues ahora el timbre de la puerta. Vecinos. Que si ay qué desgracia, que si ay qué penica. Que si primero el padre y luego el hijo, tan seguidos, dice un fulano de la vecindad. Casi le suelto que mañana el Espíritu Santo. Aunque ya sé que no son malos. ¡Quiá! Sin ir más lejos, la chavala de los de la casa de al lado, que es enfermera, se ha ofrecido a inyectarme un calmante. ¡Lo que faltaba! En medio del rollo chungo que me claven una aguja. No, maja, le he dicho, te lo agradezco pero paso. Conque ya ves qué día llevo. Anda, Nines, hazme un cafetico bien cargado, que estoy que ni me acuerdo de mi nombre. ¿Y la enana? ¿Qué puñetas hace aquí la enana? ¿Por qué no dejas que vea la tele?

–Hombre, Benito, yo...

–Venga, Puerqui... o como te llames. ¡A la sala a jipar dibujos animados hasta que te hartes!

Sin ocultar su satisfacción, Ainara salió a escape de la cocina. Lacunza, para asegurarse de que la niña no le podía oír, cerró la puerta.

–Los guripas de tráfico no se huelen la tostada. Están convencidos de que ha sido un accidente. Que si circulaba demasiado deprisa, que si quizá los frenos y tal y cual. Lo de siempre. Yo, ni mu. He firmado donde me han dicho y santas pascuas. Todo cristo cree que ha sido un accidente, pero de accidente nada monada.

–¿Qué ha sido pues?

–Un viaje al otro barrio, planeado como un asalto al banco.

–Y tú, ¿de dónde sacas esa teoría?

–Yo no saco nada, Nines. Yo lo único que te puedo decir es que mi hermano se ha dado la hostia en la curva donde hace una semana aplastó al crío. ¡La misma, Nines, la misma! Casualidad, ¿no? ¿Entiendes ahora lo que ha pasado? Pues eso ha pasado, fíjate qué fácil de explicar. Pum, un poco de carrerilla, la furgoneta al tope de la velocidad y adiós amigos, ahí os quedáis.

–Pobre Lalo... Lo que habrá sufrido estos días, solo por ahí, y yo, que a lo mejor le podía haber ayudado, no he hecho nada. Lo único, encerrarme en mi egoísmo: que si el trabajo, que si el alquiler del piso. No he estado a la altura, Benito, bien lo veo. Reconozco que no he sabido querer a tu hermano como se merecía. No tengo perdón de Dios.

Le brotaron, lentas, las lágrimas. Lacunza la atajó sin contemplaciones.

–¡Para el carro! Precisamente a mi hermano lo han matado comeduras de coco como ésta tuya, ¿vale? Conque déjate de culpas y remordimientos, que no traen más que problemas. Ni tú ni yo ni nadie podía evitar lo que ha ocurrido. El Hierros se ocupó lo suyo de que no le chafáramos el plan. De pequeñico ya era así. Más cerrado de mollera, mecagüenlá, que una burra. No hagas como él, Nines. Le joderás el descanso eterno si te oye soltar las chorradas que estás diciendo.

Hasta el atardecer estuvieron los dos en la cocina bebiendo café y coñac y fumando cigarrillos, enzarzados en pláticas íntimas mientras Ainara dormía sobre el sofá de la sala con el televisor encendido.

–¿Te quedas a cenar? –preguntó Nines Ganuza a eso de las nueve de la noche.

–Me quedo y, si no te importa, me quedo también a dormir. Quiero decir a dormir a tu lado. Se me cae el alma a los pies si pienso que he de pasar la noche solo en mi casa. Aquello debe de estar a estas horas a tope de fantasmas.

Se acostaron temprano. Lacunza, apagada la luz, escondió la cabeza debajo de la almohada porque le daba corte que Nines Ganuza lo sintiera llorar. Ella esperó largo rato a que se calmase y luego, en voz baja y afectuosa, le dijo:

–Si quieres puedes tocarme.

Lacunza no contestó ni se movió de su postura. Nines Ganuza decidió esperar otro rato con los ojos abiertos en la oscuridad. Pasaba de vez en cuando un coche por la calle. Sonaron, a lo lejos, campanadas. Pensando que él ya dormía, le apartó la almohada para que no se ahogase.

El lunes por la tarde, Lacunza se levantó de la siesta fresco y despejado. Después de un trago largo al chorro del grifo, se vistió su atuendo de las actuaciones musicales, se caló las gafas negras, sacó la trompeta del estuche y, con ella bajo el brazo, se llegó al tanatorio, que quedaba a pocos pasos de su vivienda.

En el recibidor explicó al encargado de turno el propósito que traía y le preguntó si había alguna norma de la empresa que prohibiera llevarlo a cabo.

—Benito, por favor. Despídete de tu hermano como creas conveniente. ¡Faltaría más! Y si necesitas alguna cosa aquí me tienes.

—Pues una sí que necesito. En confianza, colegui, ¿cuántos difuntos hay aparcados en la casa?

—Una anciana y Tuboloco, perdón, tu hermano. A la anciana la trasladaremos dentro de tres cuartos de hora al cementerio. Hazte cuenta de que no está. Tampoco me han anunciado entradas nuevas para hoy. En invierno hemos llegado a tener hasta ocho cuerpos. Ahora, con el buen tiempo, la gente muere menos. Tú toca tu música, Benito. Nadie se va a quejar. Desde que entré en el oficio he visto de todo. Hace poco una familia de gitanos nos montó un sarao con palmas y cantos. Fue la pera.

—Lo que quiero es que no dejes pasar a nadie mientras yo esté dentro. Y perdona que te use de gorila de discoteca. Tú diles a los que vengan, si alguno viene, que te he pedi-

287

do que esperen fuera. Ya entenderán y, si no, que les den morcilla. Si se cabrean que se cabreen. Tampoco te pienses que voy a tardar mucho. Un ratico y salgo.

–Tranquilo, Benito. Lo que tú mandes.

Lacunza siguió al encargado hasta el piso de arriba. Entraron los dos en la estancia donde reposaban los restos mortales de Lalo dentro de un ataúd. Ardían varios cirios con llama quieta, y bajo el crucifijo de la pared, sobre una mesa de caoba, se alineaban tres grandes jarrones de vidrio con calas y crisantemos. El encargado alzó con cuidado la tapa del ataúd. Luego que la hubo asegurado de modo que no se pudiera cerrar de golpe, indicó por señas a Lacunza que se iba. La puerta rechinó levemente al cerrarse. Lacunza volvió la mirada para cerciorarse de que se había quedado a solas con su hermano.

Lalo tenía una brecha sin rastro de sangre en el costado de la frente; la expresión sosegada de los que ni gozan ni sufren ni están sometidos al azar de los días, estática en la apostura de los rasgos juveniles, y una vaga insinuación de sonrisa que se le había detenido en un cabo de la boca en el instante de morir. Emanaba del forro de raso, de la ropa y el cuerpo del muerto un tenue frescor de refrigeración.

Lacunza se inclinó para susurrar al oído del cadáver:

–Cabrón.

Acto seguido, le estampó un beso largo, ceremonioso, entre las cejas. En ese momento le golpeó en las fosas nasales una vaharada de loción para después del afeitado.

–Buen trabajo te ha hecho la Nines. Hueles de puta madre.

Le pasó la mano por la rígida mejilla.

–No pinchas ni gorda. Lo dicho: no se te ha visto más guapo desde que hiciste la primera comunión.

Cogió una de las sillas que estaban adosadas a la pared y se sentó junto a la cabecera del ataúd.

–Joé, Hierros, si no fuera porque has palmado, ¿sabes lo

que te diría? Que tienes un aspecto cojonudo. En serio. Desde que volví de Madrid es la primera vez que no te encuentro pocho. Y además, menuda cajica te hemos agenciado, ¿eh? De superlujo. La Nines la ha escogido porque yo, la verdad, de cajas, coronas y armatostes mortuorios no entiendo ni pijo. La Nines, para que te enteres, ha apechugado con la mitad de los gastos. Anda, mujer, le he dicho, no seas tonta. Pero ¡insistía tanto! Se te parece en todo, tío. En lo maja y en lo cabezona. Y, claro, como le llenaste de parné el buzón, pues le apetecía compensar. Naturaca. Bueno, bueno, le he dicho, si tanto te aprietan las ganas de tener un detalle, allá tú. Así que para que vayas cómodo en tu viaje al cielo de los pipiolos. Porque estás de viaje, ¿no? Eso al menos me contaste el otro día. Cabrón, si llego a barruntar lo que planeabas te arreo allí mismo una somanta de hostias que no te hace falta matarte con la furgoneta, fíjate lo que te digo. Me la has jugado bien jugada. Eso no se le hace a un hermano. Ni a un hermano ni a nadie. Debería partirte la cara aunque estés muerto. Pero en fin. ¿Qué iba a decirte? Ah, pues que anoche le estuve dando vueltas a la chola y creo que tienes razón. La gafamos bien gafada por ocultar la cosa. Yo te influí, ésa es mi espina. Porque, claro, si no nos hubiera faltado valor para desembuchar ahora nos cantaría otro gallo, sobre todo a ti. ¿Que nos cuelgan un multazo? ¿Que nos encierran un tiempo en chirona? Bueno ¡y qué! Un día salimos tan tranquilos a la puta rúe con la condena cumplida y a vivir. Y desde luego tú no estarías ahí de fiambre tocándote la pera. O, si no, ¡haber aguantado una temporada los remordimientos! También duele una muela picada y una patada en los huevos, y nadie se suicida por eso. ¿Para qué se inventó el olvido?

Lacunza limpió de un soplido el interior de la boquilla antes de encajarla en la trompeta.

–Hoy estás en el periódico. Sin foto ni nombre. A lo mejor para que no se te suban los humos. Sólo las iniciales y la edad. Por cierto, te echan veintiún años. Algún ceporro con el lápiz detrás de la oreja se ha sacado el dato de la manga. Pero tranqui, no vaya a ser que de los nervios resucites y la armemos. No me faltaba sino amanecer todos los días con un mogollón de peregrinos a la puerta de casa. Pierde cuidado, al chavalico de Artabia no lo mencionan. Tampoco los picoletos te relacionaban ayer con él. La gente de Estella, para consolarme, se cabrea y me dice que ya van demasiados accidentes en la carretera de Zudaire. Más de uno habla de que si deberían perforar túneles para que la carretera vaya recta. Será cuestión de planteárselo a la alcaldesa o al gobierno de Navarra o a quien corresponda. Conque por la parte de los vivos no te tienes que preocupar. Te piras a la gloria limpio de culpa. Ahora, las cuentas que te reclame san Pedro, eso ya es tu problema. Tú, en cualquier caso, no te achantes. Échale jeta y métete. Yo es lo que pienso hacer cuando estire la pata.

Dicho esto, Lacunza se puso de pie.

–Hierros, te voy a dedicar una pieza de despedida y me largo. Eso sí, una pieza de las mías, no te hagas ilusiones. Paso de los tostones sacros que tanto te molan. Confórmate con lo que hay. ¡Para lo que pagas!

Se llevó el instrumento a la boca y, tras unas ráfagas breves de notas en son de prueba, atacó resuelta y sentidamente los compases de *Stella by Starlight*, que, dadas las circunstancias y su particular estado de ánimo, interpretó con ritmo bastante más lento de lo habitual. Entremedias intercaló una improvisación fraseada con dulce y reposada melancolía.

–Por mí –dijo al acabar– puedes ahorrarte los aplausos.

Acto seguido depositó la trompeta en el hueco que quedaba entre la cabeza de su hermano y la pared lateral del ataúd. Se desprendió después de las gafas negras y de la gorra de cuero, y las puso, no sin cierta solemnidad, al otro lado del cadáver.

–Hierros, Benny Lacun palmó a la misma hora y en el mismo sitio que tú, y os van a enterrar juntos. No me repliques, que te...

Hizo ademán de sacudirle un revés. Luego se quedó mirando fijamente los párpados cerrados de su hermano.

–Venga, cabrón, déjate de teatros y levántate. ¡Levántate! –gritó de pronto. Durante unos segundos permaneció a la espera de que sus palabras obrasen algún efecto. Después, retador y en jarras, se encaró con el cadáver–. ¡Levántate si aún te queda una miaja de hombría!

Acercó a este punto una sonrisa de costadillo a la oreja del cadáver para susurrarle:

–Es broma.

No pudo decir más. Una repentina acometida de llanto le cortó el habla. En un impulso incontenible, se abalanzó sobre el muerto y durante largo rato permaneció abrazado a la cabeza inerte.

–Te quiero, Lalo –dijo no bien sintió que recobraba la serenidad.

Se dirigió después hacia la puerta. Una vez en el umbral, se volvió para detener una última mirada en el semblante de su hermano.

–Cuídame bien al Benny. Ya sabes que es algo ligerico de cascos. Os voy a echar de menos a los dos.

Al día siguiente, por la tarde, se celebró el entierro bajo un sol de bochorno, en la parte nueva del cementerio de Estella. A pesar de que era día laborable acudió un numeroso gentío. En primera fila se apiñaban los parientes y los amigos íntimos. A pie del nicho, el cura de San Miguel, tras el responso de rigor, pronunció unas palabras emotivas, inspiradas en el afecto que profesaba al difunto. Oyéndolas se le desataron a la tía Encarna tales lamentos y sollozos que entre los hijos y el marido tuvieron que sentarla en una piedra. Un compañero de la fábrica Agni leyó una tirada de versos compuestos para la ocasión. Nines Ganuza y Ainara prefirieron ocupar un lugar más discreto, agarradas de la mano en medio de la muchedumbre silenciosa.

Lacunza no asistió. «Yo qué coño pinto ahí», se dijo cuando a la misma hora en que enterraban a su hermano pasó por la carretera de abajo, camino de Alloz, y vio la cuesta que conduce al cementerio abarrotada de automóviles. Iba al pueblo en busca del remolque. Un vecino le ayudó a engancharlo al tractor. Resuelto a no cruzarse por el trayecto de vuelta con parientes ni conocidos, regresó a Estella por Abárzuza, lo que suponía dar un rodeo considerable, con el riesgo añadido de quedarse colgado en pleno campo, ya que llevaba poca gasolina en el depósito.

Acababan de sonar las campanas de las seis cuando aparcó el tractor delante del edificio donde vivía Nines Ganuza.

–Venga, chavalas –dijo en tono jovial al entrar–, ya estáis empaquetando los trastos. El camión de la mudanza espera en la calle.

Nines Ganuza lo miró anonadada.

–¿Qué?

–Que os venís las dos a vivir conmigo. ¿Todo hay que explicarlo o qué?

–Benito, ¿estás loco?

–Puede que no tanto como otros que viven solicos y amargados.

–Benito, pero Benito...

–No me seas rollera y ¡a empaquetar se ha dicho! Tú empiezas por la cocina, la cría que meta en bolsas sus juguetes y su ropa. Entre tanto yo me voy a la sala y empiezo a bajar cacharros, ¿vale? Si hay alguno que pertenezca al dueño del piso me avisas.

–Benito, escucha.

–Nada.

–¡Escúchame, hostia!

La firmeza brusca, imperiosa, de aquellas palabras causó estupor a la misma que las dijo. A Lacunza, por el contrario, no sólo no lo impresionaron, sino que al oírlas se le alegró aún más la expresión de la cara.

–¿No te da vergüenza? –reprendió con sorna–. ¿Soltar un taco tan gordo delante de la enana? ¡Pues sí que son maneras de educarla!

–No va a funcionar, Benito. Dentro de dos o tres días te habrás hartado de nosotras. Somos muy petardas, créeme.

–No, si ya me doy cuenta.

–Hablo en serio. Se te hará la vida insoportable a nuestro lado. Y la gente, ¿qué va a decir? Ya oigo las murmuraciones. Mira, mira, acaba de enterrar al uno y se arrejunta con el otro.

Lacunza se rascó el cogote mientras buscaba palabras. Durante unos segundos pareció que hablaba solo con la vista fija en la punta de sus botas. En esto, levantó la cara y, tras una rápida mirada a su reloj de pulsera, dijo:

–Un par de aclaraciones y zanjo el tema. Primero, no sé yo quién lo va a tener más duro para aguantar a quién, si yo a ti y a tu hija, o vosotras a mí. Eso para empezar. Segundo, lo que chismorreen los indígenas del pueblo me la suda. Tercero, me da en la napia que el Hierros aprueba la idea desde el otro barrio. Cuarto ¿o quinto?, ya no me acuerdo, pero es igual... No sé yo si a la enana le vendría bien un padre o un chorbo que haga de padre y le dé cariño y tal y cual. Lo que sé seguro es que yo necesito a la enana y yo quiero vivir con la enana y yo voy a vivir con la enana, aunque para eso me tenga que plantar con un saco de dormir en el descansillo de la escalera. ¿Entiendes, colegui Nines?

En aquel preciso instante, Ainara, que estaba escuchando la conversación con el gato sobre el regazo, soltó al animal y corrió a abrazarse a la cintura de Lacunza. Lacunza se la subió al cuadril y prosiguió con gesto risueño de triunfo:

–Noveno, o décimo, cualquier día de estos cojo y me enamoro de ti. Tranqui, no te asustes. Todavía me caes demasiado bien como para hacerte la putada.

Al filo de las ocho transportaron una primera carga de enseres hasta la casa de Lacunza. Comoquiera que mientras los descargaban se cubriese el cielo de nubarrones y pronto comenzaran a sonar algunos truenos, acordaron proseguir al día siguiente las tareas de la mudanza.

Al atardecer cayó una fuerte tormenta con rayos y granizo que se prolongó hasta casi las once de la noche, por lo que no les quedó más remedio que desistir de cenar en un restaurante, como les apetecía.

–Lo que no puede ser –dijo Lacunza– es que dejemos sin festejar el haber venido a vivir los tres bajo un mismo techo.

Con esa idea prepararon unas simples tortillas francesas, ya que la despensa de Lacunza no alcanzaba aquel día para hacerlas de otro modo. Abrieron una lata de bonito y una de melocotón en almíbar, agregaron un pedazo de queso de Urbasa después de arrancarle unos corros de moho que lo afeaban, y mal que bien cenaron a la luz de unas velas finas, como de tarta de cumpleaños, que aparecieron por sorpresa dentro de un cajón. No faltó vino con que brindar, un vino abocado, casi negro, pero de buen beber, de unas botellas sin etiqueta de las que había por lo menos dos docenas en el sótano; ni faltaron las palabras de ánimo de unos para otros, ni el firme deseo de salir adelante juntos, ni las promesas mutuas de esforzarse, costase lo que costase, por formar entre los tres un equipo bien avenido.

A hora avanzada de la noche, a Lacunza el vino ingerido horas antes en no pequeña cantidad empezó a pesarle más de la cuenta en la vejiga. Desvelado a consecuencia del apremio, se tuvo que levantar de la cama para ir al servicio. En la oscuridad del corredor pisó, descalzo, un bulto de tela. Al levantarlo del suelo, advirtió por el tacto tanto como por el olfato que se trataba de una braga; si pertenecía a la madre o a la hija, eso no lo pudo discernir. «Pues sí que empezamos bien», se dijo.

Orinó sentado «porque al final», pensó, «es nuestro destino que las hembras nos amansen». En esa postura descubrió, dentro del cesto de la ropa para lavar, la mirada penetrante y desconfiada del gato.

–¿Qué pasa contigo, tío?

Al fin, despachado el natural negocio, Lacunza se lavó las manos y se dispuso a volver sin tardanza a la cama. Pero hete aquí que, al salir del servicio, se topó delante de la puerta con Ainara, la cual, en pijama y con unos ojos grandes como de no tener ni pizca de sueño, se apresuró a llevarse un dedo a los labios en petición urgente de silencio. Acto seguido preguntó a Lacunza en tono bisbiseante:

–¿Ya te has tirado a la Nines?

Lacunza se quedó pasmado, no sabía si de la desenvoltura o de la infinita candidez de la niña. Tras unos instantes de vacilación, se agachó con el propósito de que su cara y la de ella estuviesen a la misma altura. Se la quedó mirando de cerca sin decir palabra, sin pestañear ni hacer un gesto, mientras ella a su vez lo miraba a él en actitud expectante. Lacunza dejó que transcurrieran varios segundos, deseoso de alargar el deleite que la situación le producía. Cumplido el gusto, entendió que había llegado el momento de decir algo a la niña y entonces, por toda respuesta, se encogió de hombros.

Lippstadt, mayo de 2002

www.maxitusquets.com

www.planetadelibros.com